意林
公元787年，唐封疆大吏马总集诸子精华，编著成《意林》一书6卷，流传至今
意林：始于公元787年，距今1200余年

花羽季

时光有你，花开羽季

意林

花羽季

时光有你，花开羽季

3

时光有你，花开羽季

HUA YU JI

花羽季

浣花×小札

《花羽季》编辑部◎编

吉林摄影出版社

·长春·

图书在版编目（CIP）数据

浣花小札 /《花羽季》编辑部编 . -- 长春：吉林摄影出版社，2018.6
（花羽季系列；③）
ISBN 978-7-5498-3617-8

Ⅰ. ①浣… Ⅱ. ①花… Ⅲ. ①长篇小说－小说集－中国－当代 Ⅳ. ① I247.5

中国版本图书馆 CIP 数据核字 (2018) 第 103834 号

花羽季 ③ 浣花小札

Hua Yu Ji ③ Huanhua Xiaozha

出 版 人	孙洪军
总 策 划	安 雅 张 星
责任编辑	施 岚 胡晓路
特约编辑	杨 宁
图书统筹	蓝 焰 啾 啾 丁蓦然 鹿鸣昔 洛师兄 夏耳耳
书籍装帧	胡静梅
美术编辑	袁 萌
作家经纪	卢晓凤
开 本	889mm × 1194mm 1/16
字 数	290千字
印 张	8
版 次	2018年6月第1版
印 次	2018年6月第1次印刷

出 版	吉林摄影出版社
发 行	吉林摄影出版社
地 址	长春市泰来街1825号 邮编：130062
电 话	总编办：0431-86012616 发行科：0431-86012602
网 址	www.jlsycbs.net
经 销	全国各地新华书店
印 刷	北京中科印刷有限公司

书 号 ISBN 978-7-5498-3617-8 **定价：** 23.80元

花羽季 3

目录

CONTENTS

【羽映花年】

我想去你心里，住一生（连载3）/ 凌霜降 001

【青葱纪年】

晨光远暮流年去 / 龟心似贱 010

提拉米苏的秋天 / 君 卿 026

【月光倾城】

1937年的冬天没有你 / 荷 屿

037

046

【幻梦空间】

曾经沧海 / 月下婵娟

【天使纪年】

北方有佳人 / 小 R 058

未遗忘的十二年 / 莞来风急 068

【幻花手杖】

柯基与苹果 / 楚觉非 078

【胭脂桃花盟】

金玉公主逃婚中 / 欣 玥 095

沧海月明珠有泪 / 未 澜 105

花羽季

3

目录

CONTENTS

【陌上花开】

我是个好人，可我从没好好爱过自己 / 麦　九 112

勇敢地说“不” / 元宝儿 114

【星闻纪事】

都说演艺圈瞬息万变，
　他们的友情却历久弥坚 / 鹿鸣昔 116

【小编日常】

“小花园”放课后私享时光大起底 / 丁蓦然

118

122

【焦糖甜心】

高颜值的温柔陷阱
　——奇异植物的秘密花园 / 夏耳耳

【纸上私语】

木棉花开，你逆风而来 / 小　R 124

连载 3

我想去你心里，住一生

文 / 凌霜降
图 /DS

/凌霜降/
白天狂野、暗夜沉默的天蝎女巫，北方度夏、南方过冬，四肢不勤，身无所长，写字为生。喜欢在自己的世界里嬉笑怒骂，用文字演绎烟云人生。

上期回顾：梁晓湛提出要帮那幽幽转学到枫叶女中，如果那幽幽的成绩有进步，他就继续供林染白姐弟上学。那幽幽接受了梁晓湛为她转学的安排，来到新学校，本以为美好的校园生活即将开始，可是她的新舍友姚卉却不断挑战她的底线。

1 Wo Xiang Qu Ni Xinli，Zhu Yisheng

那幽幽入学以来，尽管她比一般女孩更淡定从容，也更理智，但到底是没有见识过太多世面的普通女孩，对学校里的一些设施设备都不知道怎么用，英文也非常差劲，闹过不少笑话。枫叶女中不但是双语教育，还有其他外语的选修班，这里的孩子绝大部分都是从小接受中英文教育，吃穿用度，乃至气质都要比那幽幽大方得体许多。所以，那幽幽作为野丫头、穷姑娘，很明显已经在枫叶女中出名了。

被人叫穷光蛋的事情，那幽幽当然也知道，但她不在乎，她本来就穷呀，现在过得还算好了呢，所以没什么好生气的："就因为我穷，所以我做的笔记就要被你烧掉？"

那幽幽盯着姚卉，目光灼灼地问出了这句话。

姚卉轻蔑地笑："对呀，怎样？"

"这样。"那幽幽平静地说出两个字，然后非常迅速地逼近她，在其他三个女孩还没明白过来的时候，她细瘦的胳膊就已经圈住了姚卉的脖子，然后很有技巧地用力，就把姚卉甩到了一边，随后，她快速而精准地拿起姚卉桌面上、床上的东西，包括手机、平板电脑、首饰，一样一样狠狠地砸在地板上。姚卉呆了一秒钟，反应过来立刻冲了过去，那幽幽用另一只同样细瘦的手紧紧地拿着一支笔，笔尖直直地对准了姚卉的脸，尖锐的笔尖看起来就像一件武器："不要过来，我现在很生气，我可不保证会不会做出什么事情。你刚才也看到了，我练过防身术的。你们打不过我的。"

那幽幽的手很稳，眼神坚定，语气也很冷漠，姚卉她们三个女孩平时欺负人惯了，打耳光、踩一脚什么的，可现在她们对这样不哭不闹，冷静地摔东西的那幽幽有点儿害怕，明明那只是一支笔，她们硬是没敢走过去。

"你住手！"那幽幽在砸一个水晶房子摆件的时候，姚卉大叫一声，"你敢砸，我不会放过你的！"

"哦，听说这个是你最喜欢的，那我要更用力一点儿了。"那幽幽说着，真的就更用力地砸了下去，她依旧冷静，语气甚至有些无赖，"反正我是穷光蛋，要钱没有，要命一条。你要怎么不放过我呢？我接着。"

姚卉还在嘴硬："那幽幽，你！"

那幽幽又砸了一件化妆品："你在烧掉我的笔记时，没有想过我也会生气吗？"

"你要怎样？"姚卉用手势示意她两个被吓傻的朋友去找老师，语气中对那幽幽有点儿妥协了，"不就烧了你一个笔记本吗？我赔给你不就行了吗？多少钱？说吧。双倍赔你。"

看着那两个女孩惊慌失措地冲出门去找老师，那幽幽更冷静了："三天之内，把初中三年的复习重点赔给我，否则，我可不知道穷光蛋会做出什么事情来。"

"我会让校方开除你！"姚卉看着朋友跑出去了，心又硬了起来。那幽幽看着能砸的东西都砸得差不多了，笑嘻嘻地看着姚卉："就算开除我，我这样的穷丫头，只要还活着，也总有找到你、遇见你的机会。你说呢？"

2 Wo Xiang Qu Ni Xinli，Zhu Yisheng

跑出去的两个女生，带着宿管老师和保安冲进宿舍的时候，那幽幽正拿着一本书躲在书桌后面，而姚卉正发了疯一样拿起随手能够拿到的东西砸她，一路上都听说那幽幽要伤害姚卉的老师和保安就蒙了：这到底是谁欺负谁？

在老师询问的时候，姚卉一直哭一直骂，而那幽幽只是低头说了一句话："我没伤害她。"

两个人都不愿意和解，校方最后没有办法，只能打电话请家长了。

梁晓湛刚接到电话的时候，眼前闪过的是那幽幽乖巧地说"明白"的样子，心不禁吊了起来，但他很快冷静下来："她真那么好欺负，能十四五岁就敢跑去地下赌场卖饮料？"

虽然这样安慰着自己，可梁晓湛一路开车去学校的时候，心还是悬着的，白悠然也曾暗示过他，女中有女中的问题，小女生之间的小矛盾多着呢。而且，上次虽然没见到那幽幽的舍友，但从宿舍的布置上能看出来那不是个好相与的。

又是一个多月没见了，这次梁晓湛看到那幽幽的时候，愣是吓了一跳，她的皮肤白了许多，也长高了一些，似乎还长了一点儿肉。这小姑娘是植物吗？怎么看起来像是见风就长的样子？

但梁晓湛只扫了一眼那幽幽，便一脸严肃地向在场的老师打招呼。姚卉的母亲也在，精致的妆容，得体的穿着，散发着雍容华贵的气质。她看了一眼制服笔挺的梁晓湛，先是为他出色的外貌惊叹了一下，随即别开了目光：长得倒是不错，不过只是个小警察。小警察把孩子送来枫叶女中这种学校做什么？

那幽幽安静地站在一旁，将在场的人的心思看了个门儿清——政教主任因为梁晓湛的年轻有点儿诧异；宿管老师则因为梁晓湛的帅气微红了脸；姚太太起初也有些惊讶，但她随后是看不起梁晓湛的样子；姚卉呢，那神情，惊讶之后居然与宿管老师有点儿相似，看来，长得好看还真是一项特殊技能呀，大家光顾着看梁晓湛了，差点儿都忘了要批评教育她的正事儿了。

那幽幽最后把目光定在了梁晓湛脸上，努力地想揣测他的心思。可如同以往的每一次，她以为自己能通过小表情的变化来摸透梁晓湛的心思，但是她毫无头绪，一时拿不准应该在他面前装无辜，还是要表现得强悍，只能乖巧地站在那儿等他发话。

等政教主任严肃地批评了那幽幽伤人意图的严重性之后，梁晓湛看了一眼脸色微粉的姚卉，嘴角似有笑意地问："伤得严重吗？去医院了吗？"他的声音似乎有着刻意的温柔与磁性，姚卉白皙的脸顿时又粉了几分，姚太太自是不肯让自己的宝贝女儿吃亏："那幽幽同学的家长，你这是什么意思？难道非得受伤住院才算是大事吗？"

"姚卉同学，我们家幽幽为什么要伤害你？你们吵架了，还是你做了什么让她失控的事情？"梁晓湛也毫不掩饰自己护着那幽幽的意图。

"这位家长你说什么呢？小孩子之间有矛盾肯定是难免的，但动手那可是要负刑事责任的！"姚太太对梁晓湛的好感顿时都没了，都说越穷越不好惹，她这回是见识了。大人推卸责任，孩子自然有样学样。

"责任自然要负的。对了，主任，听说这两年和姚卉同学同住的舍友都搬走或者转学了，不知道她们搬走的原因都是什么呢？我听说有一位同学的耳朵还失聪了？"梁晓湛没再与姚太太说话，转而认真地与政教主任讨论问题，"虽然枫叶女中是百年名校，但是，最近也有一些不好的流言。我们把孩子送来，总归是希望孩子能在一个好的环境里得到教育，主任你说是不是？"

梁晓湛的表情诚恳认真，只见政教主任和姚太太的脸几乎瞬间就换了颜色。

那幽幽没想到，看起来像个笨蛋一样的小警察梁晓湛，居然还会这些套路，她简直要为他鼓掌了。

从办公室出来的时候，那幽幽几乎都没有忍住"哇哦，小警察叔叔真帅气"的心情和笑容，直到走在她前面的梁晓湛忽然停住，她愉快的脚步刹车不及撞上了他坚硬的后背，她还没有醒悟过来，先是想这人的后背是石头吗？这么硬，然后又为自己的脸触及他微凉的制服面料愣了一下神儿，才忽然抬头去看慢慢转过身来的梁晓湛，最后，她被他看似没有表情却凛然的神色吓住了，嘴巴张了张想要问什么，却突然间失语似的，什么也问不出来。

"都开始欺负人了，本事挺大呀。"梁晓湛盯着那幽幽，语气听起来很轻松，却令那幽幽心里一沉，她心里有个声音说："坏了，他生气了。"

"我是一时太生气了，所以……"她试图解释，声音细碎。

那幽幽越这样，越令他火气直冒："所以打算伤害她赔上自己吗？你以为你没成年就不用负责任？是不是想到少管所去住一住才舒坦？"

"我没有……"那幽幽反驳了一半，忽然下了决心，"我不来这里上学了！"

后面半句，她提高了声音，梁晓湛听得很清楚，他沉吟了一小会儿，声音低沉地问了一句："你说什么？"

那幽幽也愣了一下，但她一想到一年十万元的学费，再想想面前这小警察的薪水，她咬了牙，更坚决地说："我说，我要退学。"

“理由？”梁晓湛挤出了两个字。

“穷人不应该来这样的学校。”那幽幽也回答得很明确。

梁晓湛久久地盯着眼前这个明明没做什么，却令他很容易就怒火中烧的小姑娘，强忍了好一会儿，才把想摁住她打一顿的念头压了下去。

3 Wo Xiang Qu Ni Xinli，Zhu Yisheng

“不能退学！可以用必要手段保护自己。”梁晓湛拒绝得斩钉截铁，然后他连反驳的机会都没有给那幽幽，迈开腿径直走了。

“凶什么呀，你连我的监护人都不是好吗？”他的背影都离开半天了，那幽幽才说了这句话。她站在原地想了一会儿，又掉头去了办公室，她得去问一问，如果她现在退学，校方能不能把学费退了。

没一会儿，那幽幽就垂头丧气地从办公室里出来了——枫叶女中不好上，退学也不好退，一是学生和学生家长在律师的见证下陈述退学理由；二是所缴纳的学费分文不退。这哪里是什么百年名校，这简直就是霸王学校好吗？

那幽幽垂头丧气地回了教室后，梁晓湛从走廊拐角处的一根柱子后面慢慢走了出来，嘴角微微地扬起，小姑娘这是在担心他交不起这里的学费？

那幽幽确实是不好意思让梁晓湛为自己破费，他只是个小警察，哪里犯得着为她这样一个非亲非故的人花掉积蓄甚至举债？一年十万块钱都可以供她和林染白姐弟三个人上完大学了。就当她是穷惯了吧，那幽幽心里是真舍不得这钱，虽然花的不是她的钱，可小警察的钱也是钱呀，他虽然凶了点儿，但人不错……

那幽幽思来想去也没想出一个好办法，幸好这个学期马上就结束了，两个月后的中考，她死活都不报枫叶女高，应该就可以了吧？再不济，她就写个血书什么的，答应他在普通高中也会好好学习，立誓考个好的大学，还不行吗？

这一天发生的事儿太多，那幽幽晚上回到寝室的时候，注意力不够集中，把手里的课本往书桌上一放，转身便坐到了床上，但刚坐下去便痛叫一声跳了起来，站起来后屁股还是痛得厉害，她再往自己的床上看过去，密密麻麻一排苍耳刺穿床单，露出一根根尖尖的小刺！

姚卉还没有回来，但是除了她，那幽幽想不出来还有谁会这样做。在是否告状与是否给梁晓湛打电话之间，她犹豫了一会儿，最后决定不告状也不打电话，只是默默地把她床单下大部分的苍耳都原封不动地放到了姚卉的床单下，然后，她离开宿舍去了图书馆。

姚卉哭闹着找了老师也告诉了家长，那幽幽在老师说要打电话给梁晓湛的时候，淡淡地说了一句：“那顺便也快点儿报警吧，我也因为苍耳受伤了呢。”

姚卉的脸色瞬间就白了。

最后，姚卉自己说算了。

那天睡觉前，那幽幽仔仔细细地检查了自己的床铺才躺下，躺下之后，又说了一句：“我这个人呢，不会去惹别人，但是，我也不好惹。”

姚卉这样的大小姐想和她这样八岁就摸爬滚打求生存的野丫头斗，怎么斗呀？

4 Wo Xiang Qu Ni Xinli，Zhu Yisheng

直到快中考了，梁晓湛都没再来枫叶女中看过一次那幽幽。

那幽幽趁着周末去了两次林染白那里，每次都拎着两大袋学校发的点心和水果。从小到大，她就没有吃零食的习惯，想着林染墨隔三岔五地要去抽血打针，她就把那些能保存的巧克力、饼干、点心之类的全都攒着带给他们。

林染墨看到那幽幽很高兴，平日里除了说到她感兴趣的与数字有关的话题，否则话很少，但是高兴的时候，就会主动说很多与数字无关的话。林染白的境况好像好了很多，那个叫陆之杉的小警察似乎帮了她不少忙。一切看起来都不错，那幽幽忽然有点儿想见梁晓湛了。

她跑到他上班的公安局门口周围转了快一个下午，愣是没见着梁晓湛的人影儿。

梁晓湛这一天很忙，傍晚终于回到局里的时候，他似乎看到那幽幽的小身板儿在路边的一棵树下闪过，但当时他正押着抓回来的嫌疑人，没仔细去看。半夜忙完下班的时候，他走到监控室，调出了那个时段警局门口周围的监控视频，果然，小姑娘无聊至极地在附近几个路口转来转去，眼睛总是往大门里看。

从局里回家的时候，梁晓湛自己都没察觉他的嘴角一直是微微扬起的。

枫叶女中管理很严格，家长平时探望孩子都必须在学校的亲子中心餐厅里。

梁晓湛第二天一大早就出现在枫叶女中的亲子中心里，那幽幽接到老师的通知说家长来看她，她愣了一下，才抱着书本跑了过去，一见梁晓湛就嚷嚷道："叔叔，你有什么事情吗？我还有十分钟就要上课了。"

梁晓湛一听她这话，便知道她昨天来找自己其实没什么大事，即使有，看样子她这会儿也不打算说。于是他把一大袋子零食饮料放在她面前的桌子上："来给你送点儿吃的。我走了。"

"呃？"那幽幽再次望着梁晓湛大步流星地远离了她的视线，才慢慢把自己的目光放回到那包大得占满了整张桌面的零食包上：这是家长终于想起自己供了个学生，在住校需要探望了吗？

中考之前，那幽幽鼓起勇气给梁晓湛打了电话："我不打算直接升学，我要考其他高中，可以吗？"

电话那头沉吟了两秒钟，才传来了梁晓湛低沉而有磁性的声音："不行。"

"为什么不行"这句话在那幽幽嘴里转了转，变成了："那好吧……"

下午，梁晓湛就接到了校方的电话，说那幽幽逃课了，监控视频证明她是在午休时间自己爬树翻过围墙离开学校的。

梁晓湛先去了学校，看了那幽幽越墙逃跑的视频，视频清晰度一般，但那个不超过160厘米身高的瘦小女孩不是那幽幽还能是谁？那个灵巧地爬上一棵榕树，并从榕树的枝丫上翻上围墙消失的身影，又让梁晓湛有一种想捉住她教训一顿的冲动。

梁晓湛很快就通过特殊途径掌握了那幽幽的行踪。

5 Wo Xiang Qu Ni Xinli，Zhu Yisheng

那幽幽在郊外一座庙宇的许愿树下，身上穿着她以前经常穿的那件普通的宽大T恤和牛仔裤，这三个月里，她真的长高了不少，这让她的牛仔裤显得有点儿短了。

梁晓湛看了一眼她露出来的瘦小白皙的脚踝，浓眉不禁微微锁起，一会儿带她去买几件衣服，合适吧？想到这个"合适"，梁晓湛的眉锁得更紧了。

"枫叶女中为什么收费那么贵，你知道吗？"梁晓湛决定还是试着和那幽幽讲道理，虽然很想揍她，但毕竟是个女孩子……

"因为条件好呗。"那幽幽似乎也不意外梁晓湛这么快就找到了自己，梁晓湛是警察，现在街上到处都是摄像头，他找不到才怪呢。她坐在树下的椅子上，整个人瘫在椅背上，一脸的无所谓。

"好的资源都是有限的。你想更快地去做到自己想做的事情，就要想办法用最短的时间，达到最好的效果。普通高中虽然收费低，自由度高，但是，也意味着你需要花费更多的时间和精力，才有可能达到在私立高中的学习效果，甚至你花费了更多的时间和精力，都有可能无法达到好资源给你带来的效益。"梁晓湛在那幽幽旁边坐下，声音温和，循循善诱，"这么说吧，好高中就意味着好大学，好大学就意味着好工作，好工作就意味着好人生。这句话很土，但是，这是普通孩子特别是没有任何背景的孩子的成长真理。"

那幽幽没反驳，但她的脸上写满了不屑。

梁晓湛只好摆出家长的样子："我工作很忙，没有办法时刻看着你。你的性子太野，需要严格的管教。我既然要供你成人，就不想随便供出一个小太妹来。那样会毁了你。"

"我哪里是小太妹了？"那幽幽坐直身体，问得很随意，梁晓湛却隐约觉得她好似生气了，他不想就此放弃说服她："在街上发小广告，去麻将馆卖东西，还有拿着笔威胁人的事情都敢干，你哪儿不像小太妹了？”

“没错呀！我就是小太妹呀！你把小太妹送到贵族学校去，你不觉得可笑吗？”那幽幽这下绷不住了，她是小太妹？她不是小太妹的话，能在大姑一家三口的折磨下活到现在吗？她不是小太妹的话，她早被姚卉的各种小陷阱给整惨了！尽管她小心又小心，也以其人之道还治其人之身，可姚卉的坏点子真是没完，昨天她的椅子上被涂了强力胶水，报废了一条裤子后她才站了起来，她的屁股到现在还疼呢！

“认了你是小太妹，就继续上学改造吧。”梁晓湛很淡定，不知道为什么，小女生的情绪化，让他心里生起一种莫名其妙的愉悦感，就像逗个小动物发火一样。

6 Wo Xiang Qu Ni Xinli，Zhu Yisheng

“我不是小太妹！”那幽幽几乎是吼出这句话的，因为太过激动，她的声音有点儿尖细，带着愤怒与委屈，那双盯着梁晓湛的乌黑眸子，似要喷出火来。

她就像一只被激怒的小猫，梁晓湛有一股冲动，想伸出手去顺一顺她的毛，再把她哄一哄。但那幽幽没给他这个机会，转身就跑了。

梁晓湛抬起脚，本来是想跟过去的，但是他又想起了什么，终究还是留在原地，稍微沉默后，他抬头看向树上挂满的各种各样的许愿布条。

小姑娘不可能无缘无故地跑到许愿树这样的地方来，不是吗？

梁晓湛没按捺住自己的好奇心，他想知道这个小姑娘的愿望是什么，如果是转学，那他就帮她实现好了。

挂在许愿树上的许愿布密密麻麻的，有些布条已经腐烂，每天也都有新的愿望挂上去。在那么多的愿望里，要找出那幽幽的愿望并不容易。但是，梁晓湛还是找到它了。

它被挂在一根结实的树枝上，那幽幽个子不高，需要站到椅子上才能够得着那根树枝，橙红色的愿望布条写着她的愿望：愿我不饿肚子还有学上。愿和林染白恩恩爱爱一辈子。愿林染墨平安长大不要死掉。

还“恩恩爱爱一辈子”，小丫头从哪儿学来的词儿？这字写得跟小狗爪子画的似的，也不好好练一练。

梁晓湛稍一踮脚，便将那幽幽的愿望布条从树枝上解了下来，放在手里又仔细地看了一遍，脸上带着小小的嫌弃，想起刚遇到那幽幽的时候，她明明已经快十六岁了，却又瘦又小，他心里似被人狠狠地打了一拳头般猛然疼痛了一下，都什么年代了，小姑娘居然还怕饿肚子……

梁晓湛没再将愿望布条挂回去，而是仔细折好放进自己的兜里。当时的梁晓湛是这样想的——这许愿树人来人往、风吹雨打，他把她的愿望收起来比放在这里安全。

梁晓湛没有去找那幽幽，而是去了枫叶女中，他没有去老师办公室，而是去找了宿管老师，年轻的宿管老师看到他的微笑，脸一下子就红了：“你好。”

梁晓湛笑意又深了些：“老师你好，我想来向你了解一下我家孩子近段时间和舍友相处的情况。”

傍晚梁晓湛找到那幽幽的时候，她在一个快递代理点的小库房里，正一边帮林染白整理快件，一边向林染白吐槽梁晓湛：“你说他不就是个小警察吗？傻傻的，自己拿那点儿工资，还答应供我们三个上学。自己估计连吃饭的钱都没有吧？我要是他妈非得气死。我这是为他省钱，他居然还说我是小太妹需要改造！我看他的脑子才需要改造！而且枫叶女中的人都很难相处的，林染白，我告诉你，我每天都像生活在宫斗剧里一样，要是换个老实的，在那里都活不过三天！就我这样的还中招了好几次呢，昨天椅子上的强力胶好厉害，我的屁股现在还疼呢。”

她身形瘦小，手脚麻利，一张嘴絮絮叨叨，手上的活儿却没停。其间林染白搬东西的时候不小心碰了她的臀部一下，她“呀”地尖叫一声：“真的很痛啊。”

尽管宿管老师只对梁晓湛说了几件“小事情”，可每一件都让梁晓湛的心脏发抽，又心疼又生气又无奈。这会儿亲眼看到了她说痛，梁晓湛忽然觉得眼睛有点儿发涩。小姑娘还挺能忍，听说姓姚的小姑娘坐到苍耳后，请假回家趴了几天。她伤得应该比姚卉重，愣是一节课也没落下。

梁晓湛在门外站了一会儿，两个忙碌的小姑娘才发现他，那幽幽先是吓了一跳，随后脸色如常地继续搬东西，她才不要跟他打招呼呢，谁叫他说她是小太妹来着。虽然她也经常被人这么喊，但她就是不乐意被他说。

梁晓湛有点儿尴尬，清了一下嗓子说道："我会考虑你转学的事情。你自己尽量考一个好一点儿的高中吧。学费的事情不用你操心。其他事情，我也会想办法解决。"他说完转身就走，但走了两步又回过头来，声音冷了几分，"你再敢这样随便逃课，下次可就没有商量的余地了。"

梁晓湛走后，林染白拍拍发愣的那幽幽的肩膀："你还挺拿得住这小警察的嘛。"

听了林染白的话，那幽幽莫名地心里一凛，居然觉得耳根有点儿发热。

初夏的风不闷，路边花坛里的月季不管不顾地开得热烈至极，那幽幽多看了梁晓湛离开的方向一眼，莫名地觉得他走过的地方好像都亲切起来。

当晚那幽幽回到了枫叶女中后，发现宿舍里属于姚卉的东西全都搬走了。周围的人都在讨论姚卉忽然转学的事情，有人说是学校董事会决定的；有人说是校长亲自打电话给了姚卉的父亲；也有人说，姚卉一向自私霸道，之前伤害了很多舍友，其中肯定有很厉害的人物，现在是要她负责的时候了。

这时候，离中考只有一周了。这一周里，那幽幽过得无比痛快。学校的伙食一顿比一顿丰富，补习班的老师一个比一个尽责，宿管老师嘘寒问暖，回到宿舍后自己享受着清静与舒适，再也不用操心哪里有姚卉设置的小陷阱和小麻烦。这日子真是过得太舒服了，如果不是为梁晓湛那点儿工资考虑，那幽幽都想改变主意，继续留在枫叶女中读高中了。

中考那幽幽考得一般，分数勉强够上市里的一所普通高中。她不是不想考得更好，但已经拼尽全力了，之前浪费的时间太多，基础又太差，老师们都说，考成这样已经算是她的奋斗奇迹了。

那幽幽自己也很高兴，拿着枫叶女中发的进步生奖学金，拉着林染白姐弟去大排档庆祝。当她兴致勃勃地问林染墨期末考了多少分的时候，林染墨的回答让她顿时蒙了："五百三十七分。"

"林染墨你是怪胎吗？你怎么不去考五百八十分满分呢！"

那幽幽瞪林染墨，十三岁的少年，因为长年病弱而苍白的脸上笑意淡淡地回答她："我是想考来着，考体育时病了，四十分没了，作文扣了三分，所以只能这样了。"

7 Wo Xiang Qu Ni Xinli，Zhu Yisheng

"林染白，你让他去考科技大学少年班好了。这种天才就不要放在这里碾压我这样的笨蛋了。"那幽幽不服气地说道，"林染墨，你知道我是多拼死拼活的才考到这个分数的吗？就这么被你轻飘飘的一句话秒杀了。"

"我知道呀。"林染墨淡淡地说，"用我这个分数去上你考上的高中，就可以免学费了。毕竟你有小警察愿意供你，我没有呀。"林染墨话挺多的，这说明他的心情很不错。

"那姓陆的小警察不供你们了？"那幽幽又被吓住了，林染白高三了，如果陆之杉不愿意供，林染白可能就真的没有读大学的机会了。

"供呀。但是他要我去考警察学校才供。奇葩吧？"林染白一边吃饭，一边漫不经心地答，难怪她总觉得陆警官有点儿居心不良，说什么她反应敏捷啦，有直觉啦，是天生练武的料子啦，可是她从来没想过要去当警察呀。

"那你要去吗？"那幽幽看着高挑瘦削的林染白，想象着她穿上警服的样子，应该也挺帅气的，"你肯定会去，对不对？读个大学总比没大学读好，对不对？"

"对呀！而且陆之杉说，像我这样的贫困生，可以申请助学贷款甚至可以免学费什么的。"林染白说陆之杉的名字时说得很自然，那幽幽注意到了，她愣了一下，心想：咦，自己怎么就没想过要喊梁晓湛的名字呢？她忽然想起那个长得很漂亮又很有气质的白悠然，总是叫梁晓湛"阿湛。"

那幽幽心里在想事情，眼神就有点儿飘，林染墨一直在看她，见她走神儿，往她碗里夹了几块她喜欢吃的小炒肉。

那幽幽这时却使劲地眨巴了好几下眼睛，似乎要确认视线里的梁晓湛是真是假那般，不会吧，她才想到他，他就出现了？

"小白，小墨。"刚从警局忙完出来的陆之杉拉着梁晓湛出来吃夜宵，也没想到会遇到林染白姐弟。

"太巧了，一起坐吧。"陆之杉一边说着，一边自顾自地拉了一把凳子在林染白身边坐下，回头招呼后厨的老板，"老板，给我们多炒几个菜。"

梁晓湛看了那幽幽一眼，才拉了一把凳子，坐在那幽幽左手边的空位上。

不大的圆桌，因为两个身形高挑的年轻男人的加入而显得满满当当，那幽幽忽然感觉到有一点儿压力，这压力好似来自梁晓湛，让她不由自主地往右边林染墨的方向移了移。

梁晓湛没放过她的小动作，看了一眼她面前的两个还没打开的啤酒瓶，立刻叫服务员去拿一瓶果粒橙，然后，一声不吭地伸手把她面前的啤酒瓶放到自己面前，又给她的杯子里倒上了果汁。

那幽幽当然也看到了梁晓湛无言的强硬，她低头吐了吐舌头，像个闯了祸又有点儿小得意的孩子。

8 Wo Xiang Qu Ni Xinli，Zhu Yisheng

饭间，陆之杉也问起了林染墨打算考哪所高中，当林染墨说为了免学费，他将选择去那幽幽考上的那所高中的时候，梁晓湛放下手里的啤酒杯看了他一眼。林染墨感觉到梁晓湛的眼神，却并没有回避，但也没有再解释其他理由。

吃得差不多的时候，那幽幽想悄悄起来去把账结了，结果刚拿出钱，就被梁晓湛挡住了："我来付。"

"那个……我有奖学金。"

梁晓湛看了一眼她似乎马上要变成九分裤的牛仔裤脚，淡淡地说："留着明天用。明天我休息，带你去买衣服。"

"啊？"那幽幽好一会儿反应不过来，什么叫带她去买衣服？她为什么需要他带着去买衣服？

那幽幽呆呆地看着梁晓湛付完账，把老板赠送的一罐雪碧递给她："明天十点钟，我到巷口接你，买好衣服再送你回家。"

"哦。"那幽幽接过凉凉的雪碧，心里莫名地冒出一个欢喜的泡泡来，心里想说"不用给我买衣服呀，我自己随便买一件穿就好"之类的话，她一句也说不出口了。

跟大姑在一起的第一年，大姑手里还有父母留下的钱，偶尔还是会良心发现给她买一身衣服的。但是，那钱很快被姑父与表哥挥霍光了，后来，她穿的不是旧衣服，就是邻居给的衣服，要不就是林染白实在看不过眼给她买的衣服。幸好她身体长得不快，衣服只要不烂都能穿，能顾着肚子就不错了，她倒也没去想太多。后来有了梁晓湛的帮助，她吃得好了，也长高了不少，以前的衣服就都显小了。她本来也打算明天去给自己买件衣服的。

但是，那幽幽没想到梁晓湛会注意到自己的衣服小了，而且会主动提出要带她去买衣服。

感动吗？

当然。

但是仔细想想，好像又不只是感动那么简单。那时候的那幽幽还很单纯，只想着，等以后自己独立了，能挣钱了，一定也多给梁晓湛买几身衣服还他的恩情。

回到大姑家的这天半夜，梦中的那幽幽忽然被踹门声惊醒，她几乎是从床上跳了起来，手飞快地从枕头下摸出一把小刀，一脸警惕地看着似乎随时会被撞破的门。

临睡前她把小屋的门锁得很紧，仔细地检查了所有的螺丝并且加固过，在她十二岁之后，表哥总是在半夜喝醉后想踢她的房门，嘴里还一直骂骂咧咧的。

那幽幽曾听过不怀好意的邻居的调侃，凭借着本能的恐惧，这几年她都像一只惊弓之鸟一样保护着自己。她不但自己想办法一层又一层地加固了小屋的门，每晚睡觉的时候，也从来不会脱掉身上的衣服，而且总是睡得十分浅，稍有响动，就会做好防御和战斗的准备。

幸好，这一晚，喝多了的表哥在踹了几下门之后，就倒在门外的地板上睡了。但是，那幽幽却再也不敢睡了，半迷糊地坐到了天亮。

9 Wo Xiang Qu Ni Xinli，Zhu Yishèng

第二天一早，梁晓湛把车停在了巷口的对面，那幽幽看着周围熟悉的邻居，其中还有姑父的赌友，她心知如果姑父和表哥知道梁晓湛在供她上学，不知道会闹出什么事情来。于是她走到梁晓湛车边的时候没有上车，只是快速地朝车里的梁晓湛说了一句：“到前面公交站见。”

她语速飞快，说完人就跑了，也跑得飞快。

梁晓湛愣了一下，不太明白小姑娘的意思，但还是发动车子向公交站开了过去。

那幽幽并没有在公交站等着，而是躲在车站拐弯处的一棵树下，梁晓湛的车刚在她身边停下，她打开车门就钻进车里，速度奇快。

梁晓湛看了她一眼，淡淡地问：“做了什么坏事，有人在追你吗？”

“啊？”那幽幽又被问愣了，但随即反应过来，“我没有做坏事！”

“那你在怕什么？”问这话的时候，梁晓湛嘴角微微扬起，她的样子，明明就像是在做什么见不得人的事情，“我带你去买衣服，有什么见不得人的吗？”

“没有。我只是不想熟人看见。”那幽幽说的是实话，但她还在心里加了一句：笨蛋，我这是在保护你呀。万一被大姑和姑父那样不讲理的流氓缠上，可够他受的了。

“我供你上学，很见不得人？”梁晓湛也不知道自己心里为何来了一丝莫名的不高兴，不高兴她竟然害怕别人知道他和她在一起。

“不是。”那幽幽彻底不知道如何解释了。她昨晚一夜没睡，早上出门的时候，又被大姑骂了一顿，她现在真是累极了。

“我能睡一会儿吗？到了你叫我。”

“嗯。”梁晓湛应了一声，他还以为那幽幽只不过是想回避话题所以装睡。当她呼吸渐渐平稳，然后小脑袋往他这边垂着垂着忽然就要倒下的时候，他迅速腾出一只手托住了她，然后伸出一根手指，用指尖顶着她的小脑袋，让她靠到车窗那边去。

那幽幽一觉醒来的时候，被车窗外的昏暗吓了一跳：“天黑了？”

梁晓湛的声音闷闷地从躺倒的驾驶位上传来：“现在是下午一点钟，在地下停车场。”

“我睡了这么久呀。”那幽幽扭动了一下酸痛的身体，小声地抱怨，“睡得好累呀。”

“一大早这么困，你昨晚去做贼了？”梁晓湛调正座椅，打开车门下车。

“没做贼，防贼了。”那幽幽没打算对梁晓湛细说家里的事情，而是转移了话题，“我饿了，叔叔今天包吃吗？”

“不包。”梁晓湛微扬起嘴角，“你不是有奖学金吗？你请我吃饭，我给你买衣服。”

“叔叔，没想到你是这么小气的人呀，连我这点儿奖学金都要算计。”那幽幽嘴上说着，心里却是高兴的，她不习惯总领别人的恩情，能回报一顿饭，感觉也不错。

下期预告：梁晓湛始终觉得枫叶女高更适合那幽幽，于是便随便找了个借口去那幽幽的大姑家要户口本办入学手续。大姑一家巴不得甩掉那幽幽这个“拖油瓶”，于是很痛快地答应了。当晚发生的一件事情，让梁晓湛决定带那幽幽远离她曾经的生活。花

新浪微博@凌霜降，或者关注微信公众号：凌霜降的小说与日常。不仅有实时更新的小说连载，还有小剧场与作家生活日常，快来一起玩耍吧！

晨光远暮
流年去
文/龟心似贱
图/高梦雪

Light One

叶庭歌第一次见到纪舷飞，是在爸爸承包的郊区农场，这里距离市区足有八十公里，且沿途交通多有崎岖，爸爸开车载她过来花了三个小时，如果坐客车辗转，绝对要花上大半天时间。

事实也正是如此，纪舷飞上午九点约了好友杨烁一起从市区出发，为了不那么累，两人特地包了辆专车，一路兜兜转转，直到下午五点钟，才抵达这个叫“静海”的小村庄。

看见前方竹制的“静海农庄”大招牌，纪舷飞已经很难看的面孔终于有了些许改善，狠狠地捅了捅旁边睡得正酣的杨烁，强压着愠怒似的，咬牙切齿地冲他说了句：“下车！”

杨烁闻言，睁开迷蒙的双眼，四顾看了看，一边打着呵欠一边抬起胳膊看看手表，明显被上面显示的时间震惊到了，眼色一凛，声音略带沙哑地抱怨了一句：“我该不是被你拐卖了吧……”

就这样，两个少年便在暮色四合、人烟稀少的村庄里落地，周围一片静谧唯美，绵延的平原上绿地悠悠，夕阳的橘色光芒饱满而热烈地笼罩在天地间，汽车远去的声响带走了小村最后一丝喧嚣，萤火虫低吟，成就了画面里韵脚完美的诗。

“哟呵，景色不错嘛！”

一下车便开始舒活筋骨的杨烁飞快地清醒过来，且毫无缓冲地过渡到兴奋状态，这个标准的城市男孩，只在小时候跟爸爸下乡考察的时候去过两次郊县，后来长大以后倒是经常跟家人去农家乐游玩，但精心布置的度假村与真正的农村还是很有区别的，此时眼前所见到的风景，才是真正散发着淳朴风情的大自然风光，他忙不迭地掏出手机，臭美自拍过后，跑来跟一脸阴沉的纪舷飞勾肩搭背：“来来来，兄弟，乐一个！”

“有什么可乐的？”虽说明明是纪舷飞拉着杨烁过来的，可他大少爷还是没好气地甩开杨烁，接着双手叉腰环顾四周，他的视线最终再一次落在“静海农庄”那四个大字前，嘴角不自觉地向旁边一撇——所谓农庄，就是招牌旁边只有一个又小又简陋的农房小院，周围是连成片的稻田，看不出任何农庄应有的气势与风格，好歹，周围搞个木栅栏围一围呀！

性格中兼具矫情与完美主义的纪舷飞是个文艺小青年，对于眼前的状况，有种近乎偏执的不爽与纠结，他无法做到像杨烁一样既来之则安之，在任何情况下都能尽量让自己过得开心——而就是这两个生活态度截然不同又风格鲜明的少年，竟然能从小到大一路相伴成为好朋友，不知道能否称之为奇迹。

“喂，别那么高冷嘛！”杨烁对纪舷飞的脾气了如指掌，所以才不管他是不是一直摆臭脸，自顾逍遥地晃了晃头，伸手放在嘴里吹了个悠长的口哨，样子惬意极了。

纪舷飞却没好气地丢给这个活宝老友一个白眼，无奈地嘟哝一句：“你就不能安静一会儿……”

不过，也正是因为杨烁这声“不安静”的口哨，令正在田地里跟着爸爸整理麦苗的叶庭歌抬起头来，望见了远处那两道与乡间风景格格不入的身影。

乍一看微微有些奇怪，叶庭歌回过头来稍一思忖，忽然想到什么，直起腰来，眼见那两人朝着自己的方向走过来，心中隐约而起的猜测似乎得到了某种证实。

新晋农场主叶凯旋觉察到女儿的异样，目光循着她的视线注意到由远而近走过来的两个男孩，会心一笑，打趣道：“没想到啊，我女儿也是个看见帅哥就两眼发直的小花痴！”

面对爸爸的揶揄，叶庭歌倒也不恼，一张恬淡小脸甚至漾出几许傲娇，她摘下满是泥土的手套，理了理草帽下的发辫，十分笃定地看着老爸，声音像宣誓一样坚定：“他们是来找我的！”

这下换叶凯旋讶异了，来不及细细琢磨女儿的满脸自负，急忙回头去打量那两个少年，两人身形相似，穿着同系列的黑T恤与休闲裤，却散发着截然不同的气质，左边那个双手插进裤袋，眉头微蹙，像个生闷气的大少爷；右边的那个一手举着手机拍照，另一只手捏着半截狗尾巴草，不时放进嘴里嚼嚼，一副游戏人生的潇洒模样，像个从小被宠到大的小少爷。

果然，这两个人越走越近，而赶在他们走过来开口以前，叶庭歌主动往前走了两步，冲着那个“大少爷”道：“你是纪舷飞吧？”

一语出，纪舷飞原本写满不耐的脸上强行覆盖了一层不可思议，一旁的杨烁与叶爸，则是若有所思地对看了一眼，两人不约而同地露出一种“这里有什么事情在瞒着我吗”的神情。

Light Two

事情是这样的：大概是两周以前，叶庭歌在自己经常登录的听歌软件里看到了一条求助弹幕信息，对方声称自己写了一张很满意的歌词，尝试配曲的时候却遇到麻烦，曲子怎么都谱不好，所以想跪求作曲高手一名，指点也好，帮忙谱好也成，一经采纳必有重谢……

跟一般人关注的重点“必有重谢”不同，叶庭歌更感兴趣的是纪舷飞那句“很满意的歌词”，她点开信息查看，不禁有些意外，短短的篇幅，立意朴素，韵味清雅，越读越觉得旋律涌动，当即走到钢琴旁，谱出了一段旋律。

后来，叶庭歌将谱好的曲子发送到求助人提供的邮箱里，没过多久就收到了纪舷飞的回复，欢喜感激之意溢出字面，他还向叶庭歌做了自我介绍，他比叶庭歌大两岁，在本市的艺术学院读大一。最后说到了重点，纪舷飞跟她讨论起版权的归属，直截了当地问她：“我想买断，你想要多少？”

因为不愿意跟“商人纪舷飞”打交道，叶庭歌表示自己只是写着玩的，如果他觉得好听，拿去就是了，可纪舷飞坚持要付报酬，还要当面签署一份授权协议，惹得叶庭歌烦不胜烦，便在邮箱里回了句：“我周末要去郊区的静海农庄干农活，你能找得到我，就跟你签协议……”

原本，她以为自己找了个再正经不过的理由把他打发掉了，却不想，纪舷飞竟是出乎意料地认真对待，费了好一番功夫，找上门来。

纪舷飞在出发的时候意气风发，可颠簸一路见到了叶庭歌，反而耍起了脾气，没好气道：“你是故意要折腾我的吗？没事干吗要来这种鬼地方？”

叶庭歌心想，这人真是没劲，明明是他纠缠不休地非要找来，却说得好像谁求着他来的一样。

她动动嘴巴正想回击，一旁的杨烁一脸和气地凑过来，一手搭在好友的肩膀上，一边看着叶庭歌：“美女，这附近有什么好吃的吗？我饿啦！”

话音一落，纪舷飞的肚子忽然很应景地叫了起来，配合他别别扭扭的臭脸，倒是十分滑稽。

在一旁准备收工的叶爸忍俊不禁，冲着几个人招呼道：“走吧，带你们吃叶叔叔做的肉酱面！”

三个人跟着叶爸回到农屋，肉酱面是他的拿手菜，不出二十分钟，一锅热气腾腾的肉酱面端上桌，三个孩子吃得头都不抬。

他们所在的农庄小院，是叶爸两个月前才拾掇好的，他在大学里的研究院做教授，城市生活过久了，便想要返璞归真，梦想着承包一家农场体会田园生活。近几年，城市附近的郊区县已经被开发得越来越科技化，叶爸辗转寻觅了很久才找到这样一个宁静淡雅的地方，取名“静海农庄”，他还暗下决心要靠自己的力量，一点点，把它打造成自己喜欢的模样。

叶庭歌自然是很支持老爸的做法的，不然也不会一有时间便跑到农场来帮忙，只是她跟叶凯旋怎么也没有想到，如此偏僻简陋的农场，这么快就接待了两位不速之客。

好在气氛还不错，填饱肚子的纪舷飞脸色好看了不少，再一次问起版权的事，叶庭歌一如既往地爽快，直说好曲遇好词本就是可遇不可求的事，他喜欢就可以拿去，如果一定要签什么协议，那就签个赠予协议好了。

纪舷飞有些头痛，因为这首歌他之前找了些熟人来听，一个在电视台工作的姐姐推荐他将歌曲送到一个歌曲原创大赛去参赛，为了避免后续麻烦，他觉得还是把曲子买下来比较稳妥，但叶庭歌坚持不肯收报酬，两人推推搡搡了好一阵，叶庭歌终于说了一句："你要是觉得平白收了我的曲是占了便宜，那明天就留在农场帮忙当报酬好了！"

纪舷飞闻言，像是在仔细考虑一般，抬头看了看叶庭歌，而他好像就是在此刻，才开始认真打量这个性格开朗的姑娘，她的脸颊瘦瘦的，眉眼很淡，小鼻子小嘴，一副云淡风轻的模样，有种超脱年龄层次的那种沉稳与静雅，好像身边发生天大的事情，都可以波澜不惊。

大约是从小就是张扬挑剔的个性，又出生在优渥的家庭，纪舷飞身边也总是环绕着缤纷灿烂的女孩子，他知道怎样跟那样的女孩子打交道，也常常自诩异性缘不错，但面对叶庭歌，却有种不安的局促感。

也许是她的内心并不像外表那样单薄细软，淡泊一切的温和下，却隐藏着难以撼动的固执。

还有，一丝丝的骄傲作祟，被女孩们追捧惯了的纪舷飞遇见对自己毫无另眼相待的叶庭歌，忍不住有些不爽起来。

但不爽归不爽，此时夜深人静，小村庄已经陷入与世无争的沉静，他跟杨烁别无选择地留在了农庄过夜。

拖着疲累的身体，他没有计较院落间的夜虫鸣叫，也没有抱怨网络的时好时坏，反而很快就进入了梦乡。

虽然算是间接默许了叶庭歌那句"明天留在农场帮忙"的提议，但隔天一早，叶庭歌起床的时候并没有将两个男孩叫起来，她跟爸爸轻手轻脚地洗漱完毕，便套上迷彩套服跟靴子，拎起工具向田间走去。

叶庭歌并不知道，一向睡眠很轻的纪舷飞听见她打水洗脸的时候就已经醒过来，透过窗户向外看，见她跟叶爸爸头碰头嘻嘻哈哈地捧着井水泼在脸上，接着开始梳头发，她的头发又黑又顺，那小梳子像个小扫帚，扫在纪舷飞的心尖上，竟让他有些好奇，不知道伸手摸摸那头发的感觉，会是什么样。

叶庭歌动作熟练地将头发分成两拨，编了两条辫子垂在胸前，又取了顶草帽戴在头上，瘦瘦的身板套在一身尺码偏大的迷彩服里面，松松垮垮的，很像某个漫画里的人物，还气势十足地扛起一只锄头，眼看着就要走到远处的田边，纪舷飞忽然鬼使神差地坐起身来，胡乱穿好衣服抓起手机，跑出房间，对着叶庭歌的背影拍了张照片。

拍完照，生怕她有所察觉似的，他赶紧收手躲在一旁，回头却看见杨烁那家伙不知什么时候醒过来，靠在窗户的窗框上，惺忪的睡眼里洋溢着浓浓的意味深长，冲着他发出谜之微笑。

"你……没睡哦。"纪舷飞不知怎的，竟有种做贼心虚的感觉，没话找话地说了一句。

"对呀！"杨烁双手抱胸，"你不是也没睡？"

纪舷飞假装无意地抓抓头，又若无其事地伸了个懒腰，却发现好友还在用那种意味深长的目光望着自己，终于有点儿忍不住："哎，我说，你贱笑什么啊？"

"笑你啊。"杨烁毫不掩饰地回答道。

Light Three

上午，纪舷飞跟杨烁主动跑到地里去帮忙，却被叶家父女两个撵回去休息，理由是，农庄里暂时没有多余的工具。

嗯，倒是一对很有爱的父女。

下午，叶爸开车载大家回城，心血来潮，放了一首他跟叶庭歌合作的乐器合奏曲，清雅悠扬的曲调倒是跟两人的性格很像，连杨烁这种向来不爱音乐的人都听得赞不绝口，而纪舷飞则站在半专业的角度点评道："这种曲风如果找到好的公司做成专辑去运营，应该会很受欢迎。"

"我爱乐器，庭歌爱作曲，我们爷儿俩关上门来自娱自乐而已，如果把作品商业化，可能会失去原有的纯粹。"叶爸自有他的一套处事见解，可纪舷飞不这么认为："音乐与书籍都是传播思想的途径，创作者都应该有与世分享的胸怀，跟更多人去分享私有的见解，这样才不辜负天赋吧？"

"如果我说，我的境界并不是取悦大众呢？就像我给庭歌取的名字，是寄寓'在自己的庭院里自由歌唱'

的意思，我觉得有些东西只有彻底私有化，才是最极致的乐趣。”叶凯旋一边说着，一边欣慰不已地看了眼旁边的女儿，已经步入少女阶段的叶庭歌几乎是长成了他所希望的标准模板，她豁达潇洒又快乐。

“但那只是您的想法呀！我觉得您可以照着您的想法去体会自己的乐趣，叶庭歌也有权利照着她的想法去做她想做的事。”纪舷飞也不知道怎么了，大概是察觉到叶庭歌性格形成的源头，抑或是不愿意她继续生活在叶凯旋的影响下，情绪竟激动得有些失控。

叶凯旋透过后视镜看了一眼纪舷飞——今天以前他还觉得这男孩长得眉眼齐楚挺顺眼，此刻心里却有些酸溜溜，甚至不愿再多注意他了。

单纯的叶庭歌哪里觉察到这是两个人因她而起的战争？只觉得纪舷飞的态度有些莫名其妙，因此她还是站在爸爸这一边的，便对他说道：“迄今为止，我的任何一个决定都是在受到尊重的前提下所做出来的呀，纪舷飞，难道你觉得我不开心？”

叶爸闻言，胜利的感觉油然而生，纪舷飞则有些自讨没趣，车内气氛一时陷入尴尬，倒是一旁的杨烁鬼灵精，急忙出声打圆场道：“哎呀，我是不懂音乐啦，但我觉得可以从音乐中引发各种思想碰撞，其实是好事，我们各抒己见、求同存异嘛！”话音落下，感觉旁人都没有异议的意思，忽然指着前面的快餐店兴奋道：“叶叔叔，咱们到那边停一下好不好？好久没吃汉堡薯条了，咱们一边吃一边听音乐回城，感觉一定棒呆了！”

杨烁的提议确实应景，垃圾食品吃多了有损健康，但是偶尔开怀放肆地吃一次，还是很令人兴奋的。

只是后面的一路，叶凯旋跟纪舷飞的话少了起来，倒是杨烁跟叶庭歌的交流增多，两人的谈笑几乎承包了后半段的车程。

叶凯旋和纪舷飞都能从彼此附和的笑声中听出一丝尴尬，但比起纪舷飞，叶凯旋可能会更窝火一些，总觉得纪舷飞消停了，另一个臭小子又举着旗子向他迎风宣战一样。

不过，事情的发展并不如叶凯旋意料中那样。回城以后，叶庭歌跟两个男孩子道了别，彼此的交集像是告一段落，他们再没有出现在她的周围。

就在她准备忘记某些交集的片段时，邮箱里却收到了来自纪舷飞的邀请函，他说他找了配置顶级的录音棚将两人合作的歌曲制作完成，并在一个网络歌曲创作比赛中赢得了还不错的名次，因为这首歌很有可能会被发行，所以他想要在歌曲上市以前，召集亲戚朋友开一个小型庆祝会，想邀请她跟他一起首唱，留个纪念。

看着那张制作精美的电子邀请函，叶庭歌却毫不犹豫地拒绝了他，也许是受爸爸的影响，抑或是她没有料到纪舷飞竟然会把歌曲送去参加比赛，总之，对于“出名”这件事，她一点儿兴趣也没有，便在邮件里回复他说：“作曲版权已经说好送给你了，如何应用是你的事，不用在意我啦。而且，当众表演这种事我也不太擅长，所以，你就一个人好好表现吧！如果实在觉得过意不去，等你出名了，就在我们农庄附近捐赠一个山村图书馆可好？加油，祝你成功。”

纪舷飞对着电脑屏幕，看着叶庭歌措辞冷静的回复，脑海里不由自主地浮现出那张时常想起的面孔来，心里也随之涌起一抹沮丧。

自从上次分别之后，他便知道他们的歌曲获得了不错的名次，电视台姐姐的推广能力不错，还拉了赞助给他开发布会，纪舷飞以为叶庭歌听到这个消息一定会跟他一样开心，还特地嘱咐主办方把会场布置成田园风格，想要给她个惊喜，却没想到，她竟然一点儿兴趣都没有，那么轻而易举地拒绝了。

打开手机图库，身穿大迷彩服、绑着辫子头戴草帽的姑娘的背影像一朵生长在山间的植物，散发着茂盛的生命力与淡淡的清高和疏离，却让人内心越发焦急火热，急不可耐地想要靠近她，敲碎她的心房，更近距离地触摸她的喜怒哀乐。

只是，少年太骄傲，再次看着她那封写满拒绝的邮件，竟一瞬间丧失了争取的勇气。对着电脑，他打了几个字，又慢慢删掉，反反复复，也没再完成一句完整的心理描述——叶庭歌，我想见你。

Light Four

潮湿的心情一直都在，他隔天下午去会场彩排的时候还心不在焉，杨烁当然也跟过来凑热闹，一进来便像个公关负责人一样检查桌布和餐垫等装饰，正要进一步检查餐具时，忽然听见耳旁一声轻喝："放下，那个我都检查过了！"

不用回头杨烁就知道，说话的人是付千宁。

付千宁跟杨烁同班，两人关系不错，但自从杨烁带她认识了纪舷飞以后，付千宁明显对他的态度冷淡了许多，对纪舷飞却是极尽殷勤。

他知道，纪舷飞那种动辄高冷忧郁的矫情样，有时候就是比阳光和煦的自己，更讨某些小女生的喜欢。

付千宁长得漂亮，头发是自然卷，欧式的深邃大眼睛，额头饱满光洁，有点儿像混血儿。

纪舷飞不是情商感人的笨男孩，他知道付千宁一直在等待着自己，有些事情本来就需要男生先开口，可是，不知道为什么，每次面对她，总觉得内心深处的某个地方，还是欠缺了一点儿冲动与默契，令他无法温柔地直视她的眼睛。

而今天，看着付千宁像只小蜜蜂一样在会场大厅里跑来跑去，他终于找到了自己迟疑多时的答案，他想，他可能永远都不会跟付千宁说出那句话了。

"发什么呆呢？付千宁都忙了半天了，你不去请人家喝杯奶茶？"杨烁走过来，打断了他的出神。

"别闹了。"纪舷飞听出他语气暧昧，不免有些抗拒，皱着眉毛打断。

杨烁却偏偏不肯罢休，用胳膊撞了撞他，眉毛挑得老高："装什么呀你，你又不是不喜欢她。"

杨烁说得没错，纪舷飞不是不喜欢付千宁，只是，却也没有到几天不见就常常挂念的程度。

原来，喜欢这种事，也要经历一番比较，才更加清楚自己内心真正的渴求。

深吸了一口气，看着这个布置精美又隆重的会场，可以想象明天的时候，这里该是怎样的热闹非凡，而因为心中期待的某个身影不会出现，他又会是多么的孤单。

令纪舷飞没有想到的是，隔天，当他在音乐分享会上，跟经验丰富的会场主持人走完了致辞及采访流程后，竟然在会场里看到了叶庭歌的身影！

她梳着马尾辫，还是那张朴素恬淡的脸庞，身上是简单的白色背心搭碎花小裙，随意得跟这个豪华隆重的会场格格不入，但她的脸上并没有任何不自在，特别是眼睛里，流露着溪水般的一汪灵动，充满了善意与好奇。

纪舷飞感觉自己的心脏骤然收紧，整个人也莫名有几分兴奋，几乎是紧绷着完成了表演，一放下话筒便迫不及待地朝着叶庭歌走来。

也许是因为他的目光里只注意到她，所以刚才并没有察觉到一个细节，那就是，叶庭歌是跟杨烁一起来的。

当他朝她走近的时候，耳朵里不时听到旁人的窃窃私语，大家也都对叶庭歌的身份感到好奇——"杨烁带来的那个女孩子是谁啊？怎么以前从来没见过？"

怎么回事？她不是自己的客人吗？怎么变成了"杨烁带来的女孩"？

纪舷飞满脑子的疑惑，恰好看见杨烁就在眼前晃悠，立刻将他抓到一旁询问起来。

“我妹妹前段时间加入了一个山村图书馆活动，说认识了一个很有意思的小姐姐，今早请她到家里做客，我一看是叶庭歌，就把她带过来了，你说，是不是很巧？”杨烁虽然对纪舷飞不甚友好的表情十分不解，却又说不出哪里不对，按道理说，他以为纪舷飞看见叶庭歌会很开心呢！

很开心……纪舷飞深深地看了眼眉开眼笑的杨烁，又看了看在食品区拿了杯饮料边喝边打量四周的叶庭歌，她像只误入丛林的鹿，满身的格格不入，却又有种超然的轻松与自在。

纪舷飞也不知道自己在计较什么，可能是觉得叶庭歌最开始拒绝自己，后来却被杨烁拽过来，因此觉得有些别扭吧！

但别扭又如何？叶庭歌毕竟来了，她的出现对自己来说，就是一种莫大的鼓舞与安慰，这种感觉，是他从来没有体会过的。

盘踞在心头的渴望近在咫尺，纪舷飞却不由自主地迟疑了，甚至有些僵硬，不敢朝着她走过去。

倒是叶庭歌，在餐饮区取了一杯饮料之后，一边喝着一边不经意回头，看见久违的纪舷飞，爽朗大方地冲他笑了笑：“好久不见呀！”

纪舷飞看到她的笑容，终于放下拘谨向她走去，脸上保持着淡淡的克制。

在叶庭歌眼里，纪舷飞今天的衣着有些正式，格子西装配卡其色皮鞋，头发梳得一丝不苟，领结端正，袖口闪亮，相当注重细节，有点儿英伦小绅士的味道，因此，脸上的克制并没有使他显得不近人情，反而有种浑然天成的契合感。

他是好看的、优雅的、耀眼的、骄傲的……叶庭歌自见到他第一眼开始，就知道他是这样的男孩子。先前拒绝到这里参加分享会，除了对当众表演真的没有太大兴趣，究其更深层次的缘由，是叶庭歌担心，她遇见这样的纪舷飞，往后的生活还如何能安之若素？

生命中遇见了好的风景、好的人，自然而然地会起贪念，想把那些美好的东西通通留在身边——如果没有这样的把握，叶庭歌宁愿自己的生活仍然是平淡如水的。

Light Five

少女的敏感细腻严严实实地藏在心底，纪舷飞哪里能注意得到？他自顾开心雀跃，走到叶庭歌身边，有一搭没一搭地说了许多话，一旁的杨烁也凑过来，三个人不约而同地回忆起在静海农庄共度的那个夜晚，气氛立刻变得轻松了许多。

是啊，在这个繁华热闹的会场里，只有那个有些遥远且无法复制的夜晚，是属于他们的，确切地说，是属于叶庭歌的。

但，彼时共处的岁月太过单薄，稍一推搡便烟消云散，打断三个人欢畅气氛的，正是角落里一直默默注视纪舷飞的付千宁。

付千宁今天穿了一件蓝色渐变薄纱礼服长裙，中长发随意侧分披在肩头，衬得原本就十分精致的五官更加明媚，皮肤白皙，气质婉约大气，像个无可挑剔的深海公主。

她今天早早便抵达会场，帮着现场工作人员去忙一些琐事，纪舷飞请来的亲戚朋友陆续到来，大家对付千宁的姿态都流露出了然的善意，有人甚至干脆跑到她面前大赞她跟纪舷飞今天绝对是一对般配的“金童玉女”。

可是，即便有众人的默许，付千宁心里却还是有种淡淡的忐忑，也说不出是怎么回事，付千宁就是觉得，最近一段时间，纪舷飞那种若即若离的态度越来越明显，令原本自信满满的她，开始忐忑不安。

直到刚才，她望着从台上走下的纪舷飞，目光灼灼、脚步坚定地走向一个身影，有些问题的答案就这样浮出水面。

她一直以为，纪舷飞是个内敛的男孩，原来他也有豁然坚定的一面，只是，他的方向不是自己。

可是……付千宁在一旁默默地打量叶庭歌许久，却怎么也感觉不到那个瘦小寡淡的身影到底有何不同。

眼见三个人在那边越聊越开心，付千宁翻腾的情绪终于再也忍不住，她抬起下巴，尽量稳住自己的端庄姿态，走过去站在纪舷飞和杨烁中间，双手同时抓住了两个人的胳膊，笑意盈盈但不乏犀利地盯着叶庭歌，语气轻松地问道："这个小美女是谁呀？你们两个家伙，也不给我介绍一下！"

付千宁这个看似不经意的动作给叶庭歌提供的讯息就是：我跟他们两个很熟，我们才是一伙的。

若是一般女孩子见到付千宁的气势，可能会有些不知所措，更何况，明里暗里，叶庭歌对纪舷飞多少是有那么点儿的"非分之想"的，虽然根本没有构成篇幅，但想过就是想过。

但是，这么急不可待地过来表明身份，是不是可以说明，她才是更不自信的那一个？

叶庭歌放下果汁，抿嘴一笑，朝着付千宁递过手去："你好，我叫叶庭歌。"

小小一个动作，短短一句话，竟惹得付千宁整个人一怔，她回过神来，松开紧紧抓着杨烁胳膊的那只手，一向自诩大方的骄傲女生，竟然觉得有些狼狈。

在两只手掌贴合在一起的瞬间，叶庭歌也有些失神——刚才她还在想，付千宁看重的是他面前的哪个男孩，此刻，答案再明显不过。

她另一只没有松开的手，还在抓着纪舷飞呀！

两个女孩飞快地完成了一次短暂交锋，而对于纪舷飞来说，情绪起伏最大也最紧张的人，应该是他。

虽然他并没有跟付千宁表白过，可两人到底是在暧昧的气氛下相处了那么久，他还没有酝酿好一个体面的方式表达歉意，却被她撞见了对一切毫不知情的叶庭歌，他没办法若无其事。

至于杨烁，情绪则越发复杂。虽然在众人眼里，他一向是个招人喜欢的男生，总被贴着"花心""不靠谱"的标签，可实际上，他并不是真的对感情态度肤浅，不负责任。

只是，那个走进他心里的人，从来没有想要正视他的内心，了解他是个怎样的人。

遇见叶庭歌，他的确觉得这个浅淡超然的女孩子很特别，但瞥见一向高冷的纪舷飞举着手机偷拍她，心里触动不小，回城以后又见他魂不守舍，像是在印证心中的猜测，因此故意调查了叶庭歌最近的行踪，今天把她带过来。

看着纪舷飞脸上意料之中的欣喜，以及付千宁眼里的不解与焦急，一向玩世不恭的杨烁只觉得自己亲手导演了一场闹剧一般，心中百感交集，他自作聪明地猜到了故事的结局，却忘了这结局里亦有他难过的参与。

就在几个人之间即将陷入一股微妙的气氛中时，party（派对）的负责人喊纪舷飞过去，男孩的目光一直恋恋不舍地落在叶庭歌的脸上，在离开之前再三叮嘱她："等我，我一会儿就回来……等我哦……"

付千宁的脸色有些难看，向着纪舷飞远去的方向追了过去。

看着两人姿态暧昧的背影，叶庭歌心里闪过一丝异样的情愫。在今天走进这个会场之前，她一直在竭力提醒自己，关于纪舷飞的世界，来看看就好，反正她和他的人生不会有再多的交集，不能对他抱有任何期待。

可是，她又怎么能控制一颗怦然跳动的少女心？

Light Six

"所以，你平时都在家写歌吗？

"你们那个乡村图书馆，有什么好玩的事吗？

"你爸爸还是每周回农场一次吗？"

……

叶庭歌怎么也没有想到，自己一念之差，决定在会场里再待一会儿，却会被杨烁这个家伙缠上，在旁边喋喋不休，聒噪个不停。

杨烁如果知道自己被她这样嫌弃，绝对要窝火死——一向自诩帅气无敌的他难得如此体贴细致，多少女生绞尽脑汁往他身边凑，可她竟敢嫌他烦？

"杨烁，你是担心不跟我聊天会冷落到我吗？"

不停维持“尬聊”的气氛真的很难受，叶庭歌决定不再忍耐。

杨烁一愣，有点儿不太置信：“呃……什么意思？”

叶庭歌无奈地抓了抓头发，但还是直言不讳道：“意思就是，我看到周围一直有熟人跟你打招呼，你可以去找他们玩的，不用管我，我自己可以的。”话音落下，伴随着莞尔一笑，笑意真诚。

如果说从前，杨烁对叶庭歌的印象还停留在“一个内向简单的普通女孩”，他甚至有点儿搞不懂，这样的她为什么会引起纪舷飞的注意，还不动声色地撬动他傲慢高冷的心房。那么此刻，当他仔仔细细去打量面前的女孩时，似乎明白了什么。

她五官清秀，刻薄点儿说，是那种十分寡淡的长相，气质沉静，有种不符合年纪的稳重大气……却不是木讷呆板，也不是那种乍眼望去的开朗活泼，大概就是介于两者之间的独立与坦然吧，她整个人，都有种耐人寻味的味道。

杨烁不由自主地向她走近一步：“自己玩儿多没意思？带我一个吧！”

那天，从某种意义上来讲，叶庭歌似乎对纪舷飞……失约了。

纪舷飞强调了好几次，让她等他回来……可是，她后来被杨烁缠得实在难受，外加会场里也没什么好待的，便提早走出了会场。

她也想过要跟纪舷飞告个别，找了许久没看到他，倒是遇见了付千宁。

“他正在忙，你要走啦？那一会儿我帮你告诉他！”付千宁的嘴角扬起一抹少女的狡黠。

叶庭歌不甚在意，大大方方转身离去，哪想到杨烁竟然跟着她一起出来，原本打算一个人去看场电影的计划也被打乱，搭错神经的杨烁自告奋勇买了两张票，两人看完了电影，还到隔壁的VR（一种可以创建和体验虚拟世界的计算机仿真系统）体验馆玩了场射击游戏。

也不是没有再想起纪舷飞的，只是少女的矜持作祟，令她不愿将心中的旖旎涂上浓重的色彩，在生命中放肆张扬。

她怎么也没有想到，纪舷飞竟然会莽撞地闯入她的安全领地。

几天后的下午，叶庭歌放学以后慢悠悠地走出教室，她所就读的实验高中规模不大，穿过小小的操场走到校门口，习惯性地流连道路两旁的小摊子，忽然听见人群中有个清涤明晰的声音叫她的名字——

“叶庭歌！”

纪舷飞逆着人群，脊背挺得笔直，双手插在裤兜里，像一棵优雅从容的梧桐树，脸上挂着习惯性的骄矜，还有一丝不易觉察的紧张，微笑地望着她。

“那天，你怎么没有等我？”轻声开口，是有几分责备的，却不等叶庭歌解释，自己倒抱歉地欠了欠身，“没等倒也是对的，我那天被叫去跟一圈人打招呼，忙完的时候已经很晚了。”

叶庭歌心想，这人真是，大老远跑过来，该不会是跟她说这些废话吧？

何止这些呢？接下来，纪舷飞又自顾自地跟她说起这几天被娱乐公司叫去谈合约的麻烦事，听得她一头雾水，出于礼貌，只好面带微笑，不时配合他点点头，以示真诚。

气氛略有些尴尬，纪舷飞当然也感受到了，不免有些懊恼。这个内敛又自负的男生，太习惯女孩们主动围过来的热烈与殷勤，并没有对什么人感兴趣就走上前打开局面的经验，上次去静海农庄的时候他说底气十足地去谈协议，可今天下午跑来找叶庭歌，是因为他实在按捺不住内心的悸动，想要见她一面。

“要不，带我参观一下你们学校吧？”竭力想甩开那种尴尬气氛似的，纪舷飞故作轻松地冲叶庭歌提议。

“这个……”看着兴致正浓的纪舷飞，叶庭歌的脸上却露出为难神色，“可我今天跟别人约好了——”

“什么？”纪舷飞一时没反应过来，但不等他追问，那个跟叶庭歌约好的人恰好出现了。

自从上次跟杨烁一起去玩了一次射击，叶庭歌就被勾起了兴趣，跟杨烁在回家的路上还叽叽喳喳聊个不停，两个人交换了联系方式，后来只要杨烁有空，就会找她出去玩。

他们今天约好的，是去真人射击场跟他几个朋友组队玩游戏，杨烁拍着胸脯保证，比VR射击好玩一千倍。

看着骑着单车拉风出场的杨烁，纪舷飞心底不禁一沉，表情也有些复杂，杨烁却更加意外，大声向他问道：“这么巧啊，哥们儿，你也在这儿！”

“还真不算是什么好运气。”纪舷飞惯性地冲着好哥们儿摆出一副傲娇脸，杨烁倒也不跟他计较，抬手看了眼手表，冲叶庭歌道：“我跟他们约好六点半开场，我骑车载你二十分钟就到了，还有点儿时间，咱们去吃碗牛肉粉吧……”说着，他转脸看了看纪舷飞，口气很是揶揄，“大少爷，要不要一起来？”

看着杨烁堂而皇之地在自己眼前把叶庭歌带走，纪舷飞也说不上是气恼还是无奈，牙关咬得紧紧的，双手也在裤兜里握成拳头，最后却不得不在心里承认：比起处事圆滑，懂得争取，杨烁还是有他的过人之处的。

至少，他没有自己那么矫情。

这种认知不免令人万分沮丧，好在，他还有意料之外的奖赏，叶庭歌在跟他道别之后坐上了杨烁的单车后座，忽然跳下来，跑到他面前来——

“下次吧！”她吐字清晰又坚定，“下次你过来，我带你参观我们学校，还有，我的一个小工作室。”

少年潮湿幽暗得几近萧瑟的心房，像是忽然之间透过来一束温暖灿烂的阳光，他整个人都开始抖擞振奋起来，欣喜异常地冲她重重点头，只冲她说了一个字：“好！”

Light Seven

在真人射击俱乐部里，杨烁给叶庭歌介绍了一帮新朋友。

简单了解了射击游戏玩法之后，叶庭歌学着大家的样子装好了自己的装备，眼前却不自觉浮现出与纪舷飞告别时，他那一脸诚恳真挚的表情，有那么一瞬间她很想推掉跟杨烁的这场约定的，但最后她还是选择了离开。

“是不是有点儿后悔跟我过来了？”杨烁装备完毕之后，看着她在一旁发呆，忍不住过来问。

“怎么会？”叶庭歌回过神来，见杨烁满脸揶揄，倒也不甘示弱，伸手擦了擦手中的仿真枪，眉毛轻轻挑起，冲他意味深长道，“杨烁，我最近一直在想，你这样的人为什么要靠近我，带我玩。今天，我好像有点儿想明白了，你该不会是故意想惹纪舷飞不痛快，所以才总是找我的吧？”

话音落下，叶庭歌眼见杨烁惯性微笑的脸上，笑容慢慢消失，变得有些意味深长。很久，才嘴角一撇，一边摇头一边感叹一句：“你呀你，还挺自恋！”

跟纪舷飞不一样，性格爽朗圆滑的杨烁自认很了解叶庭歌这种文艺女生，心里总觉得她们大多清高不逊，过分追求浪漫精致，不仅难以接近，还万分难以取悦。

说穿了，就是矫情。

但是，怎么说呢？有一点叶庭歌倒是说对了，他最初接近她的目的，多多少少，是跟纪舷飞有关的。

不过，几次接触下来，他发现她并没有自己印象里那种文艺女生的“臭毛病”。

她简单、纯真、眼神清澈，对新鲜事物乐于探索，富有热情，大多数时候看起来都是乐观积极的——这样的她，令人不由自主地感觉到生活中那种很踏实安稳的美好，下意识地想要变得认真，摆脱所有轻浮度日的空虚感。

所以，他想跟她交往看看。

这个想法，在最初从脑子里冒出来的时候，杨烁觉得自己疯了。

明明，他是另有目的，才强行挤到她身边的。

明明，在他心里，坚守着另一个明朗俏丽的身影。

隔天中午，杨烁和纪舷飞吵了一架。

原本是因为一场球赛，两人配合不好，导致整个队伍丢分严重，最后输了比赛，后来一起去食堂，两人异口同声都要了一份香芋蒸排骨，但打饭阿姨对他们说只有一份了。

若是平常，可能有个人再换一道菜就行了，可是今天，两个人忽然都固执起来，僵持半天，谁也不肯退让。

许久，到底是纪舷飞先忍不住，冲杨烁说了句：“别闹了。”

杨烁仿佛一下子就听懂了他的深意，像是为自己解释一般：“我没有闹，我对叶庭歌是认真的，她让我有种很安心的感觉。”

“你？安心？”纪舷飞像是听到了天大的笑话一般，“杨烁，你能不能别这么恶心？叶庭歌不是一般的女孩子，她禁不起玩笑的。”

“纪舷飞，禁不起玩笑的人是你吧？你以为全世界只有你高尚、优秀，你有能力配得起她，而我配不起对不对？”杨烁仰起头来，昔日玩世不恭的少年，像个被激怒的小狮子，杀气腾腾地望着纪舷飞。

“杨烁……”纪舷飞最担心的就是局面变成这个样子，但他的解释却苍白无力，“你知道我并不是这个意思……”

越过纪舷飞心虚的面孔，杨烁看到一个熟悉的身影从食堂门口走进来，付千宁也注意到他们，因此冲杨烁笑了笑，食指竖在嘴巴中间做了个“嘘”的动作，然后脚步轻轻地慢慢靠了过来。

杨烁心里一紧，没想到自己已经竭力转移了目光，却还是逃不开悲伤的牢笼，他情绪复杂地看了眼面前的纪舷飞，叹息着说了一句：“管好你自己吧！”便大步离开了食堂。

顺着他的身影转过视线，纪舷飞一眼便看见了已经走到他身后的付千宁，面对少女灿烂明朗的微笑，一抹浓浓的歉意涌上心头。

Light Eight

“对不起千宁，我不能和你在一起。”

娱乐公司的会议室里，几个管理层在针对要不要签下纪舷飞这个问题上争执不休，旁边充当他经纪人的姐姐一直在跟大家激烈讨论，为他争取权益，可他这个签约协议的中心人物，却一直心不在焉，脑子里回想着付千宁跟他表白那天，他是如何不留余地地拒绝了那个女孩。

他永远也忘不了付千宁痛苦离去时的怨恨眼神，她紧握双手，嘴巴抿得紧紧的，许久才一字一顿地冲他说了一句：“纪舷飞，你不会遇到比我更好的人了！”

是有多骄傲的女孩呢，才会在表白被拒之后，冲他说了那样一句话？

他从来都不觉得付千宁有哪里不好，是他不好才对，自认善意客气地对待她，却还是让她受到了伤害。

自责而混乱的情绪让他静不下心来，索性偷偷掏出手机来玩，邮箱提醒里躺着一封新邮件，他点开来看了一眼，好像……是一首歌词。

歌名叫：《借两部手机也要为你打call（加油打气）》。

看歌名就知道整首歌词的风格走向，什么“你就像个戏精所以很会玩狼人杀”“不管妲己还是扁鹊你都6得飞起从来不坑”……而最让纪舷飞震惊的，还是他看完歌词以后回头去看的发件人，竟然是叶庭歌！

纪舷飞几乎振奋得要从椅子上跳起来，他按捺着心中狂喜，小心翼翼地回了一句：“你写的？”

“写着玩的，没弄过这种风格的东西，还不知道怎么配曲呢，给你看看。”叶庭歌很快回了邮件。

给你看看……纪舷飞很喜欢她用这种十分朴素的方式跟他闲聊，好似两人已经是亲密无间的朋友一般，因此他心情大好：“那我跟你一起想吧，等我会儿，晚点儿去找你！”

看着纪舷飞的那封邮件，措辞虽然没有很霸道，可分明是单方面决定了一会儿将要跟她会面的事情。

而叶庭歌发现，对于他的自作主张，她心里是万分欢喜的。

两个人很快便在她的小工作室里见了面，这里原本是学校的军乐器仓库，而叶庭歌恰好是仓库管理员，后来大部分乐器被分到同学们手中自己保管，叶庭歌便买了一块大布帘，在靠窗的空地处隔了一小块区域，作为自己的“工作室”。

“这里，很不错哦！”纪舷飞认真打量着她的一小块天地，由衷称赞道。

叶庭歌听杨烁说过，纪舷飞家里有一个专门的房间用来进行词曲创作，而他本人又有进军歌手行列的打算，跟他所拥有的环境比起来，自己这里，应该是简陋得不像话了。

但他模样诚恳，并不像是客套，叶庭歌也懒得计较，反正他人都来了，便抓着他一起进入状态，一番探讨加调整，倒是把那首即兴写出来的歌词谱好了曲，还顺便用手机录了个试听小样，效果出奇地好，两个人都十分满意。

“不过，你怎么会想到，要写这么一首歌呢？”纪舷飞十分好奇，毕竟，在他的印象里，叶庭歌的风格应该是文辞精美雅致的小清新路线，而不是这种……这种偏向于网络爆款口水曲风。

纪舷飞不禁想起刚才会议的末尾，那几个娱乐公司负责人一致认为，走创作型文艺青年路线太小众，而且太耗时间，他们觉得如果要签下纪舷飞，必须要让他推出几首大热网络单曲，把人气烘托出来，才具备出道的价值。

那不就是，让他走网红路线，蹭热点博眼球？

纪舷飞十分不屑，可见到叶庭歌之后，却觉得一起做做口水歌也挺好玩的——当然，重点是，和她一起。

“那个噢……受杨烁影响吧，他不是有个‘线下王者兄弟联盟’吗？过几天要办聚会，问我能不能帮忙写个联盟之歌，外加整天跟我普及各种稀奇古怪的游戏，我都拼在一起了。”叶庭歌一边认真解释，一边把写好的歌曲打包发给杨烁，当初写这首歌的初衷确实是因为杨烁一再央求，而里面很多元素也是认识他以后自己才接触到的，所以，他也算是灵感提供者了。

一听到叶庭歌提起杨烁，纪舷飞心里说不出地嫌弃，总觉得那小子接近叶庭歌没安好心……但现在不是计较的时候，他没有再跟叶庭歌深入探讨有关杨烁的事情，而是不由分说地把她带到一家日式铁板烧，跟她一起吃了顿大餐。

Light Nine

晚上回家，叶庭歌刚一进门就觉得气氛不对，沙发上的叶凯旋意味深长地打量她许久，终于在装模作样地干咳两声过后，冲她问：“所以，那两个男孩现在，都是你的好朋友？”

闻言，叶庭歌不禁一怔，稍一动心思便想明白了，不管是前几天被杨烁送回家，还是今天被纪舷飞送回来，都被心机深沉的老爸看在眼里。

真是……八卦呀！

叶庭歌依偎在爸爸身边，像小时候面对两个心爱的玩具却拿不定主意那样，亲昵地向她最信赖的老爸求助：“他们两个都很好，但是带给我截然不同的感觉。跟杨烁在一起的时候，时间不知不觉就过得很快；和纪舷飞在一起呢，我就特别希望时间过得慢一些。”

看着女儿毫无保留地向他倾诉着心里话，叶凯旋觉得自己有点儿可笑——明明，不管到什么时候，他都是庭歌最亲爱的老爸，却自寻烦恼地给自己加了那么多假想敌，真是太幼稚了。

“这就是有好感和喜欢的区别了……”叶凯旋重新站在一个成熟爸爸的立场，帮她分析道，“但我觉得有点儿可惜，因为你喜欢的是纪舷飞，他不如杨烁简单有趣，而且……我觉得他的事业心比较重，而且他将来应该是预备当明星的，你如果选择他，会很辛苦。”

这个……叶庭歌不是没想过，但是，少女心，不就是对一切美好的事物怀有憧憬和期待吗？

“爸爸，我赌他，无论如何，都能保持初心。”

因为我喜欢他，所以不管我们之间的结果如何，我都坚信，他不会变成令我厌恶的人。

隔天一早，叶庭歌看到手机里有两条杨烁的微信留言，说是感谢她创作的联盟之歌，顺便酸酸地说了句：就是唱小样的男歌手水平不咋的，太业余了。

这语气……肯定是听出纪舷飞的声音了，叶庭歌莞尔一笑，回了他一句：嗯，这句评价你最好当面跟他说。

可是，没过几天，这首歌却引起了一阵不小的风波。

某天午休，教室里竟然有两个同学在哼唱这首歌，叶庭歌诧异不已，追问了几句反而被告知——“你都不看微博的吗？这首歌已经挂在热搜两天了！”

叶庭歌打开微博，果然看到《借两部手机也要为你打 call》赫然出现在热搜榜，可点开关联信息就很耐人寻味了：新生代音乐才子纪舷飞暨创作文艺神曲《和光同尘》横空出世之后再出佳作，新歌趣味潮流，紧跟网络热点，小样流出惹万人传唱……

如果叶庭歌没有记错的话，她上一次搜索纪舷飞的微博，才一千多个粉丝，但她今天点进去看的时候，他的粉丝量已经破了六位数，微博置顶的内容，正是那首“独自创作的新歌”。

叶庭歌关上手机，心烦意乱地闭上眼睛，两个人前几天一起坐在工作室里合作的画面历历在目，那样默契，那样与世无争，那么纯粹到极致的快乐，难道，都是披挂在利益外壳下的虚幻之境？

种种复杂难言的情绪在心中升腾，叶庭歌觉得自己一阵清醒又一阵迷惘，清醒的她，愿意相信一切都是误会一场；迷惘的她，却十分费解，若是误会，已经发生了这么久，为什么纪舷飞还不来向她解释？

主动跑来找她的人却是杨烁，像是也有很多事情想不通一样，小心翼翼地问她：“庭歌，那首歌不是你帮我们写的吗？怎么……怎么变成了……”

怎么变成纪舷飞原创的了？

这也正是叶庭歌想不通的地方，严格来说，纪舷飞也算参与了作曲，而且如果他想要这首歌，完全可以跟她商量，她以前就送过他一首曲子，再多送一首也没什么大不了，可他不打招呼直接标着词曲原创挂在首页，难免不引人深想。

叶庭歌不愿在事情搞清楚之前发表任何看法，特别是面对立场更加为难的杨烁，她咬咬牙，不由分说地冲他承诺道：“我再帮你写一首歌吧，我保证，这次绝对不会提前泄露！”

叶庭歌说完，便推托有事，一个人大步离开，小小的身影却有着巨大的能量，杨烁若有所思地望着那个背影渐渐消失，紧皱的眉头却忽然松开，他长叹一口气，接着打定主意，去找纪舷飞。

严格来说，这件事跟他并没有什么关系，叶庭歌和纪舷飞，不管谁是那首歌的原作者，那都是他们俩之间的事儿。

可杨烁就是觉得气不过，纪舷飞想出道当歌手这件事他早就知道，他也一直认为自己这个从小玩到大的好兄弟很有才华，只要找对方向，自然有他发光的时候——但，绝不可能是这种光啊。

上一次他想收叶庭歌的曲子，好歹还拿出诚意追她追到静海农庄，可这次干脆就不问自取？就因为叶庭歌性格不争人好说话？

他这一次，真的太不体面了。

杨烁带着一腔怒意去找纪舷飞，没想到却扑了个空，家里人说他被叫出去谈事情，他以为纪舷飞被叫到电视台，急急忙忙赶过去仍然没见到人影，却意外地在广电大厅里看见了付千宁。

跟她一起从电梯走出大厅的，还有那个最先发掘纪舷飞的姚静，也就是纪舷飞经常挂在嘴边的“电视台姐姐”。

看着两人有说有笑的模样，杨烁不由自主地想要闪到一旁躲起来，却已经来不及了，眼尖的付千宁一走到大厅就注意到他，碍于刚才姚静在场才没有叫住他，好不容易得空回头，却望见他欲盖弥彰的身影，心底闪过一丝踟蹰，却还是大声喊出了他的名字：“嘿，杨烁！”

Light Ten

急于躲藏的杨烁，不外乎想要给彼此留一点儿余地，可霸道的付千宁根本不给他这个机会。

虽然很多细节他还没有理清楚，但有些事情稍一转念便有了答案，前几天付千宁被纪舷飞拒绝之后心情不好，几乎天天跟他待在一起，当然也包括叶庭歌将那首歌传给自己的时候——彼时他们和一帮朋友在吃烧烤，他一收到歌就跟朋友们炫耀：“这是我找人帮忙写的联盟之歌哦，超厉害的……”

那首歌的小样是纪舷飞唱的，付千宁当然听得出来，她还听姚静说过，纪舷飞现在最缺一首“爆红神曲”，只要有热度，就不愁没资源。

虽然纪舷飞拒绝了自己的表白，可付千宁并不认为他们两个就此断送了所有的缘分，如果不是那个横空冒出来的叶庭歌，他们两个，明明可以顺理成章地走到一起。

付千宁望着杨烁的手机，听着那朗朗上口的旋律，彷徨的情绪慢慢沉静下来，一个决定在脑海中悄然成形。

付千宁偷偷将歌曲导入自己的手机，然后登录纪舷飞的微博，将歌曲发布出去——这首歌一开始是没有什么反响的，是她联络姚静，姚静连夜找人转发，外加花钱买了热搜，才运作出效果惊人的热度。

整个过程不过短短两天，但对于传播疯狂的网络效应来说，时间已经足够了，付千宁来找姚静的时候，得知她这边已经收到了三家公司向纪舷飞发来的合作邀请，他离成名只剩一步之遥。

“你这样偷天换日，有没有想过，万一事情的真相爆出来，纪舷飞并不是词曲作者，将会陷入什么样的局面？”

虽说他跟纪舷飞在一起的时候总少不了摩擦拌嘴，特别是纪舷飞在对待付千宁的态度上也令他极为不爽，可是，他并不赞成付千宁用这样的方式，来博取她在纪舷飞面前的存在感。

她确实是一心一意地为纪舷飞着想，但她这种行为，不仅是窃取叶庭歌的心血，也为纪舷飞贴上了虚伪的标签。

她更是把自己也推向了为达目的不择手段的境地，这才是杨烁最不希望看到的。

可是，面对杨烁种种复杂的情绪，付千宁却十分坦然，甚至有些得意地冲他眨眨眼睛：“杨烁，你以为纪舷飞现在在干什么，躲在角落里恨我、恨姚静吗？我只不过帮他做了一件他想做但没有做的事，我只是在帮他看清自己，到底是想要自在惬意的蓝天白云，还是璀璨夺目的平坦星途！”

付千宁这句话，让杨烁恍然大悟。

回想自己刚才反复琢磨着某些细节，却始终觉得别扭，此刻他才终于明白，付千宁虽然是背着纪舷飞发了微博，但她联系姚静一起运作的时候，如果没有得到纪舷飞的首肯，这件事不会操作得这么顺利。

事实也正是如此，纪舷飞虽然没有亲手发布付千宁那首窃取的歌，但他也并没有在那条微博出现以后立刻删掉，甚至做出说明。

他老早就很清楚，这首歌很有爆红的潜质，他心心念念早日迈入流行歌手行列的梦想就有机会马上实现。

但问题是，那首歌，并不是他的啊！

纪舷飞当然明白，这首歌来路不明，可他已经嗅到了成名的芬芳，歌曲蔓延，粉丝急剧增多，各大娱乐公司的电话打爆了姚静的手机，有种无法抗拒的满足感遍及全身，他仿佛看到自己站在了辉煌的舞台中央，他所期待的生活近在咫尺。

只是，不管他眼前勾勒出怎样精彩诱人的画面，关于叶庭歌，却总有一种挥之不去的隐痛。

其实，当初知道她在创作这首歌的时候，如果自己开口跟她要，叶庭歌也许会给他的，但是，他已经白白拿走她一首曲子，如今跟她要一首歌，未免也太厚颜无耻了。

所以，思忖再三，他终于还是没有开口，他也终于没有坚定地推开不属于他的一切，做回那个骄傲自负的少年。

“那你现在就不厚颜无耻了？”杨烁在两人常去的篮球场找到纪舷飞的时候，怒不可遏地揪起他的衣领，“纪舷飞，你到底在摆什么架子？难道你以为你不解释，叶庭歌就能原谅你吗？”

原谅？

纪舷飞听到这两个字就笑了，自嘲一般低下头：“我连自己都不打算原谅了，还怎么好意思让她原谅我。”

也不是没有想过要抛弃一切，一心追逐那个淡雅高洁的身影。有一次，他甚至偷偷来到她家楼下，可是，就在他鼓起勇气想要朝着门口走过去，那扇如同命运一般的门却忽然从里面推开，紧接着，他看到叶家父女走了出来。

叶凯旋拿着一把手风琴，叶庭歌则拎着一把吉他……两个人若无其事地谈笑风生，貌似要去文化宫义务演出，脸上再自然不过地洋溢着从心而发的快乐。

眼看着两个人坐进车子，纪舷飞想起曾经在车厢内与叶凯旋的一番辩论，拳头紧紧攥着，勇气却渐渐消散。

曾经他与叶庭歌无比默契，可此刻才明白，是他配不上她。

……

纪舷飞再次抬起头的时候，俨然是满脸绝望。那一瞬间，杨烁忽然明白，纪舷飞对于名利的追逐完全在他的想象之外，只是从前他不懂，他以为纪舷飞清高又傲慢，可现在他懂了——所谓清高傲慢，是他隐匿自己的一张壳，遇见叶庭歌之后，他也曾在那个美好单纯的女孩与理想之间挣扎过，但最终，他还是选择了自己。

杨烁从未有哪个瞬间，觉得自己是这样了解纪舷飞，也从没有哪个时候，觉得他是这么陌生。

杨烁的嘴唇翕动了许久，终究无话可说。

Light Eleven

又一个周末，叶庭歌跟着爸爸到农庄帮忙，还是那套松松垮垮的迷彩服，还是两条垂在胸前的小辫子，看起来还是那个元气满满的小姑娘，叶爸却觉得，女儿哪里有一点儿不一样了。

彼时，纪舷飞已经成了签约歌手，下个月就将发行自己的新单曲了。

之前火爆一时的那首网络神曲，叶庭歌当然没有跳出来找他的麻烦，她一直等啊等，想要等纪舷飞过来跟她解释，后来她知道，他永远都不会来找她了——不管她为他准备了多少原谅。

因为，他根本就不需要原谅。

她也消沉过一阵子，毕竟，她曾毫无保留地信赖纪舷飞，却遭遇了这样不明不白的结局。

但她并不后悔。

她记得静海农庄里的第一次遇见；也记得音乐分享会上，他潇洒而腼腆地向她走来；还记得学校里的小工作室里，他们度过默契又快活的傍晚……

所有美好，虽不能如初，但存在过，这就是青春的意义。

叶庭歌卖力地拿着小铲子在田间除草，不时抬眼看看天空，夏末的黄昏是很漂亮的，像个慵懒的美人，让人心生温柔。

远远听见有人在背后喊了声她的名字，叶家父女几乎同时回头望去，杨烁的瘦高身影正由远及近地向着他们跑过来。

叶爸眼睛一亮，瞄了眼身旁的女儿，意味深长地说了一句："如果要我选，我就要这种心无旁骛向你跑来的男孩。"

叶庭歌一怔，回过神的时候，杨烁已经跑到她面前，气喘吁吁地跟她和叶爸打招呼："叶叔叔，庭歌，我来帮你们干活了！"

赶在叶庭歌回答之前，他已经一把抢过她手里的小锄头，有模有样地蹲在地上除草。

夕阳的暖黄光芒打在少年漂亮的脊背上，叶庭歌的心里有一种温暖的迷惘，抬头看了眼爸爸，爸爸却耸耸肩膀，并没有说什么。

或许，这是另一个故事的开始。

也或许，另一个故事已经开始了。

故事的名字就叫，尽在不言中。花

提拉米苏的秋天

Tilamisu de Qiutian

文/君 卿

图/高梦雪

1

Tilamisu de Qiutian

木门“吱”的一声被推开，伴随着铃铛声，尹慕秋说了“欢迎光临”，还没来得及抬头便看到一个人影钻进了柜台后面。

小偷？他把手上的咖啡杯放下，顺手拿起了一旁的扫帚，迅速走过去。

柜台后蹲着一个穿着黑色套头衫的女孩子，此刻气喘吁吁地抚着胸口，见他过来抬起头，有点儿慌乱地解释：“我……我不是坏人……”

她的声音很小，似乎是怕被别人发现，小心翼翼地看着外面。

尹慕秋见她看上去人畜无害，便把扫帚放下，问道：“您是在躲什么人？”

她疯狂地点头，又看了一眼窗外，脸色大变：“来了，

coffee

你帮帮我！”

尹慕秋抬头望去，落地玻璃窗前跑过一个人，“咣当”一声推门进来。

“我来找个人。”中年男子有点儿着急，但态度还算礼貌，“你有没有见过一个一米六五左右，身穿黑上衣牛仔裤的女孩子？我刚才看见她跑进来了。”

尹慕秋礼貌地摇了摇头，挽起白衬衫的袖子，慢慢说道：“您应该是看错了。”

男子有些犯愁地抓了抓头发，说：“如果您见到的话，麻烦转告她，她逃课我可以不计较，但是人必须回去。”

“好。”尹慕秋回答。

眼见那人离开了咖啡厅，柜台下那个女孩已经瘫坐在地上。她看上去年纪很小，十六七岁的样子，一双眼睛如星辰一般闪亮，可爱的娃娃脸不管是谁看到都没法生气。

“你是谁？”他问。

女孩闻言起身，拍了拍身上的灰尘：“你好，我叫苏洛！”

尹慕秋看了看面前比他低一头的女孩伸出的小脏手，举起手上的抹布，温和道：“抱歉，不太方便。”

苏洛也不气恼，说道：“还好你帮我挡了一下，他们也太可怕了。我不就是翘了两节课吗？搞得像是个通缉犯。”

“你是对面警校的学生？”尹慕秋问。

“对啊！”苏洛回答，“我之前看你出来喂流浪猫就知道你一定是个好人，你看这不就帮我应付教导主任了嘛……”

苏洛喋喋不休地说着，尹慕秋也不打断她，只是做自己的事。他平时确实会在店外喂猫，却没想到因为这点儿小事就会被人发“好人卡”。

木门再次响了一声，尹慕秋条件反射道：“欢迎光临。”有三四个人从门口进来，苏洛愣了一下，挠了挠后脑勺儿，说道：“那我先走啦，谢谢你哦！”

尹慕秋没来得及回应，女孩便出了门，沿着墙壁一路小跑，消失在他的视线里。

咖啡厅的斜对面是一所警官学校，众所周知，警校很少有女生出没，而像苏洛这样的更是少之又少。就连尹慕秋都知道，苏洛是这一届大一新生里最活跃的女生，长相出众，专业水平也高，就是脾气暴躁了点儿，还有点儿话痨。

他想，他已经见识过了她的话痨……尹慕秋微微摇头。

之前他就听来店里的警校老师们谈起过苏洛。她年纪小，读书一路跳级，入学的时候还不满十七岁。这个姑娘甚至在开学典礼上做出过演讲到一半时说：“这稿子谁写的？真恶心。”这样惊世骇俗的举动，校长念在她成绩好的分儿上放了她一马，却也从此让老师们更操心她。

警校的制度一向严苛，怪不得教导主任亲自来抓她回去上课。尹慕秋想着，重新塞了塞即将掉出来的耳机，把巧克力放进锅里熔化。

苏洛就是在这个时候又一次出现在了咖啡厅里。

“你就是尹慕秋？”苏洛扑到柜台前问，“同学们都说你做的提拉米苏特别好吃，是真的吗？”

尹慕秋抬眼看她，说：“你还未成年，不能吃提拉米苏。”

“为什么？”苏洛有些不明所以，尹慕秋只好解释道：“有朗姆酒。”

苏洛“扑哧”一声笑出来：“喂，我将来可是要成为警察的人，怎么能怕这区区一点儿朗姆酒？”

尹慕秋好脾气地搅拌着巧克力说：“为了补偿你，我请你喝热巧克力吧，小朋友。”

苏洛还没来得及说话，就被尹慕秋塞了一杯热巧克力，后者转身进了蛋糕房，有意打断了她接下来的话。等尹慕秋再出来的时候，巧克力还在，人却不见了。

街上人群嘈杂，店里仅有的几个人都扒在玻璃窗上往外看，尹慕秋给客人端上了抹茶蛋糕，自己也打开门去看。

似乎是有人抓到了贼。尹慕秋回头看了一眼满杯的热巧克力，大概猜到是苏洛去了。

果然，五分钟后，苏洛笑嘻嘻地回到了吧台前。她清丽的脸庞上挂了彩，颧骨处蹭破了皮，裤子的膝盖处也被剐破，露出了鲜红的伤口。

“尹慕秋，你这里有没有医药箱啊？”她问。尹慕秋从柜台下翻出了酒精、棉棒和创可贴，一并递给她，说：“要我帮忙吗？”

“你觉得你帮得上忙？”苏洛指了指膝盖，“我恐怕还得借用你的房间……”

苏洛穿了紧身的牛仔裤，处理伤口的场面会很尴尬，这时候让她自己回学校似乎也不太人道，尹慕秋只好带她去了楼上的一个小房间，说道：“我的房间光线不太好。”

“没事没事，我随便处理一下就好啦！”苏洛很不客气地坐到床上，开始对自己动手。

她本来是来谢他之前的“救命之恩”，没想到碰上了一场抢劫，还受了伤。苏洛唉声叹气地处理好伤口，一瘸一拐地下了楼。

“尹慕秋，你……”她还没说完，一块蛋糕摆在了她面前，尹慕秋淡淡地说：“布朗尼，你可以吃这个。”

“给我的？”她有些惊讶，“可是我没有点啊！”重点是她没带钱！

“你受伤了，就算是安抚你的情绪吧，小朋友。”尹慕秋说。

苏洛找了张桌子，开始小口吃蛋糕。她来的时候已经是黄昏，周日晚上警校有自习，她又要赶回去了。她看着玻璃蛋糕房里的尹慕秋，心说这家店的店长真是奇怪，明明店里顾客这么少，他居然还送自己蛋糕，难道是做多了卖不出去吗？

而认真工作的人好似并没有在意她的目光，他垂眸，修长的手指拿着裱花器，熟练地在蛋糕上挤出匀称的波浪，白色的厨师帽将他的短发盖住，即便是普通的墨绿色围裙，穿在他身上也很好看。

苏洛终于明白为什么学校的女生宁愿牺牲休息时间也要趁着周末来喝下午茶了。尹慕秋看上去不过二十岁的样子，说话却缓慢而温和，总能给人安心的感觉。

她想得入了神，突然被敲玻璃的声音惊醒，闻声转头，吓得大叫一声：“求求你了李主任，下次不要在黑夜里出没了！”

窗外站着的正是上次来抓她的中年男人，此刻正黑着脸盯着她。

不过他这张脸也太黑了点儿，苏洛想，难道是军训的后遗症？

顾不上多说，苏洛匆匆忙忙地吃掉了蛋糕，跟蛋糕房里的尹慕秋打了个招呼就跑了出去，一边跑一边疼得吸气。不一会儿，街上传来她大呼小叫的声音：“李主任，你走慢一点儿啊！我可是个残疾人！您知不知道我今天下午见义勇为了啊？过几天应该就会收到锦旗了，哈哈哈……”

好吵……尹慕秋想着，摘下了有些松动的耳机，揉了揉耳朵。

世界一片寂静。

2

Tilamisu de Qiutian

似乎是那块布朗尼蛋糕让苏洛觉得自己和尹慕秋的关系近了些，这个小姑娘开始时常出现在咖啡厅里，有时候尹慕秋忙，她就坐在一边帮他切柠檬，或者到店外面去喂猫。

他们之间的交谈一般只有苏洛一个人在说，尹慕秋偶尔会接话，更多的时候则默默地做蛋糕。一次苏洛终于忍不住问他：“喂，你能不能别在别人和你说话的时候戴耳机啊？很不礼貌啊！”

尹慕秋一愣：“这样我听得更清楚些。”

苏洛也没接着问下去，只是恹恹地搅着奶油，问他是不是别的学校制度也这么严苛，每个教导主任都会抓人回去上课。

尹慕秋没上过大学，所以只能劝她放宽心，至少这样的老师很负责任。他知道苏洛不想当警察，在同龄人都活在幻想与梦境里的时候被丢到警校进行严苛的训练，是一件既残忍又无可奈何的事情。

他知道，苏洛的父亲就是名警察。

“但是我妈妈是医生啊！”苏洛愤愤不平地说，“为什么大家都不让我当医生？”

尹慕秋挤奶油的手顿了顿，继续说：“你该知道，医生很不容易。”

“难道你觉得我会怕吃苦？”苏洛不服气道。

尹慕秋笑了笑，说：“我可没这么说啊，小朋友。”

“我明天就十七岁了，别叫我小朋友啦。”苏洛眨巴着眼睛望向尹慕秋，“喏，你看，生日都告诉你了，是不是该有所表示？”

尹慕秋想了想：“你想要什么？”

“想去游乐园，还有游戏厅。”苏洛说，“啊，我还想吃你亲手做的蛋糕呢！”

对于一个蛋糕师来说，做一个适合顾客的蛋糕再简单不过。少放些朗姆酒，三倍量巧克力，一个为苏洛定制的提拉米苏端上桌。

苏洛喜欢吃巧克力，每次来他的店里都会点，有时候赖皮不付账，有时候又担心他的店支撑不下去，放两三倍的钱。

十七岁的小女孩有些忧国忧民，总是捧着脸问他为什么不招店员。其实这里不只有尹慕秋一个人，只是另一个店员临时有事回家了，尹慕秋觉得没必要找短期工。如今苏洛经常来帮忙，还让他省了一笔雇工费。

这天是苏洛的生日，她本应该早早就在店外蹦跶，然而尹慕秋等到了晚上九点钟，苏洛却一直没来。

应该是被抓去上课了吧？他想。然后摇了摇头，独自吃掉了那个两人份的蛋糕。常来店里转悠的小猫在他脚边蹭来蹭去，他摸了摸它的下巴，喂它吃了点儿猫粮，把它放了出去，而后关了店门。

周一，尹慕秋趁人少关了店去医院，他从小体弱多病，一直有定期体检的习惯。回来的时候发现苏洛的手臂缠着绷带，正蹲在店门前的地上逗猫。

“你回来啦！”苏洛皱皱鼻子说，“去医院了？一身消毒水的味道。”

尹慕秋不说话，把卷帘门打开。苏洛抱着猫钻了进去，她没有穿校服，显然是没去学校上课。尹慕秋顺嘴问了一句，便听苏洛得意扬扬地说：“市局刑警队昨天把我抓去一天，我还不能休息了？”

她的话和又一次的受伤让尹慕秋有点儿惊讶。据他所知，刑警队的警察必须有极高的素质，就算面前这个女孩业务水平再高、能力再强，他们也不可能让她出任务，除非是李主任特许的。

李主任是市局的特约指导，带着自己学生去刑警队也算合情合理。尹慕秋确实听说，最近一段时间出现了连环抢劫案，虽然抢的都不是什么贵重物品，但给市民造成了恐慌。他给苏洛倒了热水，听她讲下去。

“其实我受伤和我上次抓的那个贼有关系，今天我刚进市局就迎面碰上了他，也不知有什么深仇大恨，两个人都抓不住他，二话不说就朝我撞过来，所以我就再次光荣负伤了。”苏洛说，“我怎么这么倒霉啊？目前急需布丁和牛奶来安抚！”

尹慕秋笑，从冰箱里取来布丁，放到她面前，自己也坐下来。耳机用得太久了，松得厉害，他往里塞了塞，就听到她一边吃东西一边含糊地问：“老板，你做蛋糕多久了？”

“大概……三年了。”尹慕秋说。

“啊……那你居然没上大学啊？你爸妈同意吗？”

尹慕秋没有回答。

没上大学是因为他三岁就进了孤儿院。多年来，一直有一位警察愿意出钱供他上学，他才能顺利地高中毕业。但也就是这一年，几位民警找到他，告诉他那位警察意外牺牲了。他们给他带来了最后一笔钱。

十七岁的尹慕秋用这笔钱去学做蛋糕，三年后在警校旁边开了一家蛋糕店。

尹慕秋看着苏洛喝牛奶，她放下杯子，却没察觉有奶渍留在了上唇处，像是一圈白色的胡子。他憋着笑听她说学校的功课有多难，最后还是没忍住，伸手帮她擦掉。

女孩似乎愣了一下，结结巴巴地顾左右而言他，他也没有在意。他觉得，苏洛是朋友，是他二十年来最亲近的人了。

他这些年的生命堪称坎坷，直到他遇到了苏洛。

3

Tilamisu de Qiutian

苏洛似乎对之前放尹慕秋鸽子的事情有些愧疚，周一的时候借着“反正店里没什么客人”的荒唐理由执意拉他去了游乐园。尹慕秋一贯温和，拗不过她的倔脾气，便关了店门贴了张告示，跟着她坐车去游乐园。

游乐园的人也很少，他们玩一些热门的项目都不需要排队。但是苏洛对一件事情的执拗程度超过他的想象，只过山车一项，她就来回坐了三次。好在他不恐高，只是风吹过耳朵的时候，会把耳机刮下来，他只好腾出一只手，用力按住耳机。

“喂！你抓紧啊！”苏洛没有察觉到他的异常，执意把他的那只手按在栏杆上。尹慕秋没有说什么，把耳机一摘，塞进口袋里，等从过山车下来之后才又一次戴上。

苏洛见尹慕秋一脸淡定，开心地拉着他去把所有项目都玩了一遍，最后兴致勃勃地来到鬼屋前。尹慕秋有点儿愣神，没来得及反应便被她拽了进去。

鬼屋里一片黑暗，苏洛在前面大胆地走，评价道：“听同学们说这个鬼屋很吓人，但我觉得也还好吧，你看这灯光，这装饰，一点儿都不走心嘛……”

她正小声说着，一只苍白的手从她左肩上绕过去拍了拍她的右肩，她被吓得赶忙回身去找尹慕秋：“啊啊啊！鬼啊！”

尹慕秋轻笑，任她抓住自己胸口的衣服，随即他的世界一片寂静。

刚才匆忙间没放好的无线耳机脱落了，他早该去换一副的。

尹慕秋突然有些慌张起来，他触手之处只有苏洛，于是一把抓住了苏洛的手。因为听不到自己在说什么，尹慕秋没法说话，只能死死抓着她，从自己口袋里摸出手机，借着老式手机微弱的灯光蹲下来摸索。

苏洛拉着尹慕秋的衣服叫他，但他没有反应。好半天之后，他才抬头，焦急地在苏洛的掌心写：灯。

苏洛愣了几秒，而后她反应过来，让工作人员打开了鬼屋的灯。在一片白亮的灯光中，尹慕秋拿过苏洛的手机，在屏幕上打了一行字：帮我找助听器。

看着灯光下尹慕秋逐渐苍白的脸，苏洛顿时明白过来，原来那并不是普通的耳机，而是他与这个世界唯一的联系。

尹慕秋在秘密被苏洛发现之后消失了好长一段时间。他甚至在咖啡厅雇了一名新的店员。每次苏洛趁着休息特地来找尹慕秋的时候，店员都说他不在。

苏洛不明白尹慕秋为什么躲着她，打电话不接，发短信也不回。明明他们已经是很好的朋友了，而且那天她说了要给他重新配一副耳机，他还是要拒她于千里之外。

为此，苏洛特地在周一又一次翘了李主任的犯罪心理课程。她想弄清楚究竟是怎么回事，所以这次直接趁店员不注意上了二楼。

尹慕秋的房门反锁着，她无法进入，只能小心翼翼地绕了一圈到阳台上，她攀着栏杆站稳，从木窗看到尹慕秋正和衣躺在床上，面颊通红，呼吸急促。苏洛用力敲了敲玻璃，见尹慕秋没有反应，突然慌张起来，二话没说砸开窗户跳了进去。

尹慕秋的身体滚烫，人有些神志不清，湿透的短发盖住了他紧闭的眼眸，显得十分虚弱。她急忙将毛巾蘸湿给他搭在头上，拨打了120急救电话。

等救护车来的时候，苏洛看到他的手机在一旁放着，老式的黑白屏上显示有十多个未接来电，却没有她发的那些短信。她这才明白过来，他的手机只能打电话，而他的助听器在鬼屋里摔坏了。

原来尹慕秋不联系苏洛，是因为根本听不到。

好不容易把人送到医院，苏洛却发现联系不上母亲。她急得要哭出来，从母亲的同事那里借来了钱，至少先把费用都缴上，不耽误救治。

尹慕秋没有父母，没有亲人，也没什么朋友，身边只有一个苏洛。在等了半个小时之后，苏洛看到了匆匆赶来的李主任。恰好此时苏洛的母亲从急救室里出来，对李主任道："他低烧好几天，应该是太过疲惫，也没有及时补水，休息一段时间就好了。他的助听器呢？"

苏洛一时间愣住，疑惑道："您怎么知道他需要助听器？"

苏洛的母亲没回答，接过护士递来的报告，让李主任带苏洛走，自己则转身回了急救室。李主任拎着苏洛回学校，苏洛一路上都不依不饶地想要问清楚。

她似乎被隐瞒了太多。她知道自己的父亲是名警察，牺牲在了一线，也知道李主任是父亲的战友，因此才帮他们这么多。她还知道，父亲曾经资助过一个小男孩上学，她还写信让父亲捎给他，鼓励他好好学习。

但她没想到，尹慕秋就是当年她父亲资助的孩子。

回校的路上，李主任将多年前尘封的一切都告诉了苏洛。李主任说，当年尹慕秋父亲的案子，是苏洛父亲接手的，也是他亲手将尹慕秋的父亲送进了监狱，让尹慕秋变成了孤儿。

尹慕秋重新回到店里时已是深秋，这场感冒险些要了他的命，即便他现在的身体素质已经比小时候好了很多，却还是轻易地被病魔打倒了。

奇怪的是，之前隔三岔五便来店里找他的苏洛此后一个月都没有出现。

小猫在木门外挠来挠去，尹慕秋只穿着毛衣去门口捞它，发现它变得比之前胖了些。他挠着猫咪的下巴，意外地在小猫的脖子上发现了一块牌子，上面有一张小小的便利贴。

纸上写着三个字：对不起。

4

Tilamisu de Qiutian

苏洛早就知道自己不是普通的孩子。

她从懂事时起就没怎么和父母一起吃过饭，他们时常加班，对她的关爱少之又少，偶尔父亲会倒休，带着她去公园跑步，借此锻炼她的体能。她经常放学之后去医院的办公室里等母亲下班，然后又看着母亲在吃饭的时候被一个急救电话叫回去。

其实苏洛更想做一名医生，但是自从三年前父亲出任务去世之后，她身上的责任似乎更大了。母亲总是看着父亲的照片沉思，不哭泣也不多说什么。她知道，母亲会在自己身上看到父亲的影子，因此填志愿的时候，她选择了警校。

李主任说，她身上有着和他父亲一样的东西——热血和善良。

这世上总有一些人去直面危险，总要有人站在黑暗里，才能让其他人看到光明。因此母亲选择了留在急救岗位上，而父亲选择了成为一线警察。苏洛想成为这样的人。所以当苏洛跟着尹慕秋上了公交车，看到有人从他的口袋里偷出手机的时候，她戴上兜帽义无反顾地冲上去，抓住了小偷的手。

车刚好到站，小偷转身跑下车，苏洛没防备，被他拖得重重摔到地上，顿时头晕目眩，几秒钟后她反应过来，起身继续追去。

凛冽的风在苏洛的耳边呼啸，就像在游乐园坐的过山车。她体会到了那时尹慕秋的感受，风声越来越大，刮得她的脸生疼。她记得，他当时想要腾出一只手去按住助听器，但她拉住了他。失去听力是一种多么绝望的事情，她却一无所知。

两分钟后，她因为体力透支再也追不上，只能眼看着小偷消失在暗巷中。苏洛心头一酸，蹲在地上哭了起来，因为跑得太快呼吸不顺，连泪水都欺负她，呛得她无法呼吸，开始用力地咳嗽。

她刚刚知道自己的父亲做过的错事，如果不是他，或许尹慕秋不会像现在这样孤苦，她无法面对，试图弥补，却不知从何下手。她什么都做不到。

不知哭了多久，有个人过来拨开她的兜帽。

苏洛条件反射地伸手去挡住阳光，却发现逆光之下，尹慕秋向她伸出了手，他的脸上露出熟悉的温柔笑容，修长的指间夹着一张字条。

重新认识一下吧，小朋友，我叫尹慕秋。

尹慕秋把苏洛带回咖啡厅，吩咐店员给她一杯热巧克力，而后坐在桌前给她写：手机里没什么东西，你不追也可以。

苏洛抱着杯子，垂眸看他的字迹。

他写：你不要受伤就好。

苏洛的眼眶顿时又红了，她在自己面前的纸上写道：可是那是你的东西。

我怕你有危险。尹慕秋表情严肃，抬眼望向苏洛。

苏洛的眼泪大滴地落在尹慕秋的笔迹上，将墨迹洇开。

尹慕秋这么多年来都孤身一人，没有朋友也没有家人，如此孤独地活在世上，而自己居然还让他与这个世界唯一的联系都没了。她不知道该如何面对尹慕秋，思来想去，只能筹了些钱，想要给他配一副更好的助听器。

李主任那天告诉她，尹慕秋三岁时，他的父亲因为家境贫困，跟同村的老六合伙盗窃，老六是当地出名的小流氓，除了带他入室抢劫，还杀了一家三口。经过几个月的躲藏，事情终究败露，但没想到，老六把所有的责任都推到了尹慕秋父亲的头上，让他被判了死刑，自己则只被判处十年有期徒刑。

这一年冬天，尹慕秋发高烧引发脑膜炎，人虽然救了回来，却留下了不可逆的听力障碍。可能是因为承受不了这样的压力，他的母亲失踪了，几天后才在公园的湖里被人发现，尹慕秋从此成了孤儿。

当年接收他的急诊医生就是苏洛的母亲。后来的许多年，苏洛的父母也一直在资助他。

而几年后，尹慕秋突然问起苏洛父亲当年那起案子的事情。苏洛的父亲发现案件疑点重重，于是试着找到监狱里的老六，却意外发现他早已因为表现良好减刑出狱。没过多久，老六发现他在追查这件事，便在他的刹车上做了手脚，让刚下班准备接苏洛回家的父亲永远地长眠在了那个夏天。

苏洛仍然记得，母亲说父亲被送到医院抢救时，手里还死死抓着给她买的进口巧克力。他说的最后一句话，是要让女儿记得赶快吃掉，不然巧克力就化了。

十四岁的苏洛闯进急救室，却只看到母亲在父亲胸口不停地进行心脏复苏。她眼看着仪器上的频率变成一条直线，看着一向镇定的母亲从病床上跌坐下来，看着她流着泪疯了一样地拿着手术刀往外冲，又被警察拦住。

李主任说，所有人都知道是老六干的，但是谁都没证据。他有恃无恐，这么多年来一直逍遥法外。到现在，老六还活着，不知道在哪个角落里邪恶又怨毒地看着这个世界。

苏洛望着面前温柔的少年，不由想起第一次见他时，他蹲在店门口，穿着白色的衬衫和墨绿色的围裙，一边逗猫一边给猫喂食，小小的流浪猫就在他修长的手指上蹭来蹭去，看上去一派岁月静好。

如果不是李主任，她可能永远不会知道，父亲是为他曾经犯下的过错才付出了如此沉重的代价。

母亲曾抱怨过，问父亲为什么还要去调查这个案子。父亲说，他希望自己的工作生涯能够清清白白。

尹慕秋伸出手，把苏洛脸上的泪水擦掉，写道：你是我的朋友，不能因为我陷入危险。

苏洛的泪越发止不住，她抓住尹慕秋的手，泣不成声。

尹慕秋，为什么经历了那么多苦难，你还是能对这个世界如此温柔……

5

Tilamisu de Qiutian

十一月的深夜，玻璃破碎的声音响彻了整条街。

咖啡厅出了事，好在尹慕秋晚上睡觉的时候会反锁房门，那人没能进去，咖啡厅里的财物都好端端地摆在柜台里。没人受伤，也没有丢失财物，这场抢劫看起来有点儿匪夷所思。从脚印看，来者显然有所准备，是冲着尹慕秋来的，但后来应该是听到有人报警，从后窗跑了出去。

等苏洛和李主任赶到的时候，尹慕秋还在房间里。

苏洛熟练地从木窗翻进去，叫醒了尹慕秋。

尹慕秋看着满屋狼藉，有点儿愣神，随即反应过来，迅速拿出纸笔写道：前段时间我一直觉得有人在跟踪我，一次从医院回来的时候，我也被抢劫，丢失了钱包，我追了一段，没跟上，就跟上次洛洛的情形一样。

他写这段话明显是给李主任看的，苏洛有些疑惑，却还是继续看了下去：所以我怀疑是有人在针对我。会不会和他有关？

她刚想问这个“他”是谁，便被李主任打断了，他问苏洛：“你们上次的情形？”

苏洛把在公交车上抓小偷的事情告诉了李主任，说道：“手机虽然不值钱，但是是他的东西，所以我就追上去了。”

“虽然你做的是对的，但是……”李主任恨铁不成钢地说，“这件事为什么不告诉我？”

“我……”苏洛小声说，“我觉得没必要。”

“以后不要这么鲁莽，和他有关系的事，并非都是偶然。”李主任说着靠在墙上。

苏洛沉默了两秒钟，抬头道：“你知道是谁，是吗？李老师？”

李主任点了点头。

苏洛父亲的牺牲并没有让老六罢休，他知道尹慕秋也清楚当年的事实，一直想找机会解决他，反正他已经杀了不止一个人，早已经酿下恶果，再多杀一个也无妨。

这些年李主任作为苏洛父亲的同事，一直在背后默默帮助尹慕秋，不仅出钱帮他配了助听器，知道他想开店之后，还帮他把咖啡厅的地址选在了警校附近，为的就是让老六打消杀尹慕秋的念头。

李主任以为这样的保护已经算得上周全，却没想到苏洛插了进来。她本是计划外的一部分，不该知道这些。今天晚上的事情都是他和尹慕秋一个月前在刑警队计划好的，他们等老六落网已经等了太久，终于等到了这天。

苏洛听完之后转头问尹慕秋：“所以，你从一开始就知道？你也认识李主任？”

尹慕秋有些茫然，因为听不到她的话，只能望着她星辰一般的眼眸愣神。他看到苏洛的脸上逐渐露出一个嘲讽的微笑。她夺过他手上的纸笔，用力写下一行字：只有我不知道，你们都瞒着我。

怪不得尹慕秋在医院的时候李主任能及时赶到，怪不得母亲认识尹慕秋，原来只有她不知道，只有她一个人被蒙在鼓里。

这样也算朋友吗？

苏洛看着尹慕秋俊俏而柔和的脸，泪水忽然涌出。她转身推开门，跑入了浓浓夜色。就如同他们第一次相见，她推门进来，那时的风铃，也如现在一般在木门上摇摆，“叮叮当当”地响。

他从一开始就知道她，而她对他一无所知。

尹慕秋捡起被苏洛丢到地上的笔，紧紧握住，又渐渐放松。他不能追出去，因为老六的行踪已经暴露，现在指不定会在哪里等他，想要玉石俱焚。

李主任接过笔写道：有时候知道得太多不是件好事，她还是个孩子。

是啊。他心想，望着木门上摇晃的铃铛苦笑：老六呢？

正在追，如果没有意外，今天能结案。李主任写，谢谢你的配合，三年来，辛苦你了。

不辛苦，都是我应该做的。

尹慕秋放下笔，握住李主任伸来的手。

他不想活在过去的阴霾里，永远是“被诬陷的杀人犯”的儿子。帮助警察抓到老六，才能让他们都放下过去，也给苏洛和她的母亲一个交代。当年的事是他父亲有错在先，才让两个家庭都被卷进来，变得支离破碎。苏洛是无辜的，她的父亲也因此失去了性命。

所以，该说对不起的人，应该是他。

6

Tilamisu de Qiutian

尘封多年的“九一七”大案终于破获，犯罪嫌疑人老六在潜逃多年之后落网。

尹慕秋再次来到医院进行听力检验和助听器的配置，刚出大厅便碰上了苏洛的母亲。他从未见过她露出那样柔和而灿烂的笑。

“慕秋，”她说，“当年我怪过老苏，为什么要把大部分遗产都留给你。后来我才知道，是他对不起你。现在事情了结了，你以后要好好活下去。”

“谢谢你，阿姨，这么多年都是你和李叔叔照顾我。”尹慕秋说，“也谢谢苏叔叔。”

尹慕秋的生活恢复了平静，秋日的暖阳热切而温柔地照在他的身上，像是要把之前十几年的阴霾一同驱散。他坦然地接受了一切，又无法真的平静下来。

苏洛很久没来了，李主任此前找过他，告诉他苏洛可能在考虑转学，希望他能劝一劝。

他买了新手机，但不记得她的电话号码，只能在咖啡厅里等。秋去冬来，小猫在他的咖啡厅里找到一角，安稳地住下。尹慕秋给它做了驱虫，任由它留了下来。

他知道苏洛一定会来。

十二月，尹慕秋在窗边的桌子上摆了一瓶风信子，阳光透过明澈的玻璃，将花瓣照得片片透明。小猫跳上桌子，亲昵地蹭着他的下巴。

店员问他要不要给猫起个名字，他想了很久都没想出来，只好作罢。

“它都认你当主人了。”店员去戳小猫，猫咪“嗷呜”一声钻进了尹慕秋的怀里。

苏洛远远走过来，便看到尹慕秋穿着白色的高领毛衣，笑着看桌上的小猫玩着风信子的花瓣。尹慕秋转头看到她，她条件反射一缩头。

她听李主任说了尹慕秋所有的事情，知道了前因后果。但即便如此，她还是对尹慕秋没有把事情都告诉自己有些耿耿于怀。

他说过的，他们是朋友，哪有朋友这样互相隐瞒的？

苏洛气鼓鼓地想，却还是硬着头皮进了咖啡厅。尹慕秋让店员给她端上了一份提拉米苏。

“不是说我不能吃吗？”苏洛问。

“虽然有朗姆酒，但是我自作主张地少放了点儿。”尹慕秋说，“你生日那天，我本来想做给你吃的。”

“那这个……”苏洛皱眉，“不会是那天剩下的吧？”

店员“扑哧”一声笑出来，假意咳嗽躲开了。

“是我刚做的。”尹慕秋的声音一如既往地温柔。

“蛋糕还是当天做的好吃。”苏洛接过他递来的叉子，说道。一有吃的，她的心情也变得晴朗起来，虽然对尹慕秋有不满，却还是屈服于甜食，她吃了一口突然问：“你该不会每天都做吧？”

尹慕秋挠着猫咪脑袋的手停了停，说道：“反正是要卖的，当然每天都要做。只是这种特别的提拉米苏有点儿卖不出去，我只能勉强自己吃掉了。”

她多久没来，他就做了多少块蛋糕。这是只为她一个人定制的提拉米苏。少量的朗姆酒，三倍量的巧克力，甜到发腻，她却格外喜欢。

“胡说，明明还有我一起帮忙解决，不然怎么吃得完？”远处的店员小声嘟囔。

苏洛突然哽住了，她抿了抿唇，几口吃完手上那块，轻声说：“真好吃，能再来一块吗？”

“收费的哦。”尹慕秋轻描淡写地回答。

她含泪而笑：“我帮你养猫！”

“这还差不多。”他将怀里的猫塞给苏洛，起身去给她拿蛋糕，“要喝热巧克力吗？”

“要！”她开心道。

橘猫皱着脸被她按在怀里，一分钟后，苏洛把一张写着“提拉米苏”的便笺牢牢贴在了它的铭牌上。她开心地抬头，正要对尹慕秋说话，却见他白衣胜雪，安静地低着头搅拌巧克力。

一切如同她初次见到尹慕秋的时候，有阳光，有提拉米苏的香甜，有猫，还有白衣的少年。尹慕秋这样温柔的人，穿着咖啡厅里最普通的墨绿色围裙也很好看。

她抱着猫，突然想起了从书上看来的一句话。

唯愿，现世安稳，岁月静好。

唯愿，如花美眷，似水流年。花

1937年的冬天没有你

文 / 荷 屿 图 / 东方游

01

1933 年的冬天，北平的雪泼天漫地。

陆北亭跪在白茫茫的庭院中，兄长捏着鞭子，鞭身在他身上割开一道道触目惊心的血痕。陆靖和指着他的鼻子骂：“陆北亭！你平日要做纨绔子弟我管不了你，但北平那么多小姐，你何苦要去招惹阮家的千金？”

年轻人倔强地抿紧了唇。

叱咤风云的陆上将猛地咳嗽起来，一旁的管事赶忙递上一方丝帕，陆靖和捂着嘴，神情痛苦。

陆北亭有些恍惚，兄长的身体何时变得这样差了？

他是陆家的幺子，陆靖和年长他十二岁，幼时父母相继离去，兄长拉扯他长大，对他来说，陆靖和亦兄亦父。

陆北亭正想开口说些软话，便听到一道黄莺似的嗓音：“靖和，陆三公子这回又犯了什么错？”

陆北亭的脊背倏地绷紧了。

不远处娉娉婷婷走来一个女子，她如鸟雀一般扑入陆靖和怀中，她踮着脚趴在男子肩上，也不知说了什么，原本盛怒的男子竟笑起来。

陆北亭只看见她朱唇微动，如一朵娇艳欲滴的玫瑰。

陆靖和搂着女子，瞥了他一眼：“这回我先饶过你，若下次再犯，我定打断你的腿，省得你将来为陆家惹下滔天大祸。”

陆北亭看着他们在风雪中相携走远，跪在原地忘了起身。

他想起九年前的上海，小小的少女立在黄昏时分漫天醉人的红色中，冲他笑得天真又狡黠。

“乔桥……”陆北亭呢喃出声。

他有多久没再喊过这个名字了？

02

陆北亭十四岁那年夏天，因与兄长发生争执，独自离家去了上海。

他刚从火车站出来，便被人撞了一下，偷走了钱包。钱包是父亲在世时送给他的礼物，陆北亭拔足狂追，他

出身武将世家，疾奔之下，陆北亭将那个人追至一条狭长的弄堂。

小贼大概力竭，她停在一盏路灯下，发了脾气：“累死了，你这钱包中难道装了一座金山？竟值得你这般锲而不舍？”

那嗓音婉转如莺啼，陆北亭看过去，那人的瓜皮帽下露出一张俏生生的面孔，少女也不过十四五岁，生了一双浓黑的杏眼，神情稚气。

她扯开陆北亭的钱包，指尖一捻，不过薄薄几张纸币。

她气恼地笑起来，正想开口揶揄几句，抬眸却见少年立在夕阳底下，布衣空荡荡地挂在身上，满头大汗，形容狼狈。

她一时便有些心软了，原来他家境不好。

她还是装模作样地哼了一声：“早知道只有这点儿钱，我便不费这番功夫了。”

话音未落，陆北亭已走到她跟前，直直地向她伸出手，目光锋利：“还给我。”

离得近了，她才发现少年长得细皮嫩肉的，长眉妙目，七分似个女孩。少女恹恹地将钱包塞回他手中，陆北亭转身未走几步，又听得身后那少女遥遥喊了一声：“喂，你的钱是不是不够吃饭？”

他回首，少女在夕阳中向他奔来，她说：“我请你吃面吧。”

少年心中明白过来，原来她误会他了。他从北平出逃，自然穿不得打眼的衣料，他也不解释，任由少女领着他去面摊上吃阳春面。

后来兄长安插在上海的人手找过来了，他们押着他离开，陆北亭对少女说：“我欠了人家钱，被抓去做工，你别怕，我们日后有缘再见。”

小公子不过十四五岁，生得眉目秾丽，他一笑，便是一派活色生香。

夜上海的街头灯火阑珊，少女立在光明的最中央，耳朵尖悄悄红了。

陆北亭再见到她是 1926 年，他十六岁，被陆靖和送到上海一所中学念书。

某日他因为一篇作文与国文老师起了争执，文章写得太好，老师坚持认为他是抄袭，但陆北亭拒不承认。他被硬拉到操场，老师站在他面前毫无风度地斥骂他，陆北亭倔强地抿着唇，日光映亮他单薄挺直的脊梁。

他不知道少女是何时出现在围观人群中的，她从面目模糊的人群中走出来，小小的身子，脸也是小小的，她挡在他面前，充满勇气地对他笑了笑。

陆北亭起初没认出她来，直到她笑起来，陆北亭在她那清澈的目光里，见到了同两年前如出一辙的天真。

那时候，陆北亭才意识到，原来她也是这所中学的学生。

少女大声说：“老师，你为何一定认为陆北亭是抄袭的？你不过是一所普通中学的老师，凭什么你写不出来的，别人也要写不出来？”

她此言一出，四下人声俱灭。连陆北亭都忍不住诧异地看向她，少女笑着对他挑眉，露出一颗尖尖的小虎牙。

陆北亭眼见她就要被老师拽走，他突然冲上去问她：“你叫什么名字？”

少女一面走，一面回头看他：“乔桥。”

乔桥，陆北亭在舌尖上轻轻咀嚼这个名字。

她后来当着全校师生的面挨了校长的板子，陆北亭站得很远，老师们不准他靠近她。暴烈的日头下，乔桥咬紧唇，双颊晒得通红。她发觉他在看她，便歪着头冲他做鬼脸，眼睛里有明媚的笑意。

陆北亭的心中忽然起了风，那风轰轰烈烈，如要摧城拔寨。他那时还不知道，这一场飓风将从他的少年到迟暮，席卷他的一生。

后来，陆北亭问乔桥，为何那样帮他。

乔桥理直气壮道："你长得好看，我为什么不帮你？"

陆北亭失笑，他从乔桥口中简直套不到一句真话。

乔桥告诉他，她从前做小偷，是因为母亲重病，家中拮据。

"不过后来好了，我姐姐在北平寻到了好工作，不仅够母亲治病，还能供我念书。"她没心没肺地笑起来，又问他的情形。

陆北亭随口胡诌了过去。学校里无人知道他是北平陆家的小公子，他便在她面前继续装穷小子，他不想瞒她，他只是不知如何开口。

03

陆北亭十七岁那年，全校都以为他与乔桥是情侣，陆北亭自己也是这么认为的。那年冬天他回北平过年，陆靖和说要送他出国学金融。

他抗争许久，还是妥协了。他打算一回上海便与乔桥坦白，央她同他一起出国。

但他再没有找到乔桥。

他三月回到上海，找遍整个城市，也未寻到乔桥半点儿踪影。就是那时候，他发现自己对乔桥知之甚少，除却一个名字，他对她的家庭一无所知。

他在那一年灰蒙蒙的春光中，万念俱灰地去了美国。

他再回到北平，已是四年后，二十一岁的陆北亭在陆宅的宴会上遇到了乔桥。

也许不应该称呼她为乔桥，她有另一个北平尽人皆知的艳名，白鸢罗。她举着酒杯跟随陆靖和四下周旋，笑容里有璀璨不熄的火光，气势汹汹地燃烧着厅中所有男人的心。

陆北亭在无人的走廊里遇到她，女子踩着一地淡淡的月影走过，连一眼也未施舍给他。他猛地旋身扯住她的手腕，问她："乔桥，为什么？"

女子默然，陆北亭去扳她的肩膀，口不择言道："你当时为什么突然消失？你为何要做我哥哥的情妇……你爱他吗？可是他根本不爱你，你只是与他死去的爱人长了相似的面孔罢了。"

女子动了，她回眸看向他，眼里荡漾着一种他陌生的潋滟："陆少爷，谁说我与你哥哥在一起，是因为爱他？"

陆北亭怔住："你不爱他？那你……"

"傻子，"她翘起嫣红的唇角，"若你当时没有骗我，若你一开始便是陆家的小公子，我们又何至于走到今天这一步？"

她说完，也不等陆北亭开口，旋身便走。

男子的声音远远传来："以前我只是想，凭我们的情分，谈钱未免侮辱了你。"

他轻笑一声："现在看来，原是我想多了。"

女子的身子重重一抖，脚步陡然顿住了。

陆北亭以为她要反驳，抑或是要大声斥骂他，他想无论怎样都好。可半晌她只是回首，冲他轻柔地笑了："陆公子，以后唤我鸢罗吧。"

月光照着她远去的背影，陆北亭觉得像是被人扼住了脖子，一阵窒息。许久，他发觉自己的眼眶湿润了。

陆北亭后来又找过她几次，但她每次都只是笑盈盈地敷衍他。

从那时起，陆北亭开始同其他富家子弟一般遛狗斗鸡、流连花丛，渐渐地，他竟成了北平城中有名的纨绔。陆北亭不管不顾地在外惹祸，陆靖和每每大怒，鸢罗便会为他求情。每当这时候，他的心便会轻轻动一下，她总算还是在意自己的。

这样的日子持续了两年，陆北亭二十三岁那年，终于厌倦了他们之间那点儿欲说还休的把戏。他认识了阮家的千金，女子举手投足间像极从前的乔桥，他追求她，将她带回了家。

那天鸢罗也在，他当着她的面，与阮家千金你侬我侬，他用眼角余光去看她，鸢罗倚在兄长怀中，顾盼嫣然，毫不在意。

他笑自己自作多情。

散席之后，鸢罗从他身边走过，他听到她低声耳语：“阿亭，你这是何苦？”陆北亭像是被蜇了一下，闪电般看向她，女子眼里有势在必得的笃定。

原来她都知道，陆北亭奇异地松了一口气，那就这样吧。无论在他身边的女子是谁，他心中仍只有鸢罗。他抛弃了阮家的小姐，女方哭闹了数日，陆靖和为此罚他在雪天中跪了一日。后来兄长索性遣他去广州，让他打理陆家在岭南的产业。

陆北亭走的那天下了很大的雨，他在送行的人群里找到了鸢罗。她在人群后，目光隐秘地停留在他的脸上，那样的目光带着一点儿陈旧的伤感与天真，让他想起了乔桥。

陆北亭笑了笑，旋身离去。

04

陆北亭此去便是三年，1936 年兄长病重，秋天他回到北平。甫一回来，他便听得众人交口称赞鸢罗情深，三年来她日日在陆靖和床前侍候，从未懈怠，俨然已是陆家半个女主人。

陆北亭并未往心里去，他此行带回来一个叫晗心的女人，她文静柔弱，与鸢罗迥异。那一天，鸢罗坐在陆靖和身边，抬着下巴锐利地打量晗心，她企图从女人身上找出一星半点儿与她相似的地方，但她失败了。

她第一次在陆北亭面前感到了恐慌。

男子垂眸立在厅中，睫羽掩住一双狭长幽深的眼，他说：“晗心怀孕了，我要娶她。”

陆北亭云淡风轻，半点儿没有激怒鸢罗的意思。鸢罗掐紧掌心，她看着陆北亭，强撑出一个妩媚的笑容：“恭喜你。”

陆宅的家仆都知道鸢罗小姐不喜晗心姑娘，如今掌家大权在她手上，她却迟迟不安排晗心的婚事。奇怪的是，陆三公子似乎也不着急。

晗心的肚子一日日大起来，一转眼便是冬天，她到底按捺不住先去找了鸢罗。

鸢罗晃着腿坐在陆宅的回廊下看雪，她听到晗心的请求，笑出声来：“我凭什么答应你？”

晗心想过鸢罗或许会以各种借口推诿，但她万没料到，她竟如此坦然。

她气急：“你就算拖着不让我嫁给他又能如何？总归你没可能与他在一起。”

鸢罗惊诧地看向她，半晌，她拊掌大笑：“好，好得很，竟被你看出来了，不过……”她猛地扯住她半截袖子，将她拉到身前：“我既无可能，你也休想。”

晗心的眸子中闪过一丝怨毒，她正要开口，却似看见了什么，她挣开鸢罗拽着她的手，身子向后跌去。鸢罗悚然一惊，俯身便要去抓她的手，却听得一个人嘶声道：“晗心。”

她回眸，是陆北亭。

晗心重重地倒在地上，她捂着肚子，神情痛苦。陆北亭一把推开鸢罗，扑到她身边，晗心倚在陆北亭怀中，抓着他的手昏迷过去。

鸢罗看着他们，心中了然，是她太大意了。

陆北亭唤来医生将晗心送走，方才得空看向一旁的鸢罗，女子神色轻松，甚至唇角还有一丝嘲弄的笑意。

陆北亭恨死了她的笑容。

他怒冲冲地走到她面前，未及开口，鸢罗便截断了他的话头：“不是我做的。”

男子不信她的辩解，冷然道：“白鸢罗，我从前只

当你是自私，没想到你竟这样恶毒。”

鸢罗的睫毛颤了颤，她忽而抬眸凛然一笑：“你我相识十年，你未免将我看得太低。我若要害她，必定光明磊落、绝不留情，又怎会用如此上不得台面的手段？”

雪花落满女子单薄的肩头，她立在雪地里，不动声色，像一只骨骼细弱又艳丽的蝴蝶。

她何时变得这样瘦了？离得近了，陆北亭终于发觉了她掩在脂粉下的憔悴。

他险些忍不住开口询问，恰在此时一阵剧烈的咳嗽声传来，两个人齐齐扭头，便看到回廊尽头形销骨立的陆靖和。

“靖和！”鸢罗惊呼出声，转瞬她又笑起来，走过去扶住陆靖和，“这样冷的天气，你怎么出来了？”

不过眨眼间，她似乎又变成了平日里那个风情万种的白鸢罗。

陆北亭沉默地立在雪地里，簌簌落雪模糊了他的神情。陆靖和又咳了两声，瞥了一眼陆北亭，便对鸢罗道：“你随我来。”

05

陆靖和将鸢罗带到书房谈话，他们二人也不知在谈什么，直到黄昏，也不见他们出来。陆北亭心中忐忑，忍不住去兄长的书房探听情况。途中遇到晗心，她魂不守舍地从他身边走过，竟没看到他。陆北亭叫住她：“晗心，你身子可好了？”

女子如梦初醒，她惊怔地看向陆北亭：“北亭！”她像要说什么，孰料陆靖和从他们身后走来。

晗心脸色更苍白了，她艰难地笑了笑：“医生说只是动了胎气，我休养了大半日，已经无碍了。”言罢，她忙不迭地离开了。

陆北亭没将晗心的反常放在心上，他向大哥道了声好，便往书房去了。陆靖和望着弟弟匆忙离去的背影，长长叹了口气。

鸢罗还在书房，她抱臂倚在窗边，像是在看院中的落梅，又似乎什么都没看。她的侧脸在黄昏斑驳的光影中，像是一片连绵起伏的山脉。陆北亭站在门外，静默地凝视着她，日渐西斜，鸢罗终于发觉了他。

她向他走来，像十四岁时她在夕阳下奔向他，她喊他：“阿亭。”

陆北亭怔住，她眯着眼笑起来，眉目间天真温柔：“阿亭，再见了。”

她忽然抱住他，她的拥抱那样用力，大抵用尽了她一生的力气。

陆北亭的喉头突然哽咽了。

那日之后，陆北亭没有再在陆宅中见过鸢罗。她也再未公开露面，交际花白鸢罗似乎一夜之间从北平的上流社会中消失了。

陆北亭没有去找她，他也未向兄长打听她为何离开，左右那是他们的事。

他偶尔会想，他与她之间到底算什么呢？

春天转眼便来了，1937 年是烽火连天的一年，还未到初夏，北平的形势已越来越紧张。陆靖和敏锐地察觉到了危险，六月，他打点好北平的产业，便举家南下。

他们一路从北平到上海，陆靖和预备从上海转水路去重庆。宿在上海那晚，陆北亭等陆靖和睡熟后，拎着行李蹑手蹑脚地离开了宾馆。

挣扎数月，他到底放不下鸢罗。

他们之间的这场博弈，从开始便是他输了。

陆北亭刚从宾馆出来，便听到女子的喊声：“陆北亭，你要去哪里？”他回首，晗心挺着大肚子向他蹒跚而来：“你要去找她？”

陆北亭不说话，晗心脸色铁青：“孩子马上就要出

生了。”

男子叹气：“晗心，我希望你记得，我之所以要娶你，是因为我答应过沈际，要照顾你和你们的孩子。现在你同我大哥南下，必能得到更好的照料，我的私事就请你不要多管了。”

他言罢，旋身离开。

沈际是他留学美国时结识的好友，他们于广州重逢，沈际临终前将自己的妻子托付给了他。陆北亭自问，他待晗心已经仁至义尽。

女子遥望着他远去的背影，忽然呜咽出声。

陆北亭辗转千里回到北平，他找到鸢罗的公寓，迟疑再三敲响了房门。许久，门开了，门内露出女子清瘦的面庞，陆北亭险些没将鸢罗认出来。

她憔悴极了，眼里再也没有从前那种不熄的火光。她素面朝天地倚着门框，见到陆北亭，她夹着烟的手一抖，烟灰簌簌地落在睡裙上。

她忙将烟头捻灭，局促地看一眼陆北亭：“你来做什么？”

陆北亭一愣，一时竟不知怎么回答，半晌他赌气般别过头：“我大哥不放心你，让我来接你走。”

鸢罗“扑哧”一声笑出来，她一眨不眨地审视着他，像要直直看到他心底去。

陆北亭在她的目光下节节败退，他退一步，又虚张声势般道：“你只说，愿不愿意同我走。”说完，陆北亭便觉得懊恼，这么多年过去，他在她面前当真半点儿长进也无。

许久，她终于松口：“好，我跟你走。”

鸢罗说这话的时候，突然落泪，她赶忙背过身，将面容隐没在暗影中，陆北亭没有发现。

06

七月的北平兵荒马乱，铁路已全面停运。陆北亭只得带着鸢罗同许多难民一起，搭长途车南下。

一路颠沛流离，两个人好不容易到了武汉，进城当日却遇上了暴乱。他们被狂躁的人群裹挟，不断有强大的力量朝他们倾轧过来，陆北亭将鸢罗紧紧护在怀中，不顾性命地以肉身为她抵挡人群的冲撞。

哀鸿遍野，鸢罗仰起头，只见男子额间青筋暴起，破皮的唇角抿成了一条僵直的线。她鼻腔酸涩，带着哭腔喊他：“阿亭，阿亭……”

陆北亭垂眸看她，汗珠沿着他的额角滑落，他的语气像哄一个很小很小的孩子：“乖，不怕，我在呢。”

鸢罗闻言，终于忍不住哭出声来。

那场暴乱伤亡无数，鸢罗却安然无恙。陆北亭受了很重的伤被送往医院，他整日缠绵病榻，不过半个月，他们逃难带出来的钱财便所剩无几。鸢罗为了支付陆北亭高昂的医药费，开始背着陆北亭去给富人洗衣服。

她本是养在笼中的金丝雀，会的也不过是些风花雪月的玩意儿，但在这饿殍遍野的年代，这些把戏是讨不了饭吃的。

她的手一日日泡在冷水中，慢慢溃烂结茧，鸢罗担心被陆北亭发现，便用锉刀一遍遍磨去手上的茧皮，有时太过用力，血珠渗出来，颓败的红，黯淡却激烈。

她苦心遮掩，到底还是被陆北亭发现。夜里鸢罗与主人家道别后，从屋里出来，赫然便见到立在路灯下的陆北亭。

鸢罗一步步挪过去，想笑，但触及男子的眼，便又笑不出来了。她移开目光，将粗糙红肿的双手悄悄往身后藏了藏。

陆北亭一把捉住她的手，她惶恐地抬眸，男子捧着她的双手，眼圈慢慢红了。鸢罗再要细看，陆北亭却猛然别过头，她只看见他眼角泪光一闪，他哭了。

冗长的沉默，鸢罗忽然抬手摸了摸男子柔软的头发："阿亭，我很好。"

头顶星河流转，似要倾泻而下，他们在漫天星光中紧紧相拥。在这场苦难中，她不再是白鸢罗，他也不再是陆三公子，他们只是红尘中一对相爱的普通男女。

陆北亭出院之后找了一份家庭教师的工作，两个人都未再提去重庆的事，他们在武汉租下一间格子间，安心生活。

同租的一对小情侣要结婚了，请陆北亭和鸢罗做他们的伴郎伴娘。

新郎憨厚地挠挠头："我们逃难来此，在武汉也没什么亲友，只得劳烦你们了。"他们还说，原本不想这样仓促结婚，但在这乱世，谁知道还有没有明天。

鸢罗听着，无声地握紧了陆北亭的手。

秋日的午后，他们在小小的花园里举行婚礼。新郎亲吻新娘的时候，陆北亭也轻轻吻了鸢罗的唇角。

这就是他们的一生一世了，无论日后如何，他们此生的爱情都在这个秋日的午后了。

十月，武汉越来越乱，中旬，陆北亭在报纸上看到了陆靖和去世的讣告。于是，他们准备动身前往重庆。

启程的前一晚，鸢罗到底忍不住问陆北亭："阿亭，我们可不可以不回去？"

她话一出口，便知自己失言。果然，男子闻言只哄劝般摸了摸她的脸："乔桥乖，听话啊。"

其实他们都清楚去重庆意味着什么，但陆北亭还是做出了选择。她将再度成为白鸢罗，而他，将接替陆靖和掌管整个陆家。

鸢罗怔怔地瞧着陆北亭，嫣然地笑了，梦再好，终归是要醒的。

07

他们抵达重庆，回到陆宅，管家引着他们匆匆往大厅去。一路上府中下人皆身着缟素，老管家擦了擦眼："三公子，您总算是回来了，将军临死前还挂念着您呢。"

陆靖和的棺木停在厅中，一侧跪了个低声抽泣的素衣妇人，正是晗心。

她瞥见陆北亭，喜色刚染上眉梢，却蓦地瞧见男子身后的鸢罗，她尖叫起来："你怎么还敢回来？你这个杀人凶手！那天我都听到了，是你害死了陆将军。"

陆北亭猛地回首，惊疑地看向鸢罗。

鸢罗的眼里忽然盈满泪水，她闭上眼，指尖忍不住发抖："从我答应跟你走时起，我就知道这一天会来的。"

当初陆北亭问她，为何要做陆靖和的情妇？她说为钱，不过是借口。她是为了杀他，为了替长姐复仇来的。

陆北亭说她长得像陆靖和从前的爱人，因为她根本就是那个人的妹妹。

她少年时，家中窘迫，长姐为了她和母亲，跟着人牙子去北平做了小姐。后来长姐遇到军方的人，开始为他们做事。她潜伏在陆靖和身边，做他的情人，替军方窃取情报，后来被陆靖和发现，便射杀了她，对外却只说鸢罗的长姐是病死的。

鸢罗当时毫不知情，她只当长姐在北平得了一份好工作，她心安理得地享受长姐提供的一切。直到长姐死了，军方的人带着长姐的骨灰来到上海，她才得知真相。其间病弱的母亲不堪打击，也撒手离世。

就是那时候，乔桥也死了，从那场灾难的灰烬中，活下来的是刀枪不入的白鸢罗。

她在陆靖和身边这些年，与陆北亭朝暮相处，他们

交手、博弈、厮杀，两个人都遍体鳞伤。鸢罗分明知道，放手才是明智之举，但她做不到，她身体里属于乔桥的那一部分使她痴狂，使她彻夜难安。

这样胶着的局面，持续到陆靖和目睹她与陆北亭的争执。

就是那时她才知道，原来陆靖和一早便知道她的身份与目的。

“你姐姐死后，我方才知道我真心爱她。我错了，但我的悔恨只有去地下对她说了，所以我心甘情愿地服下你喂给我的慢性毒药。但你不该去招惹阿亭，我可以死，但你不能让我弟弟这样痛苦。”

陆靖和点燃一支烟，叹息道：“你走吧，毒药我会继续服用，但你不要回来了，否则我会告诉阿亭真相。你既然爱他，想来也不愿他恨你。”

那天鸢罗其实知道晗心在门外偷听，但她已无力追究。她与他们兄弟纠缠这十几年，早该有个了结。

她只是没想到陆北亭会回来找她。

她看着男子站在门外，支支吾吾地说着拙劣的谎言，她心中那个乔桥忽然间就落下泪来。她知道此去，她必不得善终。但她仍如飞蛾扑火般，义无反顾。

那天到底是如何收场的，鸢罗后来记不太清了。

她只记得晗心揭破真相后，陆北亭看向她的眼。他一把抽出身旁副官的配枪，抵在她的额头。黑洞洞的枪口后，是男子满是泪水的眼。这些年，这么多艰难的时刻，她好像从未见陆北亭那样哭过。

鸢罗眸光一动，也不说话了。

她知道他不会杀他的。

果然，她听到陆北亭颤声问她：“你是不是以为我不会杀你？”

鸢罗动了动嘴唇，陆北亭猛地开枪，女子的瞳孔瞬间放大，一颗子弹擦着她的耳垂掠过，她甚至能感受那滚烫的热气，她连呼吸都停滞了。

陆北亭手中的枪滑落在地，他惨然一笑：“你是对的。”

他跌跌撞撞地向门外走去，鸢罗仓促回眸，男子的背影悲怆如玉山将崩。

就是那时候，鸢罗知道，她与陆北亭不会和好了。

08

陆北亭将鸢罗软禁起来，不再见她。但鸢罗并不着急，她知道他会来的，他总有一天会来的。

她这些年早已有了这样的自信，他们都无法割舍彼此。

冬天很快来了，晗心沉不住气，抱着自己半岁大的小儿子来找鸢罗。鸢罗忍不住讽刺她：“你何苦拿与别人生的孩子巴巴来我跟前炫耀？”

晗心竖眉：“他都告诉你了？”她突然将小儿子往鸢罗怀里塞，“你想不想抱抱他？”

鸢罗往后退两步，直说不必了。晗心仍旧将小孩子推给她，两个人拉扯间，也不知道是谁先松的手，孩子竟掉到地上。

婴儿撕心裂肺的号哭声响彻整个别院，晗心抱起她的小儿子，一面哭，一面指着鸢罗：“你好狠的心，竟要摔死我的孩子。”

陆北亭听闻丫鬟通报，赶过来的时候，正好听到晗心这句话，旁边一众仆妇为她做证。

“你可有话说？”陆北亭进屋许久，终于将目光转向鸢罗。

两个月未见，女子消瘦了许多，她神情冷淡，张口便道：“不是我做的。”

她好像又回到了许久之前那个被污蔑的雪天。

晗心又哭了一声，陆北亭烦躁地看了她一眼，又看了看鸢罗，半晌终于别过头：“家法伺候。”

陆家的家法是鞭刑，陆北亭年少顽劣，曾挨过陆靖和不少鞭子。白亮的日光下，陆北亭的神情一片模糊。一道道鞭子抽落在鸢罗身上，她脸上一凉，也不知道是她哭了，还是面前挥鞭的人哭了。

她没来由地想起，很多年以前，她在操场里为陆北亭挨板子那个夏天，那天的日头也与此刻一般暴烈。

鸢罗晕了过去，再醒来时，她看到床前男子满是血丝的双眼，他似乎一夕之间苍老了许多。

鸢罗眨眨眼，仿佛又看到眼前人少年时的模样，眉目秾丽，神情倔强。

原来已经过去了这么多年。

陆北亭张张嘴，大抵想说什么，但半晌又僵硬地合上了唇。

窗外风雨如晦，鸢罗恍惚中听到枯叶匆匆落地之声，一如她的爱情与年华。

她突然无比甜蜜地笑起来："我十四岁与你相识，于今已有十三载。我本打算即便痛苦，即便你我之间注定无果，我也要与你耗尽一生。"

陆北亭的嘴唇突然颤抖起来。

鸢罗又笑一笑，自言自语般道："但陆北亭，这一刻我后悔了。"她猛地看向他，眼角突然滚下一行泪，"原来扑火的飞蛾也是会后悔的。"

男子闻言，颓败地跌落在一地狼藉中，许久，他眼中的光亮终于熄灭，他缓缓起身，哑声道："你走吧。"

鸢罗看着陆北亭蹒跚的背影，骤然痛哭失声。

她错了，在这场感情里，从始至终都是她舍不下陆北亭。她落到今天这个地步，都是因为她高估了陆北亭对她的爱。所以陆北亭面对她，才会权衡、犹豫，甚至怀疑。

鸢罗双手掩面，她知道，那个始终心有不甘的乔桥终于消失了。

鸢罗离开那天，陆北亭没有去送她。他在书房从晨光熹微坐到暮色四合，直到送鸢罗去码头的老管家回来复命。

他张嘴才发觉一天没有说话，嗓子有些哑，他咳了两声，眼眶泛红："她上船了？"

老管家点点头，想说什么，陆北亭抬手："不用告诉我她去哪儿了。"

老人忧虑地看他一眼，转身离去，走到门口，陆北亭却突然唤住他："她走之前……可还说了什么？"

老人脚步一顿，迟疑道："鸢罗小姐说，这一生已经够辛苦，如果还有来生，她希望再也不要遇见您。"

陆北亭坐在夕暮晦暗的光影中，忽然之间泪如雨下。

他达到了目的，终于让她对自己避如蛇蝎，可他此刻为何还是那样难过与不甘？

陆靖和逝世，暗心将他真正的死因透露给了兄长的旧部，他们从北平赶来，要鸢罗偿命。他此时根基尚浅，无法撼动他们分毫，他只得让鸢罗离开保全性命。

但她不会走的。

他明知暗心污蔑她，却仍然将错就错，令她心灰意冷，甘心离开。

他是割舍不了她，恐怕到死，他都无法割舍她。

陆北亭闭上眼，世界绯红一片，他又见到十三年前的上海，小小的少女在夕阳下向他奔来，她的眼如同波澜的尽头，红日与霞光皆在她眼底沉没。

陆北亭知道，那是他此生一切爱恨的起源。花

曾经沧海

CENGJING CANGHAI

文 / 月下婵娟

图 / 鸦青染

流浪在南海里的夜叉

小七最开始并不生活在清波湖，而是距此无比遥远仿佛天尽头的南海。

父亲孔武有力，每晚下潜到大海深处去捕鱼，天亮便装一篓鲜鱼去换镇上凡人的美酒和菜蔬米面。娘亲是个巧手的妇人，小七家并不富裕，娘亲却能在她布料普通的衣裙上绣颜色鲜艳的花朵和蝴蝶。三百岁的小七每日只知道吃饱了饭调皮捣蛋，南海中有的是与她同龄的鱼虾螃蟹，那些精怪看小七总是这么天真活泼、无忧无虑，便心下难平，阴阳怪气地嘲讽："高兴个什么劲儿，还不是一只夜叉？""就是，没了她，还真没谁当得起南海第一丑的大名。"

江无涯初次遇见小七时，这只夜叉已经父母双亡，族人并不接纳这扫把星般的小姑娘。

海巫的占卜言犹在耳，说她克父克母，于亲族无异于灾难。正当壮年的双亲突然惨死，哪怕小七执着一柄钢叉跪在族长脚下含泪苦求，避她如瘟疫的族人也只是"啪"的一声关上了大门。

父亲生前总说小七天赋异禀，便将自家绝学钢叉十八式一一手把手地教她。一本破书《十八叉》和几件衣服是她的全部家当，三百岁的小七在南海开始了她的流浪生涯。

一只年幼的夜叉要在鱼龙混杂的南海生活下去简直非比寻常地艰难，这江湖奉行"大鱼吃小鱼，小鱼吃虾，虾吃泥巴"的道理。有好几次，她到手的食物都被其他水族公然抢去。他们嘲笑她是个"丑八怪，扫帚星"，小七攥紧钢叉，指甲深陷肉里，这样的隐忍退让，换来的是更多的欺凌。

就算她从来不争，只打算夹着尾巴退到阴郁的海藻森林里去啃泥巴，那条气焰嚣张的海蛇还是不肯放过她。只因为她在海蛇欺负那条小鲤鱼时叉了她一钢叉，怀恨在心的海蛇便纠集了一帮人马，将她堵在这片陌生水域。

"敢招惹我们金苗小姐，你吃了熊心豹子胆了？"有只龙虾上来拽住她的头发，将小七凄惶的脸拉向冷笑着的海蛇女子。

海蛇精一巴掌掴在小七脸上，打得她眼前金星乱冒。小七咬牙忍住，她以为这便是结束，不承想这不过是她们丧心病狂的开始。她被按倒在地上，压跪进泥泞里，那双缀着珍珠的绣鞋踩到她脸上，一下一下地碾来碾去。

"住手！"

那声音响起时小七怔了一下，她深陷于泥泞里的脸艰难抬起，在旭日东升的地方，携着一缕霞光，有人翩然而至。

——许多年后，老去的夜叉小七总是清晰地记得那一幕，那令天地都静默无声的一场惊鸿。

用一生与你交换

无涯知道夜叉一定很丑，可是丑成这样还是有些出乎意料。面无三两肉的小脸，额头太高，眼睛太冷，嘴唇太薄，下巴太尖，人说青面獠牙，状如夜叉，她真是不负其名。

那小夜叉在肮脏泥泞里深深望着他，眼里的一片冷意就化为氤氲湿意。这样不成气候的小妖，与南海里沾着一点儿亲戚关系的海蛇对抗，金苗碾死她，真如碾死一只蚂蚁。

金苗扭着纤细的腰肢朝着那突然出现的男子行去，笑得花枝乱颤："敢问公子姓甚名谁，为何要管小女子的闲事？"这男子锦袍玉面，风华无双，她有些拿不准他的来路，所以问得客气小心，一只纤纤玉手，已示好般伸到男子肩上。

有剑光如电，斩落那只不守规矩的手掌。在海蛇连声的痛叫中，男子轻轻一撩眼皮，目光淡漠："南海青蛟的外甥女，实在不够资格打听我的姓名。"

鲜红血液自他宝剑上滑过，他举剑，迎头轻轻吹去，俊逸的眉目在三千碧水里有如魔魅，摄人心魄。看着身前跃跃欲试想要一哄而上的喽啰，他嘴角微翘出一个轻蔑笑意："你们现在带她回去，这断手兴许还能接得上，若是迟了，我也不能保证……"

金苗带着一群人马狼狈逃窜，那公子再不看一眼泥泞里的小七，举步离去。

小七连滚带爬地抢到他身前，匍匐在泥泞里的小夜叉仰起肿胀成猪头的一张脸，拿破烂的袖子一抹沾血的唇："公子，我叫夜小七，你可不可以，你可不可以带我走……"

她本来就生得丑，这样一身泥泞、结结巴巴哀求他带走她的狼狈样子更是丑上加丑。

"我不做对自己没有好处的事情。"公子垂下眼睫，语气寡淡。他脚下不停，锦袍的下摆若无其事地扫过她绝望的脸。

夜小七从未像现在这么无畏和勇敢，她伸出手去，牢牢抱住了那男子的脚。语气坚定又坚决：“小七愿拿一生与公子交换。”

俯身的公子愕然了一下，看着这小夜叉眼眸中的一片坦荡与赤诚，像是有些犹豫，但终于颔首：“在下无涯，江无涯。”

山有木兮木有枝，心悦君兮君不知

小七来到了她做梦都没想到过的一处宅院，公子轻叩门环，一盏素纱灯笼探出，其后是一张美丽的脸，芙蓉如面柳如眉，是一条人鱼。她声音娇软地唤着“公子”，在接过公子佩剑时抬头看到他身后的小七，那么温柔的性子，却“扑哧”笑出声来：“啊，公子，你从哪里捡回来这样丑的一只夜叉？”

小七怀抱着那柄钢叉，将头重重地垂下，一时间连手脚都无处安放。

她耳听得身边的公子轻叱一声：“嫣嫣，不许胡闹。”半晌方察觉有一只莹白的手掌伸到她面前，将她缩于裙下的小手握住。如此温暖，让她仓皇的心瞬间安定。是公子，他牵着她，在硕大的夜明珠柔白的光辉中引领她踏进那座幽深宅院里。

许多许多年后，老去的小七回忆起她年少里的这一天，她慨叹若没有过开始，也许是一件幸事，但为了这开始，她是百死都不辞。

小七从此开始识字，有了教她拳脚功夫的专门武师。她学得极快，但最先会写的并不是自己的名字。当那磨破她手指的“江无涯”三个字在纸上初具气象时，她怀揣着自己都不知道的莫名狂喜去到公子书房。隔着那扇水晶窗，公子正悬腕提笔指点嫣嫣的画技。

嫣嫣这样的美色，在人鱼一族里也绝对是出类拔萃的，公子低下去的眉目如此细致柔和，唇边的笑意如春风旖旎，小七扣门的手就此停住。

那时她还未读过那句凡间的诗“山有木兮木有枝，心悦君兮君不知”。夜半更声打过梧桐枝，小七回到自己的院子里一遍一遍演练钢叉十八式。她的武功突飞猛进，公子在书案后听着教习师傅的禀报，抬起头，冲着小七一笑，就是为了那样遥远的一笑，小七甘愿赴汤蹈火，练武的那一点点痛又算什么？

这安稳静好的岁月终止在一个秋天，这世外桃源般的宅院来了一支军队，他们带走了一无所知的公子。

黄昏时分有龙虾送来一封秘信，惶惶不安的人鱼嫣嫣在看过书信之后泪落如雨、面如死灰。她在离开公子府时大骂小七是个扫把星，海巫多年前的预言又在这温柔女子的口中重现。

小七握着一柄钢叉，执意想要随同这哭得泣不成声的美人鱼去找公子，却被她厌恶地一把推到地上并锁起来。她留给小七最后的印象美而凄绝，如那夜，小七在窗外看着，丰神俊朗的公子，是怎样握着嫣嫣的手，在案头宣纸上美人的颊边点一颗泪痣。

公子三日后才回来，人并没有受什么外伤，小七却忐忑觉得，他的内里已经被什么重创，他平静的外表隐藏着某种破碎的真相。

那夜有神秘的马车停在府外，公子散尽家财，遣走了为数不多的仆人。临上车前，公子对小七重申：“你现在后悔还来得及，当日你对我许下的承诺，我也可以一笔勾销，忽略不计……”

小七已隐约感知未来路途的坎坷，但她只是将那颗小小的头颅顿在地上，“公子去哪里，小七就去哪里，小七愿拿一生与公子交换。”

穿过浩瀚南海之水的星光稀薄，在那晦暗的光线中，沉默不语的公子微微抿唇，他没有再说什么，伸出手将那丑陋的夜叉拉起来，任她随同自己坐进了马车。

深秋的子夜气息寒凉，公子宽大的袖子覆盖着她的手掌，小夜叉转头望了一眼公子，小声说：“我们不等嫣嫣姐姐了吗？”

天马扬开四蹄，幽深海水如匹练在眼前切开。公子忍了一下，握着小夜叉的手骤然攥紧，半晌才轻轻对她说：“嫣嫣她，再也不会回来了……”

思之如狂

他们在黎明来临之前到了这处湖泊，神秘的马车掉头驶去，在月落乌啼霜满天中，小七与公子沉入碧水。

清波湖里的总管是只上了年纪的大乌龟，它上下打量着身形伶仃的小七和她身后的公子无涯。一只小小夜叉和漂亮得过分的泥鳅并不会引人怀疑，他们选了湖南面的一处石头洞安居。

那段日子，后来每每在小七的梦里重现，拜五十年南海流浪生涯所赐，买米买菜、洗衣做饭这些并不能难倒小七。这继承了母亲心灵手巧优点的小夜叉将寒酸的石头洞经营成了一处温馨的家。

书上说红颜祸水，而无涯公子不过因为过分美貌，又引来了一桩麻烦事。

湖中一只五百岁的青鱼精偶然撞见在窗前读书的无涯，一见之下惊为天人，简直魂飞魄散。这陷入狂热相思的青鱼精每日送来许多书信表达爱慕，青鱼精是湖中一大才女，情书上感人肺腑的诗句比比皆是。从“有美一人兮，见之不忘，一日不见兮，思之如狂”到“相思一夜知多少，地角天涯未是长”，又从“衣带渐宽终不悔，为伊消得人憔悴”到“人言海水深，不抵相思半”。这炽热沉甸的感情化为无数心形的桃花笺，堆满无动于衷的公子案头，变成了学业中断的小七重拾笔墨的契机。

公子学识渊博，握着小七的手低声诵念那些诗句的声音柔和清朗，从《诗经》一路娓娓而下，到“曾经沧海难为水，除却巫山不是云”，这美而心碎的诗句体面地回绝了青鱼精的爱情。眼含热泪的青鱼精不解地看着公子身边的小七，她摇着头，一再地摇着头，肝肠寸断地拒绝相信这丑陋的夜叉是这芝兰玉树般公子的巫山与沧海。

公子笑意清浅，以手作揖向那清波湖第一才女躬下身去，语声那么遗憾：“无涯谢青青小姐错爱。”

石头洞门合上时，手掌捏出潮湿热汗的小七仍在晕天晕地。她从来都知道自己只是丑陋的夜叉，用一生的忠诚换来对公子的追随，而谁是他眉间心上的巫山与沧海，让他远离南海，仍夜夜思量，午夜梦回都不能忘？

无涯并没有向小七隐瞒自己的身份，这化身为一尾平凡泥鳅的公子其实是一条真龙。龙游浅水遭虾戏，他被困在这清波湖里，无从施展自己的手脚，无法够到天，够到地，去腾云驾雾，去睥睨天下，去呼风唤雨。

宁死也要出去逛街

腊月的时候清波湖开始结冰，厚重的冰块并不能阻止冻死也要出去逛街的女妖精们。石头洞隔壁住着一只老螃蟹，每到寒冬总是冻烂手脚，小七耳听得那老螃蟹求了许久，都没有一条鱼愿意为她带回靴子和手套。

小七在空地上演练完了钢叉十八式，又在洞中生起炉火，踌躇半晌，还是决定在这恶劣天气里出一趟门。

湖外正在下雪，天地间一片银白，凡人的集镇上依然热闹，小七裹好斗篷，深一脚浅一脚地去为老螃蟹买靴子和手套。

她还是很嘴馋的，伫立在那个卖糖葫芦的小摊前，犹豫了很久，掏出钱来买了一串糖葫芦。金黄的糖渍、酸甜的山楂，许多年前，卖鱼回家的父亲会给她带一串。这样想着，她就要伸出舌头舔上去。

有半大的乞丐小子跟着她一路走，脏得看不清本来面目的眼睛盯着她手中的食物，“哎呀”一声便撞在行人身上，还没等反应过来便挨了两个耳刮子。

小七看着那孩子蹲在雪地里哭，走过去将糖葫芦塞到他的手上，又从包里摸出一块银子。孩子眨巴着眼睛，滚出更大的一串泪珠，小七仿佛看见当年的自己，自泥泞里伸出手去，抱住那清风明月般的公子的腿脚。

“回家去吧。”她摸了摸那孩子的头。

给老螃蟹买好了靴子和手套，再拐进一条巷子里去买一坛公子喜欢喝的梨花春酒，她打点好这一切，准备返回时，才知道落入了一处奇怪的阵法。

捉妖的老道在巷子里贴了许多符纸，小七稍一靠近，便有金光如利剑猛刺。小七的钢叉才使出一招，头上一张大网便当头罩下。这缚妖网乃昆仑山千年老藤织成，小七不知道它的厉害，她越挣扎，网便捆得越紧。不过须臾，网中便现出她丑陋的身体，深眼睛，尖下巴，青面獠牙。

小七在网中被吊了一天，北风卷着白雪漫上她的眉发。她起初很冷，嘴唇都被冷风吹干，破裂出一道道细小的血口。后来逐渐麻木，再后来她分不出寒冷还是火热，她只觉自己就要死了，四肢百骸无处不痛，无处不在承受冰雪与烈焰的酷刑。

那狠绝的老道并不急于杀她，他只是慢条斯理地向她询问无涯公子的下落。他想无须多久，这奄奄一息的夜叉自会乖乖地和盘托出。却全然不曾想到，这丑陋的夜叉在听到江无涯名字时会露出那般温柔的神情。她笑着轻蔑地看向他，任他如何软硬兼施，只抱着必死的决心，不再搭理他。

月色与雪色之间，你是第三种绝色

梅林里的风雪止歇的时候，一轮明月慢慢攀上山巅，老道在屋子里喝着酒，听到花枝上一串轻轻的脚步声。

雍容的公子仿佛只是踏雪寻梅，闲庭信步至此，只是他紧攥的手指，额角暴跳的青筋泄露了他所有的情绪。

那被捆吊在高枝上的小小一团已经不成人形，他迟疑而试探地唤了一声："小七？"

她已在灭顶的疼痛中沉沦了一遍又一遍，风雪如浪头将她扑打至黑海地狱，却在灵魂都飞离出去三千里的时候听到他的那一声呼唤。有泪从她冰冷的眼角滑下，是公子。

随即她仿佛惊醒，用尽全力挣扎，嘴里高呼："不要过来！公子不要过来……"

这剧烈的挣扎带给她更大的疼痛，已勒进她血肉里的缚妖网再次收紧，被冰雪凝固的伤口又一次割裂，血涓滴而下，染红梅花。

无涯知道要忍耐，无涯知道这只是一个更大的陷阱，但他手中三尺秋水奔腾出去，半秒也没有迟疑。是那样无与伦比、竭尽全力的一击，树枝上的缚妖网被生生斩断。肩上斗篷软如轻云抛卷出去，将那被汗湿、泪湿、鲜血浸湿的小夜叉抱入怀中。

他踉跄了一下，喉中有腥甜血气翻涌，但随即若无其事地吞咽进腹中。抱着那轻如羽毛的小夜叉，他施施然转身。锋利如刀的薄唇轻轻一勾，眼里尽是轻蔑的笑意："道长还有什么法宝，不妨一一使出来。"

伏龙观的凌虚子想着那封来自南海的秘信，里面说着这落魄的龙子身中剧毒，只要他出手一定能一击即中。彼时看着这风采卓绝无人能挫其锋的真龙，他觉得自己受到了欺骗。凌虚子甩着拂尘向后疾逃出去，等到再不见他人影时，江无涯抱着小七终于跌坐下来。

清波湖里的老螃蟹八只脚上都穿着小七带回来的靴子，那壶梨花春却尽数洒在了梅林。小七昏迷了数日才醒来，不知公子用了什么良药，她的皮肉之伤没有留下什么疤痕。只是公子脸色苍白，连脚步亦有虚浮。小七一脸担心，公子却总是一笑带过。

除夕的那晚公子与小七守岁，炉火冉冉，美酒正温，公子有些贪杯，不知不觉喝醉。他与小七说起遥远的南海，说起某一处荒凉的大宅，那里有行将被岁月遗忘的海藻青苔和他长眠的母亲。身份卑微的鲛人，终身被藏在不见光的暗室，却诞下龙王最出色的龙子。他的出生与长大意味着母亲的危险，终于有一日，一杯无色无味的酒断送了她珍珠般美丽的生命。

龙王开始将他东躲西藏，无数个除夕，他只有嫣嫣陪伴，这母亲鲛人一族里的小小女孩子，四百年来，是姐姐，是仆人，亦是他关于家的温暖。

他们连她也不肯放过。他身为太子储君的哥哥，垂涎她那样的美色，在对他生命的要挟下，嫣嫣走进了南海的水晶宫。

他醉得迷糊不清时伏倒在案上，小七与他只隔了一个手掌的距离。公子浓黑的剑眉微微敛着，绵密的睫毛在琉璃白的肌肤下晕出一片暗影。离得那样近，小七闻见他含着酒香的吐息。她试探着唤他一声“公子”，他没有应答。她伸指抚过去，隔着一毫米的距离描摹他轮廓优美的脸颊，此时，听见他喃喃出一个名字。小七怅然地跌回榻中，想起梅林中的那一晚，月色和雪色中，驭风而来的他，是世间第三种绝色。

众里寻他千百度

元宵节时小七终于见到了那个女子，公子梦中的嫒嫒。

至此小七终于明白为何嬷嬷陪伴公子四百年，仍不是他的情之所钟，心之所系。清波湖里的青青上知《诗经》，下晓《宋词》，温柔婉约，芳心可可，只换来他一句“无涯谢青青小姐错爱”。原来他的那一句曾经沧海在这里，弱水三千，皆不及这一瓢殊色。何况她这样金尊玉贵，东海龙王的三公主，这全天下水族里最娇贵的女子，如果不是她，又有谁能够配得上公子？

东风夜放花千树，更吹落星如雨。

公子难得有兴致出来散步，面带浅淡笑意看小七如同最活泼的孩子，在凡人的摊前挑一个泥偶，又或者眼馋一串糖葫芦。

她十六七岁女孩的模样，身量已齐到他的胸口。眼越发深，黑而且浓，盈盈笑着时如最清澈的湖水，映着江南小镇的桃花与天空。

他是龙子，从小被教导着无瑕而坚硬，远离这黏糊糊的甜食。而她高举着一串糖葫芦，声音里带着诱哄：“就尝一口。很甜的，真的很好吃……”

他笑着躲过，偏过头去。身边熙攘的行人将她挤到他的怀里，他于是避无可避。微微启唇，冰糖的甜，还有她那水晶珠一样的笑，将他的心破开一个软弱的口子。

这夜又犹不松手。她一指抚过他毫无所觉的唇畔，笑得恶意满满：“公子，这里有一粒糖渣。”

三公主便是在这个时候出现的，一大朵烟花轰然炸裂，映亮这集镇热闹的春夜，她自嫣红灿烂的流光里走来，比世间任何一朵花都要美丽。

她甩开身后的护卫和侍女，在莲花灯和鱼龙灯冉冉的光辉里，叫着他“表哥”，然后她扑过来，被他拥入怀里。

小七从未看到公子这般笑过，拥着怀中的女子，仿佛是全天下的水域，或者浩荡万里的江山，都不能叫他拿她去换。

众里寻他千百度，蓦然回首，那人却在，灯火阑珊处。她捶着他的胸口，温柔的公子含笑不语，任她施为。

她说：“我找了你这么久，表哥你跑到哪里去了？”

“是我的错，让嫒嫒担心了。”

“我去你府上寻你，一个人都没有，嬷嬷也不肯说。”

“是我的错……”

“大表哥他敢这么对你，我一定饶不了他。”

“是我的错……”

“当然是你的错。再找不到你，我一定要父王给二叔叔好看。”

小七缩手缩脚地站在人群外看着，彼时明月圆满，花灯照着这一条清朗长街。那娇俏的女子在公子怀中又哭又笑，总是很淡漠的人拿手拍着她的脊背，一声声温柔地唤她的小名，说：“嫒嫒，是我的错。”

高贵的龙公主当然不会屈尊去那个石头洞，清波湖的龟总管战战兢兢来拜见时受了公主不少白眼。三公主没有透露无涯龙子的身份，那活了三千年的老龟看着这眼高于顶的龙女和一条卑贱的泥鳅在总管府的花厅里密谈了一个上午，且总是对那泥鳅言听计从，不禁感慨世风日下，人心不古，这是个看脸的世界，再也不是从前的江湖。

三公主离开清波湖时格外用心地打量了小七几眼，这夜叉一直不声不响，总是握一柄钢叉护卫在公子身后。她心中莫名地充满了对这丑八怪的敌视与厌恶，便撒娇地拉住公子袖口：“表哥，你这夜叉真有趣，不如借给我带去东海玩几天再还给你。”

“送给媛媛都可以。”公子伸手闲闲拂过三公主垂落在耳边的发丝。小七蓦地抬头，又黑又亮的眼睛盯着这笑意倜傥的公子。她想说，我死也不要去，却只有无限的委屈与酸楚哽在喉头。

公子宠溺地捏一捏三公主花朵般的脸，凑近了跟她说：“只是媛媛生得这般美丽，将这丑夜叉带回去，被人看见了，怕是要笑话东海。”

三公主晕红了双颊转过身去，对这表哥弃如敝屣的夜叉再没有兴趣。她抓着鸾车的车辕，用力向那碧水之上的公子挥手：“表哥你放心好了，你交代的那些事情我都记得。”

小七不明白绝望到底之后还能再怎样绝望，他可以转手就将她送给别人，可以在心上人撒娇的时候担心她的丑让她蒙羞。

我欲成魔

那时业已黄昏，西天的落日染红了那片湖水，给长身鹤立的公子镀上了一层如梦的浅金。公子在晚霞与风声中伫立了很久，淡漠地开口：“公主讨要你都不走，以后只怕想走都没有机会了。”

小七是个心思单纯的夜叉，总觉得只要每天早上太阳还能升起，还能跟在公子身边，这世间便没有什么难事。她不懂宫廷争斗与江湖厮杀，所以当那个普通的春日，向来从容的公子看着变暗的湖水叫小七速速准备东西离开时，她才相信是真的变了天。

成群的披甲武士在清波湖里见鱼就砍，稍通灵性的生灵统统被野蛮捕捉，酷烈的刑罚之下无非只是追问一个龙子的下落。

小七执着钢叉，守在石头洞门口，任凭她怎样轻捷勇猛，一叉打翻两个武士，还是不能阻止蜂拥而来的追杀。

领兵的是一只蛤蟆，突兀而又邪恶的大眼瞪着缓步而出的公子，像是发现了宝贝。他粗嘎地叫着：“就是他。太子吩咐过的，不留活口，一律斩杀。”

锐利的箭矢在幽深的湖水里牢牢盯紧公子的心肺，这射日神弓当年射落过扶桑树上的九个太阳，今时今日，他们出动这样的神兵利器，必是要将他置于死地。

公子的秋水剑斩断湖水，如他，是一匹耀世的神龙。只是小七悲哀地发现，那蛤蟆每一次狂笑着催动口内魔音，公子的脸色便白上三分，最后如同死灰，直到他以剑拄地，终于呕出一大口污血来。

“骗过了凌虚子那老道，原来二公子当真中毒不浅，即便太子殿下不来，你也活不了几天吧？”

懵懂的小七如遭雷击，她从不知道这风轻云淡的公子已身中剧毒。他是怎样在那重重埋伏的伏龙阵里全力一击，将她救下？又是怎样隐藏伤痛绝口不提？

射日神弓拉得圆满，玄铁之箭穿过三千流水呼啸而来，对准一柄钢叉舞得出神入化的小七。公子惊鸿般掠起，一剑硬生生格开那支将要钉穿小七身躯的神器。

鲜血“砰”地炸开，小七双目赤红，感觉到身后之人无力地跌倒下去，玉山将倾，她嘶吼着，肝肠寸断地呼喊：“公子！”

父亲说她天赋异禀，可以窥探到法术与武功的无上妙境。原来是要这般，要这般将他带走，割裂她的灵魂与心肺，让她痛到极致，才可以大成。

她成了魔，她堕入无间地狱，她看着公子那张了无生机的脸，手中钢叉横扫出去，带起一片血雨，她是狂暴的夜叉。

伤痕累累的小七抱着江无涯逃出清波湖时是个春夜，这夜叉姑娘在清明的月色下抱着公子，放声号啕：“如果你死了，如果你死了……我绝不活着。”

面如金纸的公子受不了一只越哭越丑的夜叉的威胁，在她第三次说绝不活着时竭尽全力地睁开了眼睛。他看着这凄惨万分的夜叉，轻轻唤了她的名：“小七。”

鹤 啸九天

那段日子总不忍回想。无解的毒药与内伤彻底摧垮了公子，无头苍蝇般的小七每天都早早出去，晚上带回来伤药与食物。渐渐地，小七回来得越来越晚，也越来越瘦，那寒酸的青裙罩着她伶仃的身影，像一把枯骨般不忍直视。

一个大雨滂沱的夜，暮色深浓，笼罩着这处破旧的小院，早出而太晚归的小七捧着一碗汤药，求着紧闭双唇的人："只喝半碗好不好？公子，不苦的，我放了甘草。"

他闭了眼睛打算无动于衷，而那夜叉端了碗不依不饶："公子，那就只喝一口。"

她瘦得叫他心烦，聒噪得更是讨人厌。"不喝。"他偏过头去。

她便绕到另一边，端起碗来喂他。他心头火起，挥手将那碗打落。滚烫药汁泼到她的膝盖上，小夜叉咬唇瑟缩了一下，却更紧张地手中所剩无几的药，那般宝贝地护在怀里，好像护着他的生命。

他眼色暗沉，一把掀起她的裤管，大片的青紫瘢痕，遮也遮不住。

"你做了什么？"他扣住她双手。

小七摇头，大而空蒙的眼睛里浮上一点水雾。

"被人打的？谁打的你？"公子心头火起，语气夹带着冷酷和严厉。

"没有……我有钢叉，谁也打不过我。"这小夜叉揉了一下鼻子。公子咄咄的目光逼视着她，她便将那尖尖的下巴低了下去。

"我去求了镇上的大夫，他是这里远近闻名的神医……这家不行那家总可以，这里不行还有别处，"小七抬起头来，语气恳求又坚定，"公子你一定要喝药，我一定能治好公子。"

江无涯怔住，夹着雨水的夜风穿窗而入，将桌上油灯吹得飘忽，在那难以捉摸的灯影里，无涯公子皱起眉头。

"我不会死的，你再也不用一跪半天地到处去求人。"淡漠的公子看着这傻到可怜的夜叉，说得无比平静。

"真的？"小七猛地扑过来，狂喜地抱住了江无涯。

从来是他说什么便是什么，他是真龙，运筹帷幄，呼风唤雨，他肯定还有什么法子在最后扭转玄机。

江无涯感觉到自己胸前衣衫上那片炽热滚烫的洇湿，是小七的眼泪。那夜的雨一直下，江无涯抬手摸上怀中女子的头发，他从来不知道，一场假戏，何以演得如此情真。

三公主的人找来时已经是许久之后，公子拖着他那油尽灯枯的身体，十指划过案上瑶琴，是穿云裂石的金戈之音。明明已消瘦成一只孱弱的鹤，小七却觉得，下一秒他一定会一飞冲天。

为 你百死不辞

小七又回到了南海，鸾车载着她和公子，在浩瀚无穷的海水里前行，身披甲胄的东海武士斩开汹涌的白浪，一路护卫着他们。返程并不顺利，他们遭遇无数埋伏，斩杀了一群虾兵蟹将之后，还会有更疯狂的一群。

当最后一名武士战死，身前再无一人时，小七攥着那把钢叉，飞身立在浪尖，她是地狱的修罗，她是嗜血的夜叉，她发誓，只要她一息尚存，就无人敢碰她的公子。

那钢叉舞得水泼不进，一拨人厮杀着冲上来，被这夜叉叉飞出去，又一拨人拥上来，再被叉飞出去。起先只有一根长戟打中了她的左肩，然后便有大刀砍中她的右膝，然后是长剑破开的手臂，还有后背，还有小腿……

无数兵器在她眼前缭乱，她从未将这钢叉使得如此之好，她是恶魔，要屠尽一切胆敢阻挠公子的势力。

那长箭不偏不倚飞来正中她前胸时，鸾车里的公子倏然起身，他已没有余力伸手去够到那从浪尖跌落下来的夜叉。似痛苦，似怜惜，似绝望，似恐惧，他颤声叫着她："小七。"

浊浪滔天，风起云涌，金冠玉带的龙太子持弓立在浪头，他笑得嚣张："小夜叉，只要你放下钢叉，从今以后再不跟着江无涯，我就饶你不死。”

小七反手拔出箭矢，自那汹涌狂潮中艰难起身，钢叉提在手中，她扬眉笑得灿烂：“小七倒是贪生怕死，只是，比起生死，小七更爱慕公子。你若想要伤他，试试有没有本事从我的尸体上踏过去。”

她说比起生死更爱慕他时，江无涯恍惚了一下，这天下第一的夜叉，终成举世无双的武器，她甘心为他所用，变成他冲锋杀伐的棋子。是这棋子，在这生死关头笑着说谁想要伤他，都得从她的尸体上跨过去。

他怔怔地跌回鸾车，看那钢叉雪亮，小七纵身飞跃，以魔魅般的、死生不顾的身法穿过南海之水，一叉扎向那高高在上的龙太子心窝。

事实是他成功了，如此含辛茹苦，数百年隐忍苦心筹谋，终于在天时地利与三公主的人和之下打败了他。

心大命穷，还有这百无一用的爱情

江无涯在流光溢彩的水晶宫里看着被抽去了龙筋的昔日太子，笑得温和：“身为兄长，残害手足，大哥现下感受如何？父王亲手抽去了大哥的龙筋，大概这一辈子，下一辈子，大哥都当不成龙君了。”

“你不用太得意，江无涯，你的那个心上人，她也活不长久。”

“大表哥，你都这样了，还不忘诅咒嫒嫒。二叔叔废了你的储君之位，当真是明智之举。”美丽的龙公主风一般地跑进来，抱着江无涯的手臂，娇嗔地说：“二表哥，蟹武士带去给你的解药好不容易才弄到。嫣嫣说大表哥从不离身，我催了好久，她在最后那晚才得手。”

有人好似从迷梦中惊醒，咬牙切齿地道：“你用了那解药，那嫣嫣呢？”

一无所有的先太子眼前出现了那美丽人鱼的面孔，他怎么会不知道她从未喜欢过自己？先太子只是从不知道，她对她公子的喜欢会有这么深。

嫣嫣没有任何办法拿到那瓶解药，她只是，自己饮下了那杯同样的毒酒。惊恐的龙太子也许是真的在乎她，他施舍给她的解药却被这甘愿赴死的人鱼送出了宫去。

江无涯俯下身，将唇贴到旧太子耳边。“不劳大哥操心，我会将嫣嫣带回浩然居。上天入地，碧落黄泉，她留下遗书，说她永远不想见到你。”

他如愿看到这曾不可一世的骄龙在瞬间面如死灰。

三公主拉了他的手往殿外走，说：“二表哥，父王在前殿和二叔叔商量我们的婚事呢，你看那天我穿哪一件礼服好看？”

江无涯笑着，温柔地对她说：“嫒嫒穿什么都好看。”

公主羞红了脸，松开他的手跑出去。透过碧水照射在水晶宫里的阳光惨淡，旧太子大笑起来，声音凄厉如同哭泣。

江无涯没有再理他，他欲要抬步离开，却听见那个人用恨之入骨的声音唤出那个名字。

“小七。”

这两个字如一张小口，将他的心咬得生疼。疯癫的龙仍然在笑，他说：“我算无遗策的弟弟，小七，她难道不是你的心上人？”

别再轻易爱上一个人

小七非死不可。

骄横的龙母无力阻止自己不成才的孽龙被抽去龙筋，但绝不放过这以下犯上的卑微夜叉。精明如她，早就明了是这夜叉以一己之力拖住了太子派去的军队。没有她，东海的援军来再多也无济于事。

这面相丑陋的怪物毁了她唯一儿子问鼎龙君的路，她要她死。扒皮抽筋，挫骨扬灰。

小七被关在南海最幽深的地牢里，哪怕没有那穿过琵琶骨的玄铁锁链，她也再不能动弹分毫。她手筋脚筋皆被敲断，遍体鳞伤，体无完肤。

当日那阻挡龙太子的搏命一击，已经耗尽了她的所有灵力。她甚至不敢呼吸，断裂的胸骨生生刺在她的心肺上，她不懂自己为什么还要活着。这样苟延残喘地活着，也许只是为了再看他一眼，她的公子。

江无涯下到地牢里时走得很慢，耳边皆是阴森的风声，鬼哭狼嚎。他突然想起从前，他们在清波湖里，那夜叉水晶珠子般的笑声。地牢黑暗，岩壁上一盏青幽幽的铜灯惨淡地照着这地狱。他在黑暗里伫立良久，地上的夜叉突然扭动了一下，向着那淡漠的影子呢喃："公子，是你吗？公子？"

她撕心裂肺地咳嗽起来，鲜红血沫从她嘴角涌出，她本来就生得丑，这样更丑。江无涯明明没有出声，那夜叉却陡然扭过头来，她一点点地匍匐过来，她每爬一步，后面就拖出一条凄厉的血印子。那么痛，却那么欢喜。她说话的力气都没有了，只笑着叫他一声"公子"，说："公子，你不要难过，为你死了，小七也欢喜。"

他在难过吗？江无涯不知道自己脸上是什么表情。他仰了一下头，忍住了眼眸中一些涌动的潮湿。开口对她说："你的父母是我派人杀的，你的族人厌弃你，也是我散布的谣言。你天生不祥，克父克母，于亲族无异于灾难，都是我编造的。"

他不给这被命运连环重击的女子一点点缓和的余地："知道为什么吗？因为你天赋异禀，你父亲说得没错，但是要怎样让你大杀四方，拥有无以匹敌的能力却是一个秘密。

"你这样的夜叉，迅捷、勇猛，却只有失去至亲，走投无路，爱上一个让你连性命亦不顾的人，才能够脱胎换骨，大放异彩。

"我需要一个人，为我大杀四方。"

他看着那女子颤抖的双肩，苍白的、柔软的两片唇被咬进牙齿里，半晌，一行血泪从她眼角滑下。她抬起头，那么深那么深的眼睛望着他，凄凉地笑着说："公子，你就骗我吧，你说的话我一个字都不信。"

"信不信随便你。我不妨告诉你，回南海那日我的毒早就解了，什么都是装的。龙族的亲兵我可一个都没有杀，都是你做的。"

"对了，三公主是不是来告诉过你，下个月我们将要举行大婚？如果你有命出去，又不怕四海水族笑话，我还是很乐意请你去观礼。"

江无涯说了很多，从头至尾，点点滴滴，事无巨细，从他看重她这个猎物，到他下手除去她的双亲，让她山穷水尽，颠沛流离。

夜小七已不会流泪，她只是古怪地笑着，眼神呆滞。

"是你说过的，要拿一生同我交换。你应该知道，我不做对自己没有好处的事情。"

"你做得很好，"江无涯隔着铁栅栏递出去一个瓶子，"尘缘尽。"

那痴傻般的夜叉只是笑着，渐渐面上没有了任何表情。

"这样上路一点儿都不痛苦。"金冠玉带，衣履风流的公子雍容地转过身，声音淡漠而冷清，"只是下辈子记得，不要再轻易爱上一个人。"

本应当受千刀万剐，再挫骨扬灰的夜小七在行刑的前夜死了。龙母不甘而愤怒地命人将她的尸首拖出去丢到了灌愁海，这样她便永生永世都受恶鬼所噬，不能超脱。

尘/缘尽

小七在一个明媚的春日苏醒，彼时桃花正放，紫燕在梁上呢喃。这懵懂的夜叉以为地府便是这样的时节和景色，推门进来的人却让她似曾相识——是清波湖里的那只老螃蟹。

她不曾记得她"死后"都发生过什么，清波湖里也没有哪一条鱼虾会对她讲起灌愁海里的事情。这只用了公子给的冻疮膏再没有冻烂手脚的老螃蟹，面对小七的追问，只是保持沉默，守口如瓶。

故事从头说起，那饮了毒酒必死的美人鱼并没有事，四百年的真情陪伴，江无涯一直拿她当长姐。三公主不远万里带去的解药他悉数奉还，他对那强取豪夺的骄龙说她已经死了，是让他断了这痴念，从此嫣嫣可以过她自己想要的余生。

他骗了三公主，对那美丽的龙女说他早就服了解药，他们并不知道，他身上的毒并非仅此一种。

那天，他遇见海蛇正在欺辱那个呆头呆脑的夜叉，他本不该上前多管闲事，只是谁叫那小夜叉生了那样一双眼睛？他由此暴露了自己的行踪，被视他如眼中钉的龙母和龙太子带走。六神无主的嬷嬷以为拿自己去交换，龙太子便会放了他，太子并没有食言，只是一杯毒酒是他的条件。

“那美人鱼生得不错，能歌善舞，尤擅画仕女图，你若饮了这杯酒，我自会好生待她。”

江无涯微笑，一饮而尽。这毒酒性烈，可怎么比得过四百年前他一出生便中的龙母的蜃毒？

他并非非要做龙君不可，只是自一出生便过得步步惊心，除了他的鲛人母亲和无可奈何的父王，没有人愿意他活着。

他一百五十岁时，还是一条什么都不懂的小龙，没有伙伴，没有朋友，珍珠锦绣簇拥着寂寞孤单的他，直到那一天，高墙外有孩子蹴鞠，有人用力过猛，那皮球便“嗖”地飞进来，落在他脚边。他捡起球站着，看到那小夜叉风风火火地跑过来，从他手上拿走球，大大地咧开一个笑，她长得真丑，可声音真好听，“谢谢你啦！”说完这句话，又春风一般卷出去。他怅然若失，想为什么这丑陋的小夜叉可以这样快活开心。

他没想到她会再折回来，两只手藏在背后，笑眯眯的，至他面前时才变出一串糖葫芦：“我阿爹在凡人的集镇上买的，给你吃。”

他舔了一口，舌尖有奇异的甜。那胆大包天的小夜叉伸手捏住了他的腮帮子，花痴地说：“你笑起来多好看啊，为什么老是哭丧着个脸？”

两百五十年后再见她，她失去了阿爹和娘亲，不被族人所容，一柄钢叉，浪迹天涯，但居然也很轻易地便忘了他。

他报了母亲的大仇，终于登顶到那万千水族仰望的高位。他以为那一瓶“尘缘尽”会瞒过纠缠不清的龙母，不承想她派人将她抛进灌愁海。昔年母亲在时，曾经耳提面命地跟他说：“无涯，你身上的蜃毒，万万不可接触灌愁海的海水。”

她离开他总是好的，当年他就该狠心地赶走她。他想着这一桩始于利用的相识，为什么会终止于奋不顾身的爱情？

他遇见她，认识她，不知何时起爱上她，却逼着她仇恨他，离开他，忘记他。他这样的龙子，心大命穷，生命中注定不能够拥有她那样的甜。

夜叉小七四百岁时已经忘了前半生的事，彼时她已脱胎换骨，长成名动清波湖的美人。某日她听湖中一只青鱼精说起新丧的太子，说太子如何“郎艳独绝，世无其二”。

“什么太子啊？让青青姐姐这样痴情。”摆弄着钢叉的小七笑嘻嘻地问着伤心欲绝的青鱼精。

清波湖的才女妖精流了满脸的泪，甩着尾巴游走了，没有理她。那只老螃蟹从石头洞里钻出来，看了无忧无虑的小七一眼，叹了一口气：“江无涯。”

小七站在那里，清波湖的蒹葭苍苍，撩拨着她如绢的长发。不知怎的，她觉得，她明明没有认识过他，却为什么好像她已经永远、永远地失去了他？花

北方有佳人

文/小 R 图/19

【楔子】

BEIFANG YOU JIAREN

俄罗斯的冬天异常地冷，但丝毫冷却不了冰迷的热情，直到那道纤细单薄的身影出现，原本杂乱无章的欢呼、掌声才渐渐停下。

女孩一袭红衣，姿态优雅地绕场滑行半周，缓缓至冰面中央。清音渐响，古朴沧桑，在绵延婉转的《佳人曲》中，她宛如冰上翩翩起舞的北国佳人。点冰落地，舞裙轻扬，这是今日唯一瞩目的中国红。

外国人不懂得诗词美韵，花样滑冰却有着共同语言。他们都被唐言蹊的舞姿深深吸引，比起节奏欢腾的欧美选手，她的表演优雅娴静，让人不禁感叹，原来云鬓花颜金步摇，并非书上才有，现实生活也有这样倾城倾国之人。

而令观众对其印象深刻的，还有她一头斑白的头发。

一曲结束，现场顿时掌声如雷，伴随众人投入冰场的鲜花礼物，唐言蹊微笑着向观众致谢。最后的完美发挥，让她把之前在短节目比赛落后的分数赶超上来，一举夺得了这届锦标赛的冠军。

19 岁的唐言蹊被外媒誉为冰上的“特普斯歌利”，这次比赛她一改以往的风格，选了极具中国风的演绎，引来众人的好奇。当记者问到唐言蹊选择《佳人曲》的用意时，她只是笑道：“这是我和某个人还没来得及表演的冰舞选曲。”

“能不能透露是哪位选手？”

面对记者的刨根问底，唐言蹊瞬间陷入了茫然。

“他是……”咦，奇怪，脑海刚闪现的身影，突然像消失的粉笔字迹一样，她怎么也想不起来。可潜意识里，她确实记得自己曾和某个人跳过一段冰舞。

赛后唐言蹊与教练说起这事，教练反而不解道：“你不是一直主攻单人滑吗？从没听说过你和谁组过双人滑。”

即使得到了教练的证实，心里却怎样也无法说服自己。回国后，唐言蹊随教练返校进行陆上训练，恰巧碰见打闹的年轻的校友。蜷腹累瘫在地上的男孩，被压腿的女孩嘲笑道：“就你这毅力，还想当男子组种子选手？先打破夏帆学长的校内纪录好吗？”

夏帆，这个名字突然蹿进了唐言蹊脑中，她低声呢喃，有些陌生的苦涩。

似乎从前有一个人，曾被她如此百转千回地思念过。

【1】

BEIFANG YOU JIAREN

三年前，秋分。

由于父母工作调动，唐言蹊不得不转学来到北方的城市。

作为转校生，免不了引人注目，但她最不想被人议论的，是她那一头灰白的头发。

这是人们常说的“少白头”，医学上并没有很好的治疗方法。虽然并不影响生活，但从外观而言，却是唐言蹊一直深感自卑的地方。所以，毫不意外，她在新学校没能很好地交上朋友。

还好她可以借由爱好，转移这份孤单。北城有不少滑冰俱乐部，她从小就有天赋，在南方学过几年，却难见冰天雪地，来到北方的冰场把她乐得找不着北。

就在那个时候，她见到了夏帆。

夏帆和唐言蹊同一所高中，高她一个年级，看起来清俊安静的少年，没想到会是花滑高手。他冰上的动作优雅利落，张弛有度，每一个点冰周跳都柔韧协调，不少女孩甚至将他奉为“男神”，私下还给他取了个“花滑王子”的绰号。

虽然唐言蹊不是很关心，但听多了难免耳濡目染，偶尔路过训练场，看见夏帆在练习，都会停下来看上几眼，深深沉溺于他的舞姿。

他是个让人过目不忘的男生，不仅因为他俊朗的长相，还有他那凛然倨傲的个性。即便他对人不那么亲近，仍有不少女孩前赴后继地喜欢上他。

就连唐言蹊的同桌林雪，也是夏帆的忠实粉丝。课余话题永远是关于夏帆的，还会和三两知己围堵在高年级的走廊上，对“男神”大献殷勤，毫不掩饰对夏帆的喜欢。

虽然夏帆很受欢迎，但在学校从没听说过他跟谁有过暧昧。直到某天午休，唐言蹊无意中撞见林雪对夏帆告白。

“夏帆学长，我一直都很喜欢你，你可不可以做我男朋友？”林雪大胆的发言，引得在楼道转角偷看的唐言蹊脸红耳赤。

她瞄了眼夏帆，他的表情不咸不淡，不禁默默同情了一把林雪，看样子是没戏了。

就在她以为夏帆准备发“好人卡”时，夏帆突然微微一笑。

咦？向来面瘫的夏帆竟然会露出这样的表情？

惊讶的不只是唐言蹊，林雪也以为告白成功，正笑得花枝乱颤。

此时便见夏帆伸手覆在她的脑袋上，引得少女满脸绯红，可那样的触碰，只是为了吟诵出一段口令：“你喜欢的不是我，是C班的黄子洋同学。”

林雪的双眸顿时淡然无光，像被云雾遮了眼，她木讷地点点头，转身离开了。不远处的唐言蹊，听不见他们交谈的内容，只觉得林雪的举动很怪异。

更匪夷所思的是，第二天林雪像个没事人一样。同伴们提议去操场看夏帆体能测试，林雪还表现出不情不愿的样子。

“不就跑跑步嘛，有啥好看的？”瞥见C班走廊前的黄子洋时，林雪的表情倒是有了天翻地覆的改变，就像最初喜欢夏帆时一样。

那个向来一提到夏帆就犯花痴的林雪，竟然无动于衷？看不出来是刻意假装，还是真的心灰意冷，唐言蹊在她脸上挖不出半点儿蛛丝马迹。在那不久，就听说林雪跟黄子洋告白了，两个人还成了男女朋友。

唐言蹊越想越奇怪，就算变心，这也太快了吧？也从没听说过林雪和黄子洋有过交集，而且林雪给人的感觉，就像她从未喜欢过夏帆，对他的一切漠不关心。

难道因为被拒绝，林雪受到的打击太大了？唐言蹊若有所思地看向冰场中的夏帆，少年如昨日一样翩然起舞，周遭仍是女孩们倾羡的目光。

【2】

BEIFANG YOU JIAREN

来北城以前，唐言蹊一直自信于自己的花滑成绩。她从小参加过不少比赛，大大小小的奖项也拿过。没想到俱乐部里卧虎藏龙，即使是低级班的学生，都能独立完整地演绎出一套自由滑短节目，她在南方那点儿突出表现，在这里不过是班门弄斧。

至少，在夏帆面前，她连腰杆都挺不直。凭着以前俱乐部的推荐信，教练特地把她插入夏帆所在的高级班，想着集中培养他们，但事实上却让唐言蹊倍感压力。

渐渐地，她察觉到自己和大家的成绩被远远拉开，在区域选拔赛里，她甚至挤不进前十。因为身在高级班，这份特殊关照，背后还引来不少人指指点点，包括她一直耿耿于怀的白发，也成了大家攻击中伤的目标。

不知分寸的学生，还常拿她的头发开玩笑，调侃她是“白发魔女”，会传染别人得白发病，让唐言蹊在俱乐部的处境更加尴尬。

虽然感到委屈，但唐言蹊更多的是乐观面对，眼前更重要的是训练。

花滑需要消耗极大的体能，这一直都是唐言蹊的短板，于是她总比别人早到晚退，独自加倍进行陆地训练。也许是因为太过心急，她一下体力不支倒下。

好在夏帆及时出现，扶了她一把。对上少年深邃的眼眸，唐言蹊的心急跳了下，随即听见他说：“体能训练要循序渐进，操之过急，反而适得其反。”

“我知道了。”她红着脸点了点头。

夏帆见她没有要松手的样子，打量着她，接着便见她扭捏地开口道：“那个……你介不介意扶我到休息室？我好像脚抽筋了。”

闻言，夏帆“扑哧”一下笑出了声。

这下唐言蹊更抬不起头来，太丢人了，竟然做拉伸运动做到拉伤筋骨。直到休息室，她都没敢跟夏帆搭话，反倒是他主动开口。

“你都不生气吗？”他暗指中伤她的那些流言蜚语。

唐言蹊先是一怔，没料到一向事不关己的夏帆，竟会主动关心她，这让她心里顿感温暖。兴许是有了交谈的对象，长久压抑的话匣子得以打开。

“没办法，毕竟嘴巴长在别人身上，我也管不住，时间久了，或许他们就会收敛些吧。”

“不，你错了，他们只会变本加厉。”夏帆突然神色微黯，“你永远都不会知道语言杀伤力有多大，它甚至会夺走你至亲的人。”

唐言蹊不知道夏帆为何这般凝重，心想着他大概在替自己打抱不平吧。她在感激的同时，也苦恼于该如何缓解气氛。

“有些话是无意伤人，但说话的人也不一定全都有恶意。”见夏帆惊愕，生怕自己被误会成为他人开脱，唐言蹊忙解释道，“呃，我是想说，人类本来就是矛盾的生物。生命给了言论的自由，还有表达感情的声音，但是，我们却没办法看透人心，只能通过语言去试探。正因为人不够完美，我们才会试着去相信和理解，不是吗？”

许久，夏帆才缓缓道：“你真是乐观。”

唐言蹊不知道他是在取笑自己，还是认同了自己的想法。即便如此，能和别人说出自己的心声，她已经很开心了。

“我妈也经常这么说我。”唐言蹊害羞地挠了挠脸颊，“其实，我更愿意相信，这世上大多是善良的人。”

这次她没有得到夏帆的回应，再抬头，便见少年温柔地笑着。

不知怎的，明明秋凉刺骨，此刻，唐言蹊只觉得好像看见了春日暖阳。

【3】
BEIFANG YOU JIAREN

为了加强体能，唐言蹊每天晚自习后选择不坐公交车，环湖夜跑回家。入秋以后天黑得越发早，她自己跑着跑着也会有些害怕，所以夏帆的偶尔做伴，让她十分感激。据说他家住在城西的四合院，每天都是骑自行车上学。

路上两个人有一搭没一搭地聊着，每当她脚步变缓，夏帆就会刻意减慢自行车的速度配合她。虽然夏帆没说，但这细微的举动却暖了她的心。

自那以后，唐言蹊和夏帆的接触就逐渐多了起来。有时候在校内碰面，会互相打声招呼，虽然依旧没有过深的交集，但也总算是有了点头之交的朋友。

但好事者总喜欢过分解读他们这份单纯的关系，连同桌林雪都来八卦，问她是不是喜欢夏帆。也不知道是不是林雪在试探自己，毕竟她曾经喜欢过夏帆，心里多少都有点儿疙瘩吧。事实上，林雪根本不在乎。

“怎么样啊？你真的对夏帆没有动过心？”

说没有是骗人的，她和所有青春期的少女一样，会对优秀俊逸的男神有所憧憬，但唐言蹊认为恋爱这种事情一直离她很远。类似公主、王子这样闪闪发光的存在，她从来都是置之度外，像个称职的观众，远远地观望着他们的故事。

她对夏帆的好感，顶多算是种偶像崇拜吧。

“没有。偶像是放在心里仰慕的，又不全是以交往为目的。”唐言蹊本想着这话题就此揭过去，没想到却换来林雪更犀利的调侃。

“我才不信呢。”林雪打量着她，仿佛想要看出点儿什么，“夏帆成绩好，长得又帅，会喜欢他也很正常，干吗不敢承认？而且，他那么照顾你，明眼人都看得出来你们之间关系不一般。”

唐言蹊纳闷，原来她和夏帆在外人眼中这么亲密？明明她对夏帆没有丝毫非分之想，结果被林雪这么一说，害她莫名在意起夏帆来。

夏帆如众星捧月的存在，给人的感觉却意外孤独。

孤独？为什么她心里突然会冒出这种奇怪的感觉？大概是常常见他与人相处融洽，却笑得不那么真诚吧。

他对谁都礼貌而疏离，连好友黄子洋邀请他去唱歌，他也找尽理由推辞。黄子洋不气馁，决心就算五花大绑也要把他绑去。这次是林雪发起的联谊，唐言蹊也受邀参加，她本期待着夏帆的到来，但直到聚会当天，才得知夏帆没有参加。

“你不是说包在你身上，会把夏帆带来吗？”林雪指责男友。

“我当时的确去找夏帆了，唐言蹊你也看见了吧？可是不知怎的，我突然什么都不记得了……”大概是连自己都觉得这样的理由很心虚，黄子洋解释到最后，显得有些无奈。

但女生们都不相信他，一致认为他出于嫉妒才故意不邀请夏帆。

唐言蹊并不认为黄子洋在撒谎，她确实看见黄子洋去A班找夏帆了，也不至于为这点儿小心思，惹林雪不高兴吧？

因为这样的不愉快，黄子洋负气地离开聚会现场。扫兴的众人也没有逗留太久，唱了一会儿歌后，就各自回家了。

回去的路上，气温骤降，突然下了雪。尽管不是第一次见北方的雪，但唐言蹊这个地道的南方人仍是兴奋不已。很不走运，刚到公交站，车就先她一步开走了。

唐言蹊不禁有些乐极生悲，本以为夏帆会来，她特地穿了件新的连衣裙，连厚实的羽绒服也没敢往上套，就为了让他看见更漂亮的自己。现在风越来越大，还下起了雨夹雪，她冻得鼻头通红，全身发抖，肩上的雪渗进了衣服，湿了好大一片，她沮丧地呵出一口又一口白气。

直到头顶出现一片阴影，她才看到身后为自己撑伞的夏帆。

“你……为什么会在这儿？”她惊讶道。

夏帆只是淡淡地看着她湿透的肩膀，说道：“我家就在附近，要不要进来喝杯热茶？这场雪，大概还会下好一阵子。”

【4】

BEIFANG YOU JIAREN

夏帆的家是北城典型的四合院，很宽敞，特别有老北京的味道。西厢房墙面布满常青藤，如今仍是翠绿盎然。听说他是独生子，和爷爷住在一起。偌大的四合院，显得那么凄清。

越过垂花门，两个人走入正房的中堂客厅。夏爷爷眼睛不太好，连夏帆带着唐言蹊进来都没注意，直到听见她打招呼，才笑着从贵妃椅上坐起来。

难得见夏帆带朋友来玩，夏爷爷似乎很开心，一会儿说要张罗点心，一会儿又要给她捎点儿水果带回家，忙碌得夏帆看不过眼，把他往按回贵妃椅上，自己去一边沏茶。

“我这个孙子比较孤僻，我怕他没朋友。”夏爷爷呵呵笑道。

唐言蹊立马摆摆手，说道：“没有没有，夏帆在学校很受欢迎的。”

“那就好。”老人安心地点点头，“他从小父母离异，身边就没什么亲近的朋友，如果不介意的话，你能不能多陪陪夏帆？”

没想到夏帆还有这样的经历，她毫不犹豫地点头，像做出郑重承诺。这时候夏帆端着茶过来，看见两个人神色各异，唐言蹊接过茶杯只敢低头喝，爷爷则笑得意味深长。

这场雨夹雪，下到将近下午四点才渐渐消停。见天色不早，夏帆便送唐言蹊去车站。虽然路上风依旧很大，但有夏帆在身边，好像这点儿寒冷并不算什么。想起早上的聚会，她这才开口问道：“其实大家一起出来玩儿挺好的，怎么就拒绝了黄子洋？”

“我不是太喜欢吵闹的地方。”夏帆依旧专心地打伞，在她想追问时，他突然转移话题，“过阵子就可以看到冰灯了。”

北城每年这个时候，市民乐园都会有冰灯展，用冰块堆砌成的各种城堡房屋，被五彩缤纷的灯光点缀，异常壮观。

“真的吗？”唐言蹊的小脸顿时满是兴奋，但想了想，又犹豫道，“不过训练得抓紧了，马上就是选拔赛了。”

说来也奇怪，唐言蹊明明怕冷，却很喜欢花滑，有时候看她在冰面上摔得双手、膝盖红肿，夏帆都很好奇她为什么要这般执着。

“你很喜欢花样滑冰吗？”

“当然啊，我从小就特崇拜花滑选手，羽生结弦还是我偶像。我是好不容易才说服妈妈让我继续学的。”为立志当花滑选手，饮食的节制、体重带来的负担，都是花滑选手难以言说的辛酸，哪个做父母的愿意看孩子从小吃这样的苦？

“那你呢，又是为什么学花滑？”

岂料夏帆只是轻描淡写地说：“因为我妈曾经是花滑选手。”

“咦？阿姨也是花滑选手啊，叫什么名字？让我膜拜膜拜。”

夏帆只是笑笑，没有回答她，径自将伞柄塞入她手中，提醒道：“车快到了，你带着伞回去吧，明天见。”

手心被触碰过的地方，热热的，看着少年远走多时的背影，唐言蹊才知道脸红，小小声地回应道：“明天见。”

【5】

BEIFANG YOU JIAREN

学期末，俱乐部有个新项目，想培养混双花滑选手，以参加即将来临的全国杯。学员间可以自由组合报名，再经过选拔，选出资质优秀的两组男女进行培训。

混双花滑需要一定的默契，大家都正值青春期，要和异性搭档着实有些尴尬。一开始响应报名的并不是太热烈，直到有人提出要和夏帆搭档，原本懒洋洋的女生们突然积极了不少，每天都绕着夏帆打转，希望他点头答应和自己组队，以至于夏帆日日不胜其扰。

为首的人是教练的女儿赵雯文，她在单人滑领域出类拔萃，性格更是豪放大胆，在众女生还扭捏胆怯着怎么开口时，她就已经向教练指名要与夏帆搭档，是个实实在在的行动派。即使夏帆不答应，她也笃定了教练按能力编组，也是非她莫属。

赵雯文对夏帆的心意尽人皆知，可他本人却视若无睹。就在众人期待着夏帆会做出怎样的选择时，他绕过赵雯文，来到唐言蹊面前，邀请她成为自己的搭档。

“欸？我不行的，我单人滑都滑不好，怎么双人滑？”虽然被夏帆邀请很开心，但唐言蹊有自知之明，认为他有更好的选择，而不是她。

“就算选拔不上也没关系。”夏帆却满不在乎。

唐言蹊马上明白过来，原来他只是找自己挡桃花，是不是他潜意识里认为她不可能喜欢自己？心里冒出这个念头时，唐言蹊的心小小刺痛了下。她看了眼旁边气鼓鼓的赵雯文，犹豫了下，便点了点头：“好吧。”

不知是她沮丧得太明显，还是夏帆会读心，他向她承诺道：“别担心，你只要好好练习，其余的都交给我。”

夏帆也许天生就是当老师的材料，在他的指点下，唐言蹊吸收得很快，只要配合他的步调，一些难度动作，也能渐渐上手。

他们选了《佳人曲》作为伴奏，根据一系列的抛跳、双人旋转、螺旋线和双人步法编排出短节目和自由滑，把中国元素巧妙结合其中，表达北国佳人的绝美才情，汉武帝对其的念念不忘，连教练都惊讶于他们的构思。

双人滑组队期间，彼此互为影子，对称地滑行，就像与镜中的自己共舞。唐言蹊从最初的不自信，到如今的大胆滑行，每一个抛跳，都没有任何后顾之忧，全盘信任搭档夏帆。

“夏帆，你好厉害，是不是以前就组过双人滑？”两个人从对点逐渐滑向彼此，唐言蹊自然而然地将手心落向他。

夏帆紧握住她的手，绕着冰场滑行起来：“没有，你是我第一个搭档。”

直到冰场中央，唐言蹊做了三周半的回转跳跃，最后完美点冰落地，三个月的配合，眨眼就过去了，这样神速的进步，连她都感到不可思议。

总觉得夏帆的声音有某种魔力，好像只要坚定不移地随他前行，即使前路布满荆棘，亦无所畏惧。

唐言蹊的进步有目共睹，滑姿温婉如流水，时而颇有张力，甚至能零失误完成个人动作，教练称赞她为俱乐部的黑马，只是女生们不买账，掌声稀稀拉拉，格外刺耳。

换衣间属于她的毛巾屡屡丢失，每当她想要询问旁人，大家都冷淡地走开。如此明显的孤立，即便唐言蹊再迟钝，也有所察觉。

她不禁惋惜，好不容易才跟俱乐部的伙伴们熟络起来，现在又变回孤零零一个人了。

【6】
BEIFANG YOU JIAREN

据说坏心情会反映在身体上，心不在焉的唐言蹊接连失误。夏帆发现她的状态不同以往，便跟教练提议休息调整状态。

耽误了训练，唐言蹊感到很愧疚，但夏帆并没有责怪她。也许是太过在意周围的人际关系，她觉得心里闷闷的，连带着头重脚轻，不时打冷战。

听见她打喷嚏，夏帆关心道："你是不是感冒了？"

"休息下就好。"她摸了摸鼻子。

夏帆笑道："还想着约你去看冰灯，还是在家好好休息吧。"

一听见冰灯，唐言蹊还哪有心思消沉？她一扫阴霾，拉着他催促道："什么时候？我要去！"

那双水汪汪的大眼，干净而纯粹，像满载星辰的银河，闪闪发光，让夏帆有一瞬间看痴了。

"如果你想看，我们明天就去。"见她打起精神，夏帆稍感安心，手掌下意识地摸摸她，温柔叮嘱道，"好好睡一觉，感冒就会好起来。"

夏帆没有察觉到自己下意识对她下了口令，唐言蹊不受控制般点点头，是因为太过开心，所以才会觉得晕乎乎吗？

她心想，也许这就是人们常说的，恋爱会使人飘飘然吧。

唐言蹊浑然不觉，任由感冒继续发酵，但她的身体丝毫感觉不到一点儿不舒服，满身心都在期待着冰灯展。

隔天约定在咖啡店前碰面，唐言蹊等了许久没有等来夏帆，却碰到了她最不想看见的人——赵雯文。

"别以为能和夏帆搭档就得意忘形。他一向对任何人都很温柔，会选择跟你双人滑，不过是同情你而已。"赵雯文气势凌人，言语充满攻击性，"你自己也不想想，像你这种怪物，论能力论相貌，哪点配得上夏帆？"

唐言蹊在狂轰滥炸的责骂中，毫无招架之力。不愿正视的事实，被无限放大，即使告诉自己要乐观，学会宽恕，但长久积压下来的抑郁，令她再也难以承受更多，尤其还事关夏帆。

"我从没想过给夏帆拖后腿，我已经很努力，很努力了。"即使背后饱受白眼，她仍不放弃，她不想辜负夏帆对自己的期待。

赵雯文依旧咄咄逼人，不屑道："哼，如果我是夏帆，说不定已经后悔选了和你组队双人滑呢。你识相点儿就尽早退出，别耽误了夏帆。"

"赵雯文，别太过分了。"突然介入的第三道声音，来自身后的夏帆。

被抓个正着，赵雯文当场哑口无言，只能狼狈地辩解道："我说的不过是事实，她的能力与你相差太远，根本就不配……"

夏帆突然叹了口气，他厌烦极了这种钩心斗角。

"我从不挑明你对我的心思，我以为我的态度已经足够明显，但你仍不明白。"

赵雯文满脸都是被说穿事实的困窘，像她这样高傲的女孩子，哪里承受得住喜欢的人如此责备，她当场就红了眼圈。

这时，夏帆突然走向赵雯文，伸手覆盖在她的发旋之上。

一切太过突然，这亲密的举动，令在场的两个女孩都震惊不已。

"夏帆，我……"

"赵雯文，你从没有喜欢过我。"他的声音不轻不重，却让听者如坠幻境。

就在唐言蹊以为赵雯文会做出怎样的回应时，意外地，她仅是面无表情地点了点头。两个人低声说了些什么，原本情绪激动的赵雯文变得格外安静，转身便离开了。

这到底是怎么回事？

"夏帆，赵雯文不要紧吧？我担心她……"

不等唐言蹊追问，夏帆只是轻声催促道："走吧，冰灯展快开始了。”

【7】
BEIFANG YOU JIAREN

黄昏后的市民公园，异样炫目。

冰雕城堡被缤纷的色彩点亮，更有应节的麋鹿、雪橇、圣诞老人等冰灯，从上至下，点缀着整个公园，让人如置身童话世界。人工雪山上不时飘落雪花，为这冰天雪地平添一分浪漫。

原本还在羞怯的唐言蹊，在夏帆的鼓励下，放开大玩，跟着小朋友们从冰滑梯滑了下来，笑得像个小孩子。不过，才逛了不到一圈，唐言蹊就冷得牙齿打战。

她早就听说冰灯展比市内更冷，但没想到她穿成毛毛熊的模样，仍然抵御不住北城的寒冷。她往手心呼了口热气，想要汲取些温暖，却不怎么管用。

见状，夏帆握住她的手，揣进了自己的风衣口袋。唐言蹊红了脸，不知道是因这亲密接触，还是被凛冽的寒风冻了脸。

“以后别这么好欺负了，别人骂你，也不懂还口，笨。”夏帆领着她踏上冰廊，往拱桥的方向走去。

“我才不笨，只是没法反驳别人说的事实。”就像赵雯文说的，她确实得意忘形过，并没有夏帆想的那般单纯。

“你现在倒会反驳我，在赵雯文面前怎么就不敢理直气壮？”

一提到她的克星，某人又蔫了。夏帆恨铁不成钢，敲了敲她的脑袋，嘀咕道：“以后要是我不在，你该怎么办……”

“你知道赵雯文喜欢你吗？”她忐忑地看了他一眼，也许他当时只是碍于她在现场，没能跟赵雯文互诉衷肠吧。

“我知道，但我只把她当妹妹看。”他笑着看她，揶揄道，“怎么了？”

“没……没什么。”天知道她听见夏帆否认时，心里有多高兴。她轻轻攥紧的五指，紧随着他向前，让滚烫发红的脸藏在他的身后，却不慎绊了一跤。

夏帆眼疾手快地扶住她，察觉到她的异样，他伸手探向她的额头，滚烫得吓人。他震惊地发现，唐言蹊原来一直在发高烧，可她自己却毫无知觉。

难道他又无意识中用“催眠”伤害到别人了？

【8】
BEIFANG YOU JIAREN

两个人登上拱桥最高点，眺望着远方的雪山，光线中折射着斑斓的色彩，像绽放的线香烟火，一点点跌落，即便稍纵即逝，却那么美好。

紧握的十指仍未松开，从手心冒出绵密的汗水，谁也没有先开口。

直到闹腾的孩子撞了过来，才迫使两个人分开。孩子第一眼就看见唐言蹊的头发，兴许是童言无忌，他指着唐言蹊，惊奇道：“白色的头发，像老奶奶一样！”这一声引来周围行人的注意，随即聚焦在唐言蹊身上的目光越来越多。

跟在孩子身后的母亲忙跑来，将孩子拉到身边，向唐言蹊道歉。

一个微不足道的小插曲，行人的注视也仅是短暂，但那一刻在唐言蹊身上造成的伤害，却需要很长时间才得以淡忘。唐言蹊下意识地从夏帆身边挪开一大步，故作轻松地笑道：“我那是少白头，确实有些奇怪。抱歉，和你在一起，害你被当作怪胎了。”隐忍的泪水在眼眶打转，比起他人的指指点点，她更害怕从夏帆脸上看到一丝嫌弃。

然而夏帆没有，他只是将她轻揽入怀：“你又没做错什么事，为什么要跟我道歉？”

这猝不及防的关怀，让唐言蹊再也忍不住啜泣起来。她知道自己在同龄人眼中有多另类，她也曾质问过父母，为什么自己会这样，但后来她渐渐接受了事实。为了不给周围的人添麻烦，她尽可能不犯错，一颗心卑微如尘，哪怕只是他人一个微笑，她都倍感珍惜。

“唐言蹊，其实你很好看，就像冰雪奇缘里的艾莎公主。”

艾莎公主她是知道的，有着一头铂金色的长发，特别好看，但绝不是她这种灰白黯淡的发色。这样的落差，让她更加难过：“你骗人，明明不像。”

他轻轻地笑了起来，耳边是他温柔的告白：“我没有骗你，因为在我眼里，你一直都是好看的。”

唐言蹊抬头，看见他唇边苦涩的笑容。

“其实，我一直都很羡慕你，可以大胆说出自己的心声。我至今对无数人使用过‘言灵’的力量，我催眠他们去做与心相违背的事，哪怕只是一点儿不称心如意，我都会依赖这种力量去发泄自己的不满。我很害怕，将来哪天自己失控，再次令身边的人受到伤害。”他看了看自己的手心，有些无力，如果当初他拉住母亲的手，结果会不会就不一样了呢？

“言灵？”如果不是夏帆的表情太过认真，她会以为他在开玩笑。也许是记忆的连贯，她联想到了不久前告白后异常的林雪、自称失忆的黄子洋，还有刚才神色诡异的赵雯文，难道她曾出现的几次古怪眩晕，也是他所说的“言灵”造成的？

“对，就像这样。”夏帆的大掌轻抚在她的头顶，一种奇异的感觉突然蔓延唐言蹊的全身。

“我有时候痛恨极了这个能力，就像艾莎公主讨厌与生俱来的冰雪能力。我妈妈就因为我一句不知轻重的‘我不想见到你’，失神没注意迎面驶来的车。那时候，我才意识到自己是个怪物。我已经不想再体会到失去谁的滋味了。”

唐言蹊和他在一起，只会招来不幸，如果以失去她为代价，他宁可拒绝全世界，从此孤独一人。他像下定决心一般，对唐言蹊吟诵起言灵的口令：“从今天开始，你是大方自信的唐言蹊，你不在乎别人对白发的看法，即使我不在身边，你也能勇敢地克服所有困难。”

夏帆，你到底在说什么？唐言蹊用嘴型在呼叫他，却怎么也叫不出声音，周遭的行人视若无睹，所有声音如同被真空隔绝。

“忘了我吧。”这是他说出的最后一道“言灵”。

见言灵渐渐起效，夏帆心中不禁钝痛起来。其实，他也曾想知道唐言蹊有没有喜欢过自己，但他害怕一旦知道了答案，就会变得不忍离开。

身体被灌输了新的“言灵”，唐言蹊的意识开始模糊起来，只隐隐觉得小时候沉重的记忆、心里郁结的种种，仿佛兀地一空。心中终年不愈的伤口，如同被清风温润绵密地安抚过。

又是这种说不上来的感觉，唐言蹊眼皮渐沉，倒在夏帆的怀中。她挣扎着想要睁开眼，却怎么也做不到，她甚至来不及告诉夏帆……

我喜欢的少年，你是我在北方见过的最温暖的太阳。

【9】

BEIFANG YOU JIAREN

唐言蹊从年少的梦境里惊醒，脸上竟布满泪水。

她数不清做过多少次关于16岁的梦，梦里是陌生的男孩与女孩，她不知道他们是谁，却对他们的经历感同身受。

事实上，16岁的记忆如同留白，唐言蹊的印象并不深，听父母说，她当时晕倒在冰灯展，被好心人送了回来。后来大病一场，高烧恶化成肺炎，在医院躺了将近一个月，也不知道当时受到了什么打击。

大概是太疲劳了，才会做这种怪梦吧。

她伸了个懒腰，便下了床。最近因为训练过度，导致肌肉拉伤，教练让她在家休息。自从她高中毕业后，她就被挑选入国家花滑队。虽说如此，要跻身国际舞台，她还有很漫长的路要走。

她白天打算去溜冰场逛逛，结果鬼使神差去了附近的四合院。她一边惊讶北城还有这么古老的房子，一边找着转乘的地铁站。

这时候，从四合院大门走出一个七旬老人。他眼睛似乎不大好，却仍是一眼认出了她：“这不是唐言蹊同学吗？都长这么大了。”

“您是？”

“我是夏帆的爷爷啊，你不记得了吗？”老人笑呵呵地走来，拍了拍手边的花束，“我正准备去看看他，你也来吗？”

夏帆，一个被摒除在记忆之外的名字，突然像粉碎的玻璃碴，漫天而降，一点点拼凑，一点点还原。直到唐言蹊看见病床上沉睡的少年时，她因过度震惊，捂住了发出啜泣的唇。

她终于都想起了。

梦里16岁的女孩就是她自己，而她却遗忘了深爱的少年。

【尾声】

BEIFANG YOU JIAREN

距离夏帆出事，已经过去三年。听说他去做义工的孤儿院突然起火，他救了不少孩子，自己却因氢氰酸中毒昏迷入院。虽然性命保住了，可至今仍昏迷不醒，连医生都诊断不出原因。夏爷爷没有放弃，三年来终日祷告，希望孙子能尽早苏醒。

可无休止的等待，对一个老人而言是多么残酷。他倾尽所有积蓄，想要保护唯一的孙子，医生却再度宣判夏帆醒来的希望渺茫。

那一刻，夏爷爷晃了晃身子，沉痛地哭倒。医院比机场见证过更多的悲欢离合，这里的祷告远比教堂的要沉重心酸。唐言蹊不禁落了泪，也许夏帆在最后时刻用了“言灵”的力量，暗示自己不要醒来。他大概想要以此赎罪，弥补自己对母亲造成的伤害。

“你真的太自私了，从没问过我的意愿，就擅自用‘言灵’让我忘了你。”唐言蹊轻抚少年瘦削的脸庞，满满的都是疼惜，“笨蛋，有些感情不是用‘言灵’就可以操控的。你看，即使你用‘言灵’让我忘记，可我最后还是想起了你。”

她握住被单下的大掌，十指紧扣，仿佛再也不分离。

“夏帆，你醒来好不好？我还有很多话，想要告诉你……”

床上的人始终没有回应，就这样又过了一年春。

那一天唐言蹊准备出征日本东京，参加世锦赛，出发前，她来到医院探望夏帆。床头是一束皓白的满天星，她像往日一样，静静地坐在他的床边。

见四下无人，她倾身在夏帆的脸颊落下一吻，坏心眼道：“喂，我都偷吻你那么多次了，都不醒来？看来王子吻醒白雪公主那套不管用啊。”

她细心地替他拉好被单，重新坐好。

“我准备出发去比赛了。真想让你看看现在的我变得多厉害！说起来，我还没和你完成《佳人曲》的双人滑，真的好遗憾。”

少女回忆着，轻轻哼唱，声音青涩，犹如小荷初露。

北方有佳人，绝世而独立。

一顾倾人城，再顾倾人国。

宁不知倾城与倾国，佳人难再得。

……

逗留了一会儿，唐言蹊就匆匆赶去集合。就在她转身那一刻，床上男孩的眼角突然淌下一滴泪水，在那之后过了半年，终于迎来夏帆醒来的喜讯。

语言一度将他的心与外界隔离，因生而为人感到抱歉，他曾想过自寻短见，悄悄离开这个世界。可黑暗尽头，她却伸手将他拉出了深渊。

夏帆的19岁，再也不会停滞不前，因为遇见了你，我稍微喜欢上了这个世界。花

未遗忘的十二年

文/莞来风急 图/阿田

楔子

“三万，卖不卖？”

画廊老板伸出三根手指，在伊楠的面前晃了晃。

就在刚才，伊楠不小心碰倒的一幅画被挑剔的画廊老板相中，竟要花高价买走它。

那幅画藏在门框上面的暗格里，伊楠只是在门后找画的时候不小心把它碰掉了下来。打开画框外面的画布之后，眼前的画面让她稍稍有些震惊。

画面描绘了一个黑色头发、亚洲面庞的小天使，站在人潮之中。与背景灰暗的人潮不同，这个小天使的色彩明亮，长相可爱，散发着温暖的光辉。在画室的众多画作之中，这幅画算得上是一幅让人眼前一亮的上品。

当然，惊讶的不只是伊楠，还有来买画的画廊老板。

面对着老板伸出的三根手指，伊楠的大脑一片空白，她此时拿不定主意，毕竟这幅作品她没有见过，而且它包裹得这么好，与画室其他胡乱摆放的画简直是天差地别，她不敢擅作主张。

但是事已至此，那个人也说过能帮他卖画……

“五万！”画廊老板加重了语气，“别人也不可能给这么高的价了！你考虑考虑吧！”

“五……五万……”伊楠的心动摇了，她低下头来想了想，五万块，那个人之前的画从来没有卖过这么高的价钱……

她咬了咬牙，抬头对老板说：“成交！”

1

画出那幅价值五万块画作的画家叫李飞，是和伊楠住在同一栋楼的邻居。两个月前，伊楠因为一次小小的意外认识了他。

作为美术学院油画系的新生，伊楠独自来到新的城市学习。她特意在学校附近的小区租了一间屋子，这个小区依山傍水、风景秀丽，很适合找寻灵感，因此许多美院的学生慕名而来。在这里租房虽然价钱很高，可是公寓楼不是一般的破，学生又多，到处都乱七八糟的。伊楠所在的这层楼道里面摆满了各种杂物，她拉着行李箱在狭小的过道里面小心地走，好不容易来到房间门前，背后一个男人的叫声把她吓得肩膀一耸。

“我的画！”一个胡子拉碴的中年男人一边喊着，一边朝着伊楠冲了过来，他身上的皮围裙沾满颜料，好像穿着一幅抽象油画似的。伊楠见状，连忙退后三步。

她还没来得及开口，只见男人猛地从伊楠的行李箱轱辘下面抽出了一坨已经面目全非的油画布。

“啊……”伊楠知道自己犯了错误，连忙鞠了一躬，“对不起，我没看到！”

男人站起身，正准备抱怨两句，却在看到伊楠后变了脸色，好像有些吃惊似的问道：“你是美院的学生吗？”

伊楠本已经做好了赔偿的准备，没想到这个人却没有发火，她大着胆子望向他，竟觉得这张面孔似曾相识，但事出紧急，一时想不起是谁，只能小心地问道：“你怎么知道？”

“来这里的人有几个不是美院的学生？我也是画画的，楼梯口那间是我的画室。”男人说着，上下打量着伊楠，弄得她浑身不自在。来不及思考到底在哪里见过，伊楠有些畏惧地退到墙边，远远地说道：“哦……您好。”

男人有些尴尬地搓着手：“你叫什么名字啊？”

“我叫伊楠……”

没承想，听了她的名字，男人露出一个微笑，小胡子也随着嘴角上扬，显得又可怕又可笑。不等伊楠反应，他拉起伊楠的箱子说道：“既然是美术学院的学生，水平应该不差，为了补偿我的这幅画，你来我画室帮忙。行吗？而且，你也可以用我的画室，不用再另外租房间了，两全其美，怎么样？”

虽然这男人有些可怕，不过毕竟这栋楼里面都是学生，他也不敢把自己怎样。伊楠想了想自己银行卡里所剩无几的钱，一咬牙道：“好！”

伊楠回学校收拾完行李，向房东退掉了之前的房子，而后来到了男人的画室。他的房间在楼梯口，面积比普通房间小，墙上挂满了大大小小的油画，更显拥挤。此刻夕阳西下，窗边的画架前坐着一位大概二十岁的男孩，身材清瘦，黑色的刘海儿挡在眉前，正在安静地调着颜料。不知道为什么，看到这个男孩，伊楠的心情平和了许多。

“阿炎。”男人喊了一下画架前的男孩，他抬起头，朝着伊楠的方向看过来，睫毛上闪着阳光的颜色。

“这是我的学徒郑明炎。”男人介绍道，“我叫李飞……”

伊楠向窗边看去，男孩也点头示意，笑容如同阳光一般和煦，她的注意力却忽然被他身后墙上的几幅画吸引，惊呼道：“这些是斐利的画！是真品吗？”

万万没想到，她居然能在这么一个破破烂烂的房间见到斐利的作品。

“你认得斐利？”李飞笑道。

“那当然！我特别喜欢他的画！”伊楠说着，突然转身，盯着李飞问道，“这些……该不会是赝品吧？”

李飞迟疑了一下，扯起嘴角：“呃……被你发现了……”

伊楠的脸色暗了下来：“原来你是画赝品的画家。”

“哎！”李飞连忙解释道：“你又不是不知道，自从油画市场被斐利占领之后，我们这些穷画画的，除了卖临摹品，还能怎么生存？再说，我也不是没有原创作品，只不过不好卖罢了……”

伊楠觉得他说的有几分道理。斐利是她最喜欢的油画家，也是近年来在世界上最著名的中国画家之一。他的作品曾经一文不值，却在一次偶然的机遇中被伯乐发掘，价格一飞冲天。国内很多像李飞这样的画家，年龄不小，画功也算炉火纯青，却因为斐利当道，被强压一头。

其实她自己选择学画画这条路时，也没有妄想能成为著名画家。想到这些，她的心情逐渐平复下来，自嘲地笑了笑。

“好了，现在你有心情听我自我介绍了吧？”男人向伊楠伸出一只手，“我叫李飞，是一个穷画画的。”

2

关于李飞的学徒郑明炎，伊楠倒是很有兴趣。刚开始她还以为他是美院的学生，因为他在窗前画的那幅画，色彩搭配非常赏心悦目，对景物的刻画也十分出神入化。据李飞说，郑明炎是难得一见的天才。

让伊楠疑惑的是，她从没在学校见过郑明炎，而且他白天神出鬼没，就连李飞都不知道他去了哪里，可每到固定的时间，他却永远准时出现在画室，坐到窗边的画架前，沉浸在属于他的世界。

直到某天伊楠去画室旁边的咖啡厅喝下午茶时，才发现了他的秘密——原来他一直抽空在咖啡馆打工。

那天伊楠见到给她端来咖啡的人是郑明炎，一时惊讶，不注意打翻了咖啡，杯子掉在地上摔成了碎片。郑明炎不仅没有怪她，还帮她赔偿了咖啡杯的钱。

对于这件事，伊楠对郑明炎是很感激的。在之后的相处中，她知道了郑明炎其实是医学院的学生，交给李飞的学费就是打工赚来的。原来郑明炎和自己一样，是个怀着绘画梦想的人啊……

转眼，伊楠已经在李飞的画室待了一个月，却没见他们卖出去一幅画。这天伊楠终于忍不住吐露出了心中的疑虑，问道：“老李，你平时都是怎么生存的啊？一个月了，你的画一幅都没卖出去！”

“当然是靠着阿炎的学费啊！总不能喝西北风吧？”李飞淡然道，“不过，你要是有门路，帮我卖几幅好了！我缺钱得很。”

“我才懒得管你，只是可怜阿炎跟着你这么个穷师父，就算是天才的头脑，总有一天也要被你泯灭。”

郑明炎听了这话，抬头正好对上伊楠的目光，他笑着摇了摇头，垂眸继续创作。李飞哈哈大笑，说道：“天才不会轻易被埋没，阿炎肯定比我有出息得多。”

伊楠虽然嘴上跟李飞打趣，但还是乐意帮他这个忙。她拿出手机，想在画家论坛上找找最近有没有画廊求购。

她心里其实挺佩服李飞的。虽然他卖仿画为生，却一直鼓励伊楠进行原创。跟他一起画画这段时间，她的原创作品水准得到了很大的进步。而从他指导郑明炎画的日常作品里，也能看得出他是个很好的老师。

郑明炎的画作一向拥有独特的视角，加上配色新颖，很容易辨认。果然，天才总是与众不同的，这也是李飞看重郑明炎的原因。

作为画家，李飞是一个特别认真的人，虽然他的性格相较于他将近四十的年龄来说有些过于活跃，说话也总是不正经，但是每当他拿起画笔，神情总会变得无比专注，画作也十分细腻，如果有谁能给他一个机遇，说不定他会成为第二个斐利。

她刚一打开论坛，就被一条消息震惊到了：国际著名油画家斐利将于奥地利维也纳某画廊开办个人画展。

伊楠猛地跳起来："老李！下个月斐利的画展你要去吗？"

"谁？"李飞认真地画着画。

"斐利，他要在维也纳办个展了！"伊楠把那张帖子看了又看，兴奋地问道，"老李你去不去？还有阿炎，要不我们一起看看打折机票？"

"算了吧。"李飞撇了撇嘴，"这几年光是勉强活着就已经够不容易了，去国外看画展什么的，不现实。"

郑明炎则是头都不抬地摆了摆手："我打工的钱全都给老师交学费了，买不起机票。"

看着两个专注作画，身上的衣服却又脏又旧的人，伊楠摇摇头："咱们画室可真是穷得叮当响。"

李飞闻言把画笔架到耳朵上，抱起手臂说道："你还别说，就算有钱我也不去！我一个画仿画的，要是被本尊抓到了，岂不是很丢人？"

"你可真把自己当回事，以为斐利会认识你？"伊楠一边调侃李飞，一边在手机上查看机票的价钱，唉声叹气："这也太贵了！看来我也要开始打工挣钱了，阿炎，晚上去咖啡馆的时候带上我！"

"小楠，你看。"李飞把一个活动通知发给伊楠，"转发斐利画展的通知函到社交圈，可以抽嘉宾名额呢。包来回机票和门票哦。"

伊楠眼睛一亮："我怎么没看到哪里有转发抽奖啊？"

"这是我们画家群组的活动，你就转吧，不管真假都能多一个机会啊。"

伊楠虽然对李飞的话将信将疑，但还是转发了通知函。她翻了翻论坛的网页，发现了一张帖子，是一个在商业区刚开的画廊，老板需要购买几幅高质量成品画，参考价格给得很可观，但是不知真假。

伊楠留了心，记下了买家的联系方式。

3

为了机票钱，伊楠也开始了白天上课、晚上在咖啡厅打工的生活。与郑明炎在一起工作让她更加了解他的为人，不论做什么事情，他都像对待画作一样认真。

因为郑明炎是兼职小组的组长，伊楠在工作上十分依赖他，这种依赖不知不觉间也延伸到了生活中。她常常会找他请教绘画方面的技巧，每次画出新作品，也会询问他的高见。

这天，伊楠从咖啡馆回到画室，刚准备推门进去，却看到自己挂在门外的新画作被人涂鸦。好好的一幅风景画，被涂成了一片乱七八糟的色块。

这幅画临摹了斐利的著名画作，刚画好的时候被李飞称赞了一番。李飞说，这幅画的色调虽然和原作有所不同，但画面依然和谐，不失为一幅佳作。当时郑明炎正在调色，听到他的话凑过来，笑着说，如果斐利看到这幅画，也一定会向她讨教配色方法。他还打趣，让她教他怎么调出这些色彩。

伊楠知道，他们这样说也许只是在鼓励她，但心里依然很得意，便把画拿出门去晾晒，却没想到被人毁成这个样子。

伊楠凝视着被人摧毁的心血，气不打一处来。一群美院的同级学生从背后走过，嘴里嬉笑着："呵呵，就这个技术还是不要毁斐利的名作了，连颜色都调不对，要不是走后门，怎么可能来我们学校？"

这话里话外分明就是在说她，伊楠转过身，强压怒火质问道："你们说谁走后门？"

"说谁谁心里清楚。"一个女学生语气很硬，"文化课成绩全校倒数，专业课又是这个样子。你以为我们美院谁都能来啊？要不是有后台，还轮得到你嚣张？"

伊楠一愣，在学生们的嘲讽中低下了头。确实如他们所说，她的文化课成绩很低，刚过分数线几分。本以为考不上，没想到还是收到了录取通知书。但是她真的没有走后门，她不知道该怎么解释，因为连她自己都不知道是怎么一回事。

这时候，李飞拉开画室的门，顶着蓬乱头发的脑袋探了出来："吵什么呢？凡是能进入美院的学生，都是有水平的人。我学生的境界不是你们能懂的，'夏虫不可语冰'的道理你们知道吗？"

学生们一看到李飞，冷笑两声便离开了。伊楠抱着被毁掉的画，委屈地踏进画室，关上门后才发出一声长叹："我真的没有走后门……"

"是啊，你走的从来都是正门。"李飞依然挂着不正经的笑，"不用在意他们的话，能把别人的画画出自己的风格，也是很厉害的啊！"

"我画得真的那么差吗？"伊楠却没有听他说话，她的泪水浸湿了眼眶，靠着墙蹲下来，"我明明那么崇拜他，一直都渴望追随他的脚步，可没想到他越飞越高，我好像一辈子都追不上他了。"

李飞收敛起笑容，在伊楠的面前蹲下来，揉了揉她的头发，语重心长地说："你为什么不坚持自己的风格，一定要模仿斐利呢？美院录取你，不是因为你画得像谁，而是因为你的画风很独特啊。一味地跟随别人而遗失了自己，注定不可能出众。你不能太在意斐利，什么时候忘掉他，你就能成功了。"

伊楠摇了摇头："我不可能忘掉他，我是因为他，才走上了画画这条路的。"

十二年前，伊楠还是一个七岁的小女孩，跟父母一起住在中心广场边上的小区里。

有一段时间，中心广场上来了一个留着长发、衣服上挂着颜料渍的年轻画家，他在空地上支起画架，身边摆放着几幅已经完成的作品，一边画着周围的景色一边卖画。

伊楠房间的窗户朝着广场的方向，所以从他刚来的时候，她就注意到了他的存在。她很想凑上前去看看他画了什么，但是又不敢上前，因为爸妈告诫她，不要随便靠近陌生人。

她就这样一直悄悄地看着他，直到他面前空白的画布变成一幅幅完整的作品。伊楠在心里暗暗感叹，原来绘画是这么神奇的事情。她开始蠢蠢欲动，想要去和画家交谈。

有一天，画家不再画画了，他躺在广场的长椅上，被他的作品簇拥着，看起来很是落魄，却带着满足的微笑，仿佛自己拥有一切。可明明他什么都没有啊！伊楠终于下定决心，用自己所有的零用钱，买走了画家刚刚画好的那幅画。

是他把她带进了他的国度，让她在油画的海洋中徜徉。也是他给了她前进的方向，让她下定决心，未来一定要探索艺术的世界。

"那幅画右下角的署名就是斐利。我一直把画挂在房间里，每天都看着它。斐利永远是我前进的动力。"伊楠说着，又一次哽咽了，"可是，追上他太难了。"

"你会的，你这么优秀，早晚有一天，会超过他的。"

李飞说这句话的时候，声音颤抖得很厉害，只是伊楠没听出来。她仰起脸，泪眼婆娑地望着他："真的吗？"

"嗯，我保证。"

4

国内一年一度的美术大赛要开始报名了，美院的学生都很在意，专业课老师特意给大家看了近些年美术大赛中获得头奖的作品，伊楠居然在其中发现了郑明炎的画作。虽然署名是艺名，但她很肯定那就是郑明炎的画，她几乎每天都要看着他画画，对他的画风不能再熟悉。

现在伊楠终于知道为什么李飞说郑明炎是天才，这些美术大赛伊楠也参加过，但每次都只是获得小奖，没想到郑明炎跟自己同龄，就已经展露锋芒，拿过大赛金奖了。

下课之后，伊楠迫不及待地跑去画室，想要咨询郑明炎关于美术比赛的事，可刚一上楼，就了听到激烈的争吵声。

那声音正是从画室的方向传来的，一对陌生的中年男女站在画室里，中年女人一边抹着眼泪，一边念叨着“不孝子”，男人则愤怒地抓着郑明炎的衣领一通数落。

伊楠连忙上前去拉住男人的袖子：“您好好说话，别动手呀！阿炎，这是怎么了，他们是谁啊？”

中年男人怒气冲冲地对着伊楠吼道：“我是郑明炎的爹，你是谁？”

经过询问，伊楠总算知道了事情的经过。

原来，郑明炎的父母反对他画画，他一直瞒着父母，边打工边学画。但是打工的事被亲戚发现，一路跟踪他到画室，拆穿了他的谎言。郑家父母暴跳如雷，连夜从老家赶来要教训他。

郑明炎坚定地站在爸妈面前：“我不会放弃画画的。”

“我们家没钱供你！”郑爸爸气愤道，“我省吃俭用给你生活费，你居然去打工偷学画画！你晚上打工，白天哪里还有精力学习？画画没有前途，好好学习才是你应该做的事情！”

伊楠本来想要劝架，听到这句话突然怒从心头起，愤慨地反驳道：“谁说画画没有前途？斐利也是流浪画家出身，不照样画出了名气，被世人所知吗？”

郑明炎听到伊楠这样反驳自己的父母，惊讶地望着她，她认真的目光如火焰一般跳跃着，似乎要灼伤眼前的人。

“天下那么多学画画的，才有几个斐利？”郑爸爸的语气不减，“小姑娘娇生惯养也就算了，我们家明炎跟你不是一路人！”

伊楠突然哽住了，她知道郑明炎家境普通，却没想到他的父亲会这样贬低艺术。可是他说得没错，他们这样的人，有几个能成为知名画家呢？

郑明炎挣脱父亲的控制，语气坚决地说道：“爸，妈，我一定会让你们过上好的生活，但是，我绝对不会放弃画画。”

伊楠也回过神来附和：“叔叔阿姨，阿炎是天才，他在美术比赛拿过金奖。他一定会成功的，你们应该为他感到骄傲才对啊！”

郑爸爸愣了一下，后又咬了咬牙说道：“我不会同意他画画，除非他不认我这个爹！”

“哎呀，明炎爸爸，你这话说得就有些狠了。”

门外传来李飞的声音，四个人齐齐地朝着门口望去。李飞对伊楠使了个眼色，她顿时明白过来，趁郑家父母不注意，拉起郑明炎的胳膊把他带出了画室。

风在耳边呼啸，她带着郑明炎跑出了公寓楼，顺着小路跑向后山。午后灿烂的阳光洒在柔软的草地上，树叶的影子斑驳地投下来，她紧紧抓住郑明炎的胳膊，心跳越来越快。直到湖面上的粼粼波光闪了眼睛，她才停下来。

李飞说过，郑明炎一定能够代替他去向更高的艺术殿堂。他比她更喜欢画画，他的才华和勤奋让每个美院的学生都自愧不如，况且他身上还担负着李飞的那一份梦想……

“你一定要坚持画画！”伊楠忽然抓住郑明炎的右手，丝毫不在乎他的手指上沾满了还未干的颜料，“老李说了，你是难得的天才，你比我有希望成为第二个斐利。你父母不相信你，但是我相信！”

郑明炎看了看伊楠坚定的眼神，又垂下眼睛看了看她细长的手指，嘴角上扬着点了点头：“我会的。”

后山的小湖边，郑明炎和伊楠静静地等待着李飞与郑家父母的谈判结果。天色逐渐暗下来，晚霞给天空染上一层浅紫色。树的影子已经消失，湖面泛起粉红色的波澜。气氛忽然变得微妙起来。

郑明炎忽然开口：“你怎么知道斐利曾经是流浪画家？”

“为什么问这些？”

“斐利成为名家之后，美术界流传着关于他身世的各种猜测，但那些也都只是猜测而已。斐利一向为人低调，没人知道他的真实身份，他甚至连自己的画展都没参加过。”郑明炎一本正经地说道，“我只是好奇，你为什么如此肯定他曾经是流浪画家？”

伊楠同郑明炎讲起了十二年前的事，她抬起头，在夕阳下露出一丝苦笑："到现在，我已经忘记了他的长相，但是我始终记得学习画画的初衷。虽然追上他的脚步很难，但是老李说我一定可以。他真会安慰人。"

郑明炎沉默，左手一直摩擦着右手的手背。他侧目，看见伊楠满怀憧憬的面庞被夕阳染上暖红色，不由得低头微笑。

"倒是你，为什么不告诉父母你拿过奖的事？"伊楠忽然问道，"如果他们早点儿知道，肯定不会这么反对你学油画。"

郑明炎轻咳几声："知道了也没有用，一两个金奖并不能改善我家的生活，我只有更努力，才能让他们相信我能靠画画吃饭，能让他们过上好日子。"

瘦弱的郑明炎，讲话的时候却总是很有力，好像他的每一句话都能挑起重任。这段时间，她不管是画画还是打工，都习惯于依赖他的指导。好像只要有他在身边，她的内心就无比安稳，这个眼神总是坚如磐石的男孩给了她十足的安全感。

"我相信你。"伊楠把手搭在他的手背上，"你一定会成功，一定能实现梦想的！"

5

李飞最终解决了郑明炎和父母的矛盾，他答应让郑明炎免费跟他学画画，并保证以后不让郑明炎去外面打工。

"现在好了，你唯一的挣钱路子也没了。"伊楠抱起手臂，无奈地叹息道。

李飞笑了笑："要是能把阿炎培养成大画家，我的付出也算值得啊！"

伊楠的心中一直有疑问，本来郑明炎学画画也没有花家里的钱，那跟不收费有什么差别呢？为什么换作李飞来劝说郑家父母，事情就变得简单了许多？不过，经过这件事，她越发觉得李飞是个好人，现在他没了生存渠道，更加坚定了她想要帮助李飞卖画的想法。

上一次从论坛记下的买家信息还存在她的手机里。她决定趁着画室没人的时候，把他的画卖掉几幅，算是给他们两个人一个惊喜。

最终伊楠以五万块的价格卖掉了那幅小天使图，当她得意扬扬地跟李飞汇报的时候，李飞的脸色突然一变："暗格里那幅画？你卖给谁了？"

伊楠的心里"咯噔"一下，有些颤抖地问："怎么了？"

李飞张了张嘴，话却没说出口，伊楠觉得自己闯了祸，赶忙解释："我……我在论坛上看到有人买画。你之前不是说过，让我帮你卖几幅……"

"那幅画是我要参加比赛用的。"李飞说，"事已至此……"

"我不知道！对不起，我真的不知道！"伊楠急得要哭出来了，她开始语无伦次，"我去找他，我去找那个画廊的老板，让他把画拿回来！"

说完，伊楠夺门而出，一旁正在画画的郑明炎想也没想，丢下笔跟着伊楠跑了出去。

她闯大祸了。

以那幅画的水平，肯定远远不止这个价钱，拿去参展一定能得奖，说不定还能拿到丰厚的奖金，让老李和郑明炎解决燃眉之急。现在她却把这幅画卖掉了！

"怎么办啊？一直无法接通！"伊楠一边用手机拨打电话，一边加紧步伐朝着画廊跑去，郑明炎就跟在她身后。两个人好不容易找到了画廊，却不见买画人。询问那幅画的下落，员工们毫不知情，说老板刚出发到外地去了，要一个星期才能回来。

"一个星期，来不及的……"最后一丝希望破灭，伊楠失落地蹲在地上，眼泪不停地落下来，内疚道，"阿炎，这下完了……老李肯定不会原谅我……我耽误了他的前途，他会恨我一辈子的！"

"别着急，老师办法很多，他一定能解决的。"郑明炎明显要比伊楠有耐心，"现在已经很晚了，我们先回去吧。"

他向伊楠伸出手，把她从地上拉起来，又替她擦掉眼泪。郑明炎手上的颜料还没有干透，他生怕颜料沾染了她的手，但伊楠却紧扣着他的每根手指。她刚才已经弄丢了对李飞来说最重要的东西，现在，她不能再弄丢任何东西了，尤其是这个时刻带给她温暖与安定的人。

暖意从伊楠的手掌传递过来，郑明炎怔了一下，没有挣脱。

“阿炎，谢谢你。”

轻柔的啜泣声让郑明炎微微怔住。他心中的伊楠一向要强，似乎从未有过如此害怕和内疚的时刻。

这一刹那，他忽然很想保护她。他回握住伊楠的手，拉着她慢慢地走在回画室的路上。

“没关系啊，这不是你的错。”他安慰道，“老师会原谅你的，别多想。”

他的力量通过紧握的双手传来，看着他瘦弱而稳重的背影，伊楠擦干了泪。

但在画室门口看见李飞的一刹那，她还是没忍住，又一次哭了出来。

“老李……”伊楠的声音颤抖着，“都是我的错！我没能把画找回来！我不知道该怎么补偿你，我……”

“没关系啊。”李飞轻轻拍了拍伊楠的后脑勺，露出往常的笑容，“再寄去一幅就行了，反正我的画还多着呢。”

伊楠眼泪汪汪地看着李飞：“可是……可是那是你为了参赛专门准备的……”

“我的每一幅画都是用心画出来的，没什么差别。”李飞自信地说，“刚才趁你们出去找画的时候，我已经把那幅在后山画的美女图寄出去了。你们相信我的实力，到时候准能让评委们大吃一惊！”

看着李飞笑得很轻松，伊楠也逐渐放下心来。郑明炎却不屑地撇了撇嘴：“真不正经……”

“你这小子！敢这么说你师父？”李飞对着郑明炎的脑袋捶了一拳，“去！把新买的画布裁了！”

6

“小楠，帮我把墙角的几幅画打包一下，我要去趟市里的美术馆！”

李飞一边忙着收拾东西，一边吩咐伊楠工作。郑明炎这段时间忙着考试，很少来画室，而伊楠放假之后想着来帮李飞的忙，没想到却成了免费劳动力。她把墙边的几幅画整理了一下，正准备包起来，却看到了那幅《后山美女图》。

“老李，”伊楠诧异地举着画，“这幅画……不是……寄走了吗？”

“啊？”李飞瞪了瞪眼睛，“不会吧？它怎么在这儿？那我寄的是哪幅？”

两个人在画室里找了一圈，也没发现哪幅画不见了，伊楠忽然想起，她之前也在画室画过一幅后山的风景画，与李飞画的时间只差一两天，构图和色调也有些接近，八成是李飞没看清楚，把她的画错寄到了组委会。

“这可怎么办啊？”伊楠又一次陷入自责，“明明你参加会更有希望的啊！”

李飞倒是很淡定地说道：“咳，没关系啊，以后有的是机会，万一你那幅画获奖了呢？”

“怎么可能啊？”伊楠沉重地叹了口气，“说到底都是我的错。老李，就算我后半生都给你打工，也弥补不了我的过错了……”

“不就是一幅画吗？比赛多着呢，酒香不怕巷子深，对不对？”

对于李飞的劝说，伊楠左耳进右耳出，一心只觉得自己耽误了他的前程。李飞见状摇了摇头，只好先带着打包好的画出了门。

手机不合时宜地响起来，伊楠心不在焉地查看，屏幕上的消息却差点儿没让她把手机甩飞出去。她瞪大眼睛，紧盯着那行字：恭喜您获得了斐利奥地利个展嘉宾名额，请提供您的详细地址以便为您寄去邀请函……

“中奖了！我居然……中奖了！”伊楠追出去想告诉李飞这个消息，却没看到人，便自己在画室里大笑起来，“斐利！我要去奥地利看你的画展了！”

几日后，伊楠看着画展寄来的邀请函，苦恼道：“画展和比赛在同一天，如果不去评比现场的话，就算获奖也会被当作无效。所以我是去参加比赛，还是去画展呢？”

“Follow your heart（跟随你的内心）！”李飞转起了英文，把画布固定好，“你觉得是画展重要，还是比赛重要？”

“日子还长，以后还有机会看到斐利的真迹……”伊楠咬了咬牙，“不行，错误是我犯下的，为了老李，我一定要去比赛！”

李飞从画板后探出头，不可思议地扬着眉毛：“为了我，你愿意放弃斐利？”

“现在对我来说，你可比斐利重要多了。如果说斐利是高高挂在墙上的激励，那你就是陪在我身边的激励啊！我明明做得不好，你却总是想各种办法安慰我，我犯了那么大的错，你也不怪我。”伊楠说着，坚定了自己的心，将邀请函反扣在桌面上，“决定了，不去画展了！”

“别呀！”李飞起身拾起邀请函，“斐利可是你的心中偶像，再说了，飞机票这么贵，不去不就浪费了？”

郑明炎也劝说道：“对啊，小楠，你还是去吧。到时候给我们拍几张奥地利的照片，也好让我们看看国外是什么样子。”

“可是……比赛……”

“不用顾虑我，你刚才的话，已经很让我感动了！”李飞温柔地揉了揉伊楠的头发，“真不愧是我的好学生。你还是去画展吧，算我拜托你好吗？如果有幸见到斐利，一定要让他认识你啊！”

7

在李飞和郑明炎的劝说下，一周之后，伊楠带着忐忑的心情来到了维也纳。安排好了住处，她一边拍风景照片传给郑明炎，一边来到了即将举办画展的场馆。

展馆的墙上，斐利的真迹让伊楠心潮澎湃。她认真地一幅幅观赏下去，却在展馆的拐角处愣住了。

她看到了一幅再熟悉不过的作品。那是公寓后山的风景，午后的阳光洒在湖面上泛起金灿灿的光芒，两只鸭子在湖中嬉戏。整幅画不论是构图还是色彩都有着伊楠独特的风格。

因为这幅画正是出自她的手。

伊楠不敢相信自己的眼睛，她仔细看了看旁边的标签，上面的作者信息的确写着“伊楠”两个字。

这幅画不是寄给比赛组委会了吗？她一头雾水，却兴奋异常。

“伊楠小姐，对作品的展出位置还满意吗？”

听到熟悉的声音，伊楠回过头，身后，李飞和郑明炎正笑着看向她。李飞西装革履，一改往日的邋遢形象。而郑明炎穿着整齐的衬衫和西装裤，身上没了颜料的沾染，显得很是斯文。

“你们……你们怎么也来了？”伊楠露出欣喜又震惊的神色，“老李，你还穿得这么整洁，还有，这画是怎么回事啊？”

“这可是我的画展，我能穿得邋里邋遢地来吗？”李飞捋了捋下巴上修剪整齐的小胡子。

“什么意思，你的画展？”伊楠的大脑一片混乱。

“你觉得斐利的个人画展会有转发抽奖这样的活动吗？那是老师为了让你来参加，编造出来的理由。”郑明炎说完，清了清嗓子，“正式介绍一下，我身旁的这位，正是油画名家斐利先生。”

斐利……李飞……伊楠目瞪口呆地看着李飞绅士地鞠了一躬，一时说不出话来。李飞则笑了笑：“别愣着了，进主展厅看看吧！”

伊楠跟上李飞的脚步，追问道：“那……那比赛是怎么回事？那幅画又是怎么回事？”

“比赛？当然是骗你的。”李飞显得理所当然，“谁让你把我的主展画给卖了？我当然要知道是谁买走了，才好去交涉啊！”

“你害得我白白内疚了这么久！”伊楠嘴上这么说，心里却激动不已。怪不得李飞的画总是带着灵性，怪不得郑明炎这样的天才会跟在李飞身边……

原来这么多天来，她其实一直就在斐利的身边！

主展厅里，伊楠再一次见到了那幅小天使图，它挂在明亮的壁灯下面，显得更加熠熠生辉。

"啊，那幅画！"伊楠来到画前，细细观摩，"当时我第一眼就觉得，这幅画无比出众……"

"你知道它为何这么出众吗？"李飞深沉地凝望着这幅画，"十二年前，一个落魄的画家被生活逼到走投无路，准备在广场上用药物终结自己的生命，可是，一个小天使的出现，让他的人生充满了光亮。虽然她只给了画家十五块钱，可正是那十五块钱，让画家有了今天的成就。"

伊楠的眼中闪起了泪光："那……这画中的小女孩……"

"就是你啊。"李飞此时眼中都是温柔的笑意，"第一眼看到你时，我还不太敢相信，直到那天听了你的故事，我才确定，你就是我的救命恩人。"

这幅天使图，是李飞经历了那次事件之后创作出来的。他一直没将这幅画公之于众，就是在等待一个契机。自成名之后，李飞为了让更多艺术人才能出人头地，一直隐姓埋名地住在美术学院旁边，秘密为美术学院学生做特邀老师。

当他看到伊楠招生考试的画作时，便对她的才华给予了肯定，坚持要录取她。她的画很有灵气，即便文化课成绩不高，也要给她一个机会，这也是伊楠收到录取通知书的原因。

而直到在楼梯上看到伊楠的那一刻，李飞才认出了她。她的脸和当年的小女孩重叠到一起，唤醒了他的回忆。

命运真奇妙，他费尽心思想要招进学院的天才少女，正是当年救了他的恩人。只是他从未想过，十二年前的一幅画，能给这个小女孩插上梦想的翅膀。

现在一切都明了了。

那幅尘封多年的天使图，也终于能够登上明亮的主展厅。

十二年前，小小的伊楠拿着一大把零钱，目光清澈地对他说："你的画这么漂亮，一定是一个好人！"

那一瞬间，他眼前起了雾，恍惚中看到了人生的光芒。而她的这句话，他至今还铭记在心。

8

多瑙河畔，晚风吹拂着伊楠的长发。天气有些凉，她抱起手臂，忽而感觉有人在她身上披了一件衣服，转头望去，看到了郑明炎的浅笑。夜色笼罩之下，河边点点灯光照亮了他微微泛红的脸庞。

"老师这次曝光在公众视野下，其实有很大原因是为了我。"郑明炎开口说道，"那天，我爸妈之所以那么快就离开，是因为老师说出了真实身份，还向他们保证我以后一定能成为名画家。斐利老师一直没有收我的学费，我去打工，也只是想让父母少给些生活费而已。"

"那你为什么不早点儿告诉我？"

"老师一向为人低调，而且，我若是早告诉你老师的身份，你一定会和我保持距离的。"郑明炎的目光飘忽，"那天，你也不会拉我的手了。"

得知了郑明炎的私心，伊楠只觉得脸颊微微发烫，两个人双双陷入沉默。

"你这家伙，特意带来给小楠的礼物都忘了？"

李飞打破了沉寂，伊楠回头望去，看到他手中拿着一幅画。

郑明炎不好意思地挠了挠头发，从李飞手中接过画来，递给伊楠："这……这是我想送给你的。"

伊楠打开画框上的绒布，画面中，紫色的晚霞映衬下，女孩美好的侧脸微微泛着粉色的光。她低头，试图隐藏上扬的嘴角。

在李飞的催促下，郑明炎结结巴巴地说道："那……那天，紫色的天空下面，你的侧脸很美……所以，我……"

伊楠轻笑，将画还给了郑明炎："或许，有一天你也能在世界的某处办自己的画展，等到那天，你可不可以把这幅画……挂在展厅的正中央？"

郑明炎欣喜地站直了身子，笑容无比灿烂："一定！"

伊楠侧目，河面上色彩斑斓的灯光倒影就如同一幅油画。那年广场上怀才不遇的画家指引了她的方向，如今河畔壮志凌云的青年照亮了她的未来。

她从未放弃追逐理想的脚步，只是奔向前方的路上多了两位同行之人，以梦为马，终将不负韶华。花

柯基与苹果

Keji Yü Pingguo

文／楚觉非　图／三夏清风

“啊库v米咔我喜欢你吱i黑擦吧哇。”

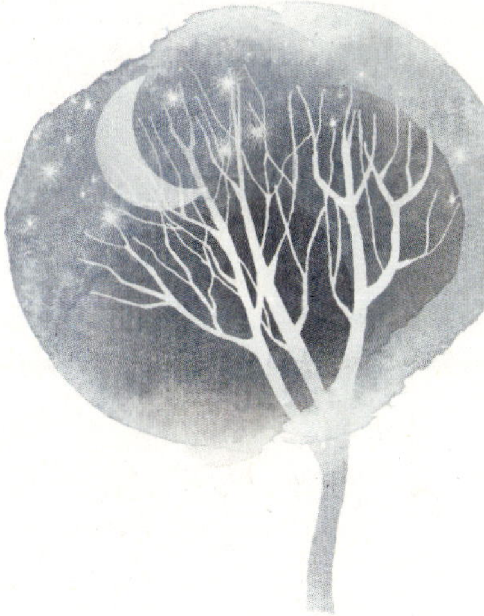

一

Keji Yu Pingguo

柯曦挑高了眉毛暗自观察一圈，发现自己果然又是班上最矮的女生。更糟的是，电脑随机分配座位，不仅让她和林皓月隔得很远，还给她安排了一个身高足有一米九的同桌，把教室里的顶峰和盆地巧妙地汇聚成一道惹眼的风景线。

高胜寒双眼放空地坐在座位上，听见打招呼的声音，转脸却没看到人，低头才发现仰着脸的柯曦。

她小心翼翼地问他借草稿纸，以提前拟好自我介绍要讲的话。

她打算老实承认，自己有幸与大家同班，全凭中考超常——不，异常发挥。最后以一句老套的“请大家多关照”结束。接着台下掌声雷动，同学笑容友善，高中生涯完美开始。

但事实上，当柯曦走上讲台，除了老同学林皓月比着“加油”手势，其他人都在暗暗唏嘘。

她视若无睹地介绍完自己的名字，忽然听见教室后面有人在笑。随即，整个班的书呆子脸齐齐扭头望向那位同学——

她的同桌，把脸埋在课桌下，肩膀抖动的幅度却越来越剧烈。直到后来两个人熟了，高胜寒才向她坦白，原来当时他把她的名字听差了——这个世界上，竟然有这么像小学生的高中生，腿短就不说了，名字还恰好叫“柯基”。

台下的同学放肆起来，班主任老黄不得不出面整顿。柯曦感到大脑空白，脸颊发烧，举着稿子念得磕磕巴巴，还没念完就匆匆跑下台。

老黄在教室后面轻轻摇头，柯曦假装没看见，一把抽开椅子坐下去，结果越想越气，无视身旁那座余震未了的大山，在讲稿背后“唰唰”画了只人乌龟，揉成一团用力扔进高胜寒的桌斗里。

未等脸颊退热，柯曦又硬着头皮再次登上讲台。竞选班长的意愿，是提前在班群里收集的，她本打算以此适应高中的竞争生活，不料学霸们对学习外的事懒懒散散，候选人除了她，只有一个高胜寒。

柯曦心里一沉。高胜寒无疑是男生中很受欢迎的类型，在他们同桌的这三个小时二十分的时间里，共有六十个人路过教室和他打招呼。据观察统计，有四个和他在同一篮球队，两个是他数学奥赛训练营的同学，剩下的五十多个女生分别以系鞋带、借书、顶楼吹风等各种理由假装停留，以“原来你也在育华九中”作为开场白。

最终结果不仅她铩羽而归，票数还是戏剧性的“46:2”。柯曦在全班同学同情的目光下安慰自己：幸好林皓月是支持我的。但高胜寒就此给她留下了促狭的印象，以至于当他作为班长，发军训服装给她时，她连眼皮都没抬一下。

开学第一天就这么晦气，如果她整个高中时代也这样糟糕……简直无法想象！都怪这个讨厌的同桌。如果下次，高胜寒再让她难堪，她绝对！绝对……永远都不和他讲话！

二

Keji Yü Pingguo

九中的新生军训长达一个月。

军训时期的炎热，永远会烙印在每一个人心里。恐怕大家都自认为此时此刻的太阳，比非洲人民头顶的太阳更毒辣。

首次紧急集合在凌晨三点，宿舍楼吵得如同打仗，所有人在催命般的哨声里，黑灯瞎火地找衣服穿。柯曦被人潮裹挟着下楼，拼命按住被挤歪的帽子，几次差点儿人仰马翻。

教官早已等在操场上掐秒表。同学们双眼迷瞪地站位，手里还忙着提鞋、正帽、系纽扣。有人少穿一只鞋，有人找不到腰带扣，各种奇怪物件在混乱中被当成军帽扣在头上。

“男兵六分零七秒全员到齐，女兵九分十一秒！”教官冲着面前狼狈不堪的队伍大吼，“下次没在四分钟内入队的，统统罚跑操场二十圈！”

柯曦困得魂不守舍，飘回到寝室倒头就睡，完全没考虑“下次”可能仅在四十分钟后。那时她已陷入深度睡眠，等林皓月好心把她推醒，寝室其他人都走了。

她胡乱穿好衣服冲出去，楼梯上只剩寥寥几人。她心急起来，四肢却还没清醒，刚跑出女生院就踩了空，趴在地上半天爬不起来。操场上一分钟倒计时已经吹响，想起教官的“死亡通牒”，她只能欲哭无泪地趴着等死。

忽然，身体一轻，柯曦竟被拽着衣领提了起来。

此刻，柯曦感觉自己像个轻飘飘的面口袋，被那人提溜着一路飞奔，路边景物在眼前模糊成灰黑色块。

两个人在最后一秒惊险归队——准确地说，她是被扔进队伍中的。周围同学们的憋笑声让柯曦的双颊越来越热，此刻只能尽可能低着头，不让大家看到自己的表情。

教官神色反而柔和了些，让大家回去睡觉。

经过两次折腾，柯曦的困意彻底逃走了，所以当衣领又被拽住时，她立刻把胳膊绕到后面，拍掉了那只罪魁祸“手”：“高胜寒，你够了啊。”

“我是不忍心看你太慢。”男生俯下身，好看的刘海儿稍稍遮住眼角，此刻故意凑到她旁边说，“你千万别觉得麻烦我。我们家特别爱养狗，柯基这种小型犬拎在手上一点儿都不重……”

她猛然顿住脚，高胜寒撞到她身上，险些翻过去。谁说蚂蚁不能把大象绊倒呢?

“如果想念你家狗，就多回家陪陪它！”借着月黑风高，柯曦壮着胆子说，“虽然今晚很感谢你帮忙，但我其实不太开心。”

大概是想起男女兵以后要分开训练，高胜寒看见气鼓鼓的女生头也不回地举起胳膊，朝背后的他用力挥挥，心底分明有些“江湖辽远难再见”的窃喜。

之后再见高胜寒，多半是食堂打饭或夜半集合，总之柯曦或饿或困，没工夫主动关注他。

可有关班长的消息，还是在女生队伍里不胫而走。柯曦站在队列左端，常听见旁边讨论他何时打出两个十环，格斗课把谁撂在了地上，炎炎八月患风寒请假半天……

“柯柯，怎么连吃饭都不积极了？”解散后林皓月跑过来，用胳膊肘捅捅她，“听什么这么津津有味？耳朵都竖起来了。”

她回过神，赶紧拉下帽子把耳朵遮住。软萌的样子惹得林皓月“咯咯”直笑，拉着她去食堂。

远远望见高胜寒一行走在前面，柯曦像被噎住似的，硬要另择路走。林皓月觉得莫名其妙，忽然听见她小声说："你有没有觉得……班长很讨厌？"

"你说高胜寒？"林皓月认真思考，"他人很好啊，当班干部尽职尽责，听说理科还特别厉害。"

柯曦若有所思，脸颊红扑扑的："不讨厌，那就是喜欢了？"

"当然不是呀！"林皓月连忙摆手，"你难道不觉得，班长什么都好，就是那个身高，实在太……"

柯曦不由得假装生气地睥睨她："林大小姐，作为我们班最高的女生，身高直逼一米七五，就你还嫌弃人家身高？我听几个女生私底下讨论，说只有你和高胜寒看起来最搭，而且名字都特别配……"

"哎呀，你跟别人瞎起什么哄！"林皓月红着脸打了一下她，继续说，"你不觉得高胜寒那一米九的身高，实在让女生太有压力了？约个会偷懒不洗头，人家就能把你的头屑看得清清楚楚。"

林皓月的描述太过逗趣，两个好朋友相视大笑，柯曦暂时忘了各种心绪。但随后发生的事，让她决定还是避开高胜寒比较好。

班级抽到的汇报表演，是包括障碍短跑、拽绳攀坡、爬梯、匍匐过铁丝网等项目的越野赛。

女生们对此叫苦不迭，磨磨蹭蹭不肯进泥地，训练被迫停止很多次。

教官决定让男女生共同比赛：若没有女生超越任何一个男生，全体女生就得被罚连续五个小时站军姿；但若有女生在组里夺冠，不仅全体放假半天，还能围观男生受罚。

这下男生女生都摩拳擦掌，将其视为各自尊严的较量。柯曦之前训练表现得机敏灵活，尤被女同学寄予厚望。

她在起跑线深呼吸，旁边高胜寒则一脸轻松。哨响时他迈开长腿箭一般射出去，膝盖一缩就跨过了路障。第一项结束，所有女生都被甩在最后。

之后矮个子才显现出优势。由于自己体重很轻，柯曦无须借助绳子就冲到了坡顶，爬梯更是在乡村爬树练就的本领。女生口号越喊越大，激得男生们也扯开嗓子吼起来。

还剩最后一项匍匐过网，柯曦已超越大半男生。她扑进泥潭，来不及擦掉溅进眼睛的青灰泥浆，眯着眼睛迅速地向前爬去。铁丝蒺藜把衣服划出道道口子也浑然不觉，耳边全是一浪盖过一浪的加油声。

她率先爬出铁丝网，半刻不敢耽搁地朝前跑去。只要守住最后百米冲刺的胜利，全班女生就能彻底翻盘。

还剩七十米、六十……忽然身后刮起一阵大风，就从右边的跑道袭来。她猜到是高胜寒追了上来，不禁心里发慌。正胡思乱想，"龙卷风"就刮到身旁，她被席卷着打了个趔趄。

始料未及，高胜寒外套上支出一个硬邦邦的拉链，正好挂住她肩上被铁丝剐出的口子。她糊里糊涂地和男生缠在一起，被拖得几乎脚不沾地。那个领口越扯越大，肩膀大片肌肤露了出来。

柯曦尖叫起来，浑身的血涌到头上，捂着肩膀跌跌撞撞地去解勾连的衣服。高胜寒也反应过来，边跑边伸手帮忙，结果四只手越忙越乱，半天都分不开。其他对手接二连三地追赶过来，场外震耳欲聋的呼声还夹杂着别的什么声音，吵得人又慌又急。

最终两个人并列第一冲过终点线，紧接着不知谁踩到谁的脚，牵绊着摔在地上。柯曦的膝盖和手心都擦出了血，几个女生架着胳膊搀她起来，她才发现大家都在交头接耳地笑，就连平日最严肃的教官，也抿着嘴用手一圈圈甩哨子。

当时的情景，不至于吧？教官宣布全班放假半天时，她仍沉浸在疑惑中。直到林皓月告诉她："班长不是比你高很多吗？所以你被拖着一起跑时，不知谁喊了句，说高胜寒像……像在遛狗。"

柯曦脸颊霎时一白，却还得附和着笑几声。午后趁同学都在补觉，柯曦独自跑到宿舍楼的天台上，阳光刺得她眼睛直流泪。明明那样敏感又自卑，命运非要事事给她安排一个高胜寒。

原本是一起出糗，被嘲笑的却只有她。其实任何事都不需做，只要站在高胜寒旁边，她就已经处于下风了。

全班四十八人，同桌的排列组合共有一千一百二十八种，而她和高胜寒无疑是最不搭的那一种。

三 Keji Yü Pingguo

后来，柯曦一直刻意躲着高胜寒。

除了上课不得不同桌，其余时间都尽量避开。下课高胜寒埋头做题，她就跑到走廊上和林皓月聊天；体育课躲在树荫下看书，从不往篮球场看一眼。火箭班的老师讲课总是点到为止，她常听个囫囵半懂，宁愿课后盯着课本抓脑袋，也不愿向他请教。

九中每次考试都是一场惨烈的厮杀，柯曦节节败退。她觉得自己像只萤火虫，除了军训和运动会短暂地发亮一瞬，其余日子黯淡地缩在教室后排的角落，被遗忘得一干二净。

两个学期很快过去，她退避三舍，和高胜寒相安无事了好一阵。

但期末对柯曦而言，意味着很多烦心事。除了有关下学期文理分科的事亟待考虑，眼前的期末试卷更令人头痛。

柯曦把试卷圈在臂弯里，飞快看一眼分数又立即盖住，没有一科让人满意。

高胜寒不知好歹地“啧啧”一声，她捂着试卷转头瞪他，他就露出不太真诚的表情道歉：“柯基，你要是眼睛长这么高，就会理解我的身不由己了。”

她没心情和他斗嘴，背着书包愁眉苦脸地朝外走，却被高胜寒一伸胳膊拽住书包：“老黄叫我们去办公室。”

原来省里要举行中学生定向越野比赛，学校老师趁暑假组织了集训营。由于两个人在军训时表现突出，老黄推荐他们为九中的素质教育做贡献。

见小个子女生拼命摇头，老黄拉下脸晃晃期末排名表：“柯曦同学，拿到名次高考就能加十分！你不参加谁参加？高考可是千军万马过独木桥，提高一分，干掉千人……”

老黄都说到这份儿上了，她只能乖乖回家收拾行李。

出发那天柯曦迟到了，满头大汗地冲上大巴，发现车里几乎全是陌生的同学，处于制高点的高胜寒身边仅剩最后的空座。她在走道上踌躇，忽然看见高胜寒正在对她做口型：

“我——的——狗——”

她真是怕了，埋着头一溜小跑过去。高胜寒似乎很满意，还僭越地分走她一半耳机。

大巴晃出城市，下了高速又在乡道上奔驰。柯曦有些晕车，但守在窗边的高胜寒怕冷，还关掉两个人头顶的空调。她不好意思开口，忍了一路，胃里翻江倒海，还得忍旁边五音不全的歌声。

训练营建在一片半开发景区里。营地是老乡盖的筒子楼，体育老师先教大家用磁北线标定地图，之后才带队外出，让学生把景区里洼地、悬崖、山脊和冲沟与地图符号相对应。

严酷繁重的训练任务很快开始，从早到晚在烈日暴晒下徒步，太阳落山时每个人都汗津津的，像从水里捞出来一般。

第一次独自跑线路时，柯曦格外紧张，一个人蹲在角落里埋头检查装备：地图、指北针、口哨、中暑药、对讲机……刚要把电池装进包里，高胜寒不知从哪儿冒了出来，猛地拍了下她的肩膀：“柯基，一个人的时候机灵点儿，按着地图来。免得像昨天那样，多绕一大圈路。”

她正在疑惑今天同桌像是吃错了药，竟然好意关心自己时，高胜寒已满意地站起身，手臂垂下搭在她的头顶：“毕竟，腿是会越磨越短的。且走且珍惜啊！”

就知道是这样！柯曦气鼓鼓地拉上背包拉链，头也不回地和其他同伴一起到出发点集合。或许是被其他情绪占领，她倒感觉没那么紧张了。

独自到达芦苇荡时是下午四点，浩荡的芦苇、无垠的稻田，柯曦穿着两栖鞋踩进水里，拨开苇秆艰难前行，整个人都湮没在茸茸芦花下，唯有靠着地图和指北针行走。

柯曦刚把号码布揣进背包，一只灰扑扑的大雁猛然从芦苇里蹿出来，扯着嗓子“哇啦”一声从面前飞过。她被吓得一个趔趄，指北针脱手，左脚不偏不倚地踩上去，把最重要的器材报废了。

她终于决定用对讲机求助，结果屋漏偏逢连夜雨，出发前被高胜寒那么一吓，电池不知掉到了哪里。没有电的对讲机成了废铁。

晚霞悄悄爬上天际，茫茫的高秆芦苇被染成绚烂的橘红，宛如成熟的高粱，又像硕果累累的树林。柯曦依然毫无方向地在林中摸索。归鸟在头顶疾飞而过，却追不上西沉的斜阳。她有些心灰意冷，啃着酸掉牙的苹果充饥。

柯曦叼着手电筒照亮前方无边的黑暗，这才感到前所未有地害怕。长时间浸泡在水洼里，脚上的皮肤开始发肿发皱，脚步都变得虚浮。

忽然有一道光束射下来，像探照灯一般强烈。她挡住眼睛从指缝窥探，发现光来自不远处的斜上方。拨开茂密的芦苇，那个像灯塔一样挥动手电的颀长人影，怎么有点儿像她万恶的同桌？

柯曦简直怀疑自己看错了，但对方同时发现了她，兴奋地迈开长腿，“哗啦啦”踩着水花朝她跨过来。

那一瞬间，她觉得应该永远铭记当时的感受：如释重负又疲惫不堪，委屈害怕且莫名感动。高胜寒就像一个盖世英雄，虽然没有七彩祥云，却有整片芦苇丛的虫鸣为他欢腾。

倘若高胜寒没有劈头盖脸朝她一顿骂，这感觉再延续下去，可能就是“喜欢”了。男生在她额头上弹的一记大栗暴，把她满心的粉红泡泡全戳破了。

两个人一前一后走出芦苇丛，月亮把男生的影子压得很短，她轻轻一跳就能踩到他的“头”。

她乐此不疲地玩着这个报复游戏，岂料高胜寒忽然驻足转身，她像游戏里小鸟炮弹射中绿猪头一样，猛然撞在他身上。

“柯基，我们和好吧。”高胜寒毫无预兆地冒出一句话，“我觉得坐同桌好歹算是缘分，今天又是我找到你，所以天时地利人和，咱们应该把普通同学的感情升华一下。”

见女生犹豫不决，高胜寒很诚恳地说：“开学那天我真不是故意的。而且为了表示歉意，竞选班长的时候我还把自己那票投给了你。”

原来当时她可怜的另一票，并非来自林皓月。但柯曦并不是很难过——磁铁异极相吸，人也是一样。何况对方又是那么优秀的高胜寒。

再回想她所有出糗的时刻，虽然都与他有关，但他似乎从来都不是主动参与者。个子太高或太矮，都容易在人群中扎眼吧？其实他和她很相似。

“行，我们和好。”柯曦终于郑重其事地点了点头。

“太好了——”高胜寒吸了吸鼻子，“刚才水里好冷，我的朋友能不能把外套脱给我？”

四

Keji Yu Pingguo

训练营结束前最后一晚，大家在营地附近的田埂上组织野炊活动。

教定向越野的魏老师是大龄未婚男青年，八卦的女生们不知从哪儿打听到老师最近在谈恋爱。果然，刚把野炊的分工安排下去，魏老师就回宿舍打电话去了。

野炊分工就此乱了套。

男生去树林里拾柴，女生去田间摘菜，大家一开始还各司其职，没多久就嬉闹一片。日薄西山时分，砖搭的灶台仍是冷的。柯曦只好把满怀的蔬菜放到地上，扯了一张包裹土豆的旧报纸，捡起一旁的打火机挨个生火。

高胜寒远远看到她蹲在地上，娇小的个头更缩成一只玩具公仔，歪着头用树枝捅着灶膛，鼓着腮帮子金鱼似的吹气，竟觉得有些卡通。

袅袅炊烟在远郊的山间田野里升起，落日黄昏下，在学业重压下短暂放松的高中生们仿佛回到小时候，肆无忌惮地追逐打闹。说是野炊，但大家的厨艺普遍有限，马马虎虎填饱肚子后，就纷纷组队去山洞探险了。

高胜寒被分到的野炊小组里，所有人都默契地只会煮泡面。硬着头皮下厨的结果就是：苞谷棒烤煳了，土豆片没熟，番茄炒蛋又倒多了盐。他没吃饱，所以婉拒了几批男女生的探险邀约，四处打探其他组的灶上有没有可以果腹的东西。

很快他就注意到空旷田埂上仅剩的另一个人——柯曦。

她不知怎么也留了下来，专注地照看她的炉子，手上拿着四五根从老乡家借来的毛衣针，穿着花菜、土豆、韭菜和豆角在火上烤。虽然脸上沾着生火蹭上的黑灰，但看她塞着耳机边听边哼，还空出一只手拈着调料均匀撒在烤串上，倒一副怡然自乐的模样。

“怎么没跟他们去山里玩？你也没吃饱吗？”柯曦也注意到他，随手递过一根烤串，“请你吃。”

“还是老同桌懂我。”他接过来咬了一口，微烫的土豆在齿间裂开，孜然、盐巴和辣椒粉的香味很快唤醒了味蕾。

柯曦喃喃自语般小声吐槽：“那可不，这么高的大个子，要说你不是饭桶我还不信呢……”还没嘟囔完，忽然脸颊就感觉被用力摸了一把。

她立刻往旁边躲，警惕地看着他：“高……高胜寒，你干吗？我们才刚刚冰释前嫌，你可……可不要越界啊！”

“脸上有锅灰。”高胜寒忽然觉得她胆小又张牙舞爪的模样很好笑，转念间手掉转了方向，把那抹黑灰蹭在了她的鼻尖上，“嗯，这样更像了……”

“像什么？”

“某种常见的、适合在家中饲养的动物。”

她终于忍不住挥舞着烤串抗议：“高胜寒，不是都说吃人嘴软拿人手短吗？你这简直是……是恩将仇报！”

吵嚷拌嘴中两个人一起消灭了很多食物，偶尔柯曦的脑海里闪过恍惚的念头，成为朋友后，她和高胜寒的关系似乎近了很多，至少她敢和他斗嘴了。

两个人熄掉炉膛里的火，又清扫了野炊场地，最后终于闲下来，一高一矮坐在田埂上乘凉。

晚风徐徐吹过，树上蝉鸣和田间蛙声此起彼伏。其他同学也陆续回来了，手电筒的光远远地一明一灭，像夜空的星星掉落在田野上。

高胜寒冷得吸鼻子，却执意不回寝室，又把她的外套要过来。他忽然没头没脑地问了一句：“下学期文理分科，你想好选什么了吗？”

柯曦看着高胜寒几次尝试把手伸进狭窄的袖子里都失败了，最后把外套像围巾一样缠在脖子上，忍不住憋着笑摇头：“没呢。我不像你和林皓月，她文科突出，你理科拔尖，根本不会有选择焦虑啊。”

“我的期末试卷你也看到啦，”她故作轻松地说，“每一科都在及格线上挣扎。”

“那不就是了，文理都一样。”高胜寒调侃道，“其实我也羡慕你啊，成绩稳定不偏科。”

在她爆发前，他赶紧正色道：“既然选哪科都一样，那就选理科吧。”

“为什么？”

“因为我选理科。”

柯曦没来由地心漏跳半拍，支支吾吾地说：“你选理科，关……关我什么事……”

“当然关你的事。”身旁的男生这时从田埂上站起身，顺势拽着她的连帽衫把她也提起来，“你也选理科的话，我可以帮你补习啊。”

柯曦感觉在芦苇荡迷路那天的感觉又回来了，心里溢满超越同学情的温暖和感动。可高胜寒就是有着破坏气氛的能力：“毕竟过去这一年你被各科老师骂，我作为同桌被殃及，承受了多少口水啊？”

从那天晚上到翌日坐车回程，高胜寒得空就在她耳边念叨选理科的事。

柯曦主动分给他一半耳机，都没能让他消停片刻。

她感觉耳朵都起茧了，但还是没有真正下定决心。

本来她觉得在班上没什么朋友，林皓月选文科她干脆也一起。可是林皓月真当她是好朋友吗？想起开学选班长时的投票，她又犹豫了。

下车后高胜寒还她耳机时，她还是神情恍惚，忽然听到一个熟悉的声音在前方炸响："柯——曦！"

她后背一凉，惊觉大事不妙。能让妈妈拖长声音喊她全名的情况，除了考试不及格，只有高中生家长的禁忌话题——早恋。

她抬起头，果然发现来车站接自己的妈妈，正盯着往她耳朵里塞耳机的高胜寒。

"柯曦，这是你同学吧，不介绍一下？"

她还没从惊恐的眩晕里恢复，男生先坦然自若地自我介绍起来："阿姨，我是柯曦的同桌高胜寒。就是'高处不胜寒'的高胜寒。"

"这么一说阿姨就知道了。"不等柯曦怀疑她是不是真记得苏轼那句词，柯妈妈已经喜笑颜开，"就是班级第一那个高胜寒嘛！小伙子学习成绩好，长得又高，看模样也挺精神啊。"

柯曦瞪大眼睛，没想到学霸的身份就能洗脱早恋的怀疑，妈妈的逻辑还真是难以捉摸。

"谢谢阿姨。我刚还在和柯曦商量，开学后帮她补习功课的事。"

"那真是太好了……小高你应该是要选理科吧？"

柯曦看到妈妈忙不迭地点头，挂着慈爱的笑容送高胜寒离开，她才发觉选理科似乎木已成舟了。

和同桌的第无数次交锋，再次以她的失败告终。

五 Keji Yu Pingguo

高二的班级并没太大变动，只有零星两三个同学去了文科班。开学第一天，高胜寒就提出签订《同桌友情补课协议》，柯曦觉得这又是一次预谋。

果然第一条就是：乙方接受甲方倾情授予的"柯基"外号。柯曦徒手把签字笔折成两段，以表坚定的拒绝。经过多次据理力争，第一条最终变成：甲方日后不以外号称呼乙方——在乙方必须每节课后请甲方讲题的前提下。

原来补课的事并非玩笑，难道学霸都热衷于给学渣补习吗？柯曦为此疑惑，但这未尝不是好事。她不喜欢找老师请教问题，题讲两遍还不懂，不仅老师急，连她自己也有弃文从农的冲动。但在同学面前，她不介意承认自己笨。

其实高胜寒也变着花样吐槽她，比如，"还以为你只是个子不高，原来智商也是。"

而且只要她生气地把课本从他手肘下抽回来，他就懒洋洋地靠在椅背上："柯基，给你讲个故事。从前有个人，下课后不听同桌讲题，然后她变成了一只狗。"

说得那么直白，就差把《协议》糊到她眼皮上了。所以尽管她抗议，每个课间和午休仍然重复着这样的场景：头顶的电风扇一圈圈旋转，草稿纸上笔走龙蛇，而她努力把数字符号组成正确的码文，破解百思不解的难题。

九月末的月考结束，柯曦的班级排名竟然上升了一点儿，虽然还在下游挣扎，但至少没垫底。

国庆节阴雨连绵，她本打算在家宅七天，林皓月打电话邀她出来喝下午茶。虽然不再同班，两个女生依旧把脑袋凑在一起，聊八卦。

"我们文科三班那可绝了，俗称'尼姑庵'，统共就俩男生，其中一个还翘兰花指！"林皓月叼着吸管"咯咯"笑，"你呢？老黄重新调座位没有？"

"没有，老黄可不会在这种事上费心。"柯曦若有所思，"调座位的时间，又能多做套试卷。"

林皓月的语气忽然不自然起来："所以说……你还是和高胜寒同桌？"

柯曦点点头，然后就看到她从书包里掏出一个粉红色贴满爱心的信封。"这不会是情书吧？给谁的？"

"给……你同桌的。"林皓月像被烫了手似的把信封扔到桌上，又推到她面前，"算不上情书吧？就几段话。何况我没写上他名字，也没署名。"

柯曦迷茫地看着她。

“我知道早恋是大忌……所以我才不敢嘛！我很相信你，可万一被别人看到告密怎么办？”林皓月抓起一本杂志扇风，“你找机会递给高胜寒就行了。他看完以后如果继续问你，你再告诉他是我。”

想起军训时她吐槽高胜寒的那番话，柯曦不禁感叹，青春期的女生都是大骗子。

林皓月却不以为意：“你难道看不出来，你同桌很受欢迎吗？如果有女生说自己对高胜寒没半点儿好感，那绝对是狐狸与葡萄，吃不到说酸。”

柯曦只好耸耸肩，把那封载着“狐狸”心事的信藏在书包的夹层里，如同一颗炸弹，忐忑地揣回家，又忐忑地揣到教室。高胜寒像往日那般和她打招呼，她却吓得一哆嗦，下意识地攥紧书包拉链。

其实柯曦当时的心情有点儿奇怪，对于送好友的情书，她不仅紧张，还有不情愿。她也不明所以然，冥冥中又埋怨自己，这种想法太不义气了。

所以大课间高胜寒讲题时，她还在盘算着要找个什么时机把情书塞过去。附近的同学都在座位上看书，她不好意思在教室里拿出来。高胜寒讲了好几遍她都没听进去，恼火地合上书：“柯曦，要讲几遍你才能听懂柯西不等式？真是白白浪费你这好名字……”

她看着高胜寒拿着水杯去走廊接水，第六感莫名觉得是个好时机，拿着情书追出去。

柯曦叫住他，趁他回头时一个箭步冲上去，把那个烫手的粉红山芋飞快地塞到他手里，然后扭头就往教室跑——这一套动作行云流水，如果不是她转身时撞翻了班上文娱委员的热水杯，后者用标准的女高音尖叫了一声，她几乎就成功了。

走廊上所有人都朝他们看过来，包括腋下夹讲义、手拿保温杯回办公室的老黄。在一众校服的蓝白背景里，高胜寒手里那个粉红爱心信封无疑是最扎眼的色块。

“开学第一天我还当是个乖学生，结果呢？这是什么？”老黄把缴获的证据狠狠拍在办公桌上，手指头几乎戳到她脸上，“同桌是用来学习的，不是用来早恋、递情书的！”

柯曦欲哭无泪地闭上眼睛，听见老黄已经把信抖了出来，一字一句念给她听：“高一开学第一天我就注意到了你，坐在我们班最后一排……军训上你也表现突出，为我们班增光添彩……虽然你的身高与众不同，在人群里非常扎眼……”

虽然这情书质朴得如同校运会上的加油稿，但是林皓月啊，你为什么不勇敢地在下面署上你的大名呢？

柯曦哭丧着脸一言不发，直到听见老黄说“把你家长叫来”，才惊恐地抬起头：“黄老师……能不能别请家长啊？”

“怎么，现在才觉得丢人了？”老黄冷哼一声，玻璃镜片泛着光，“那就在周一晨会的时候，把情书念给全校听！念完了再接着念检讨书！两千字！”

正左右为难的时候，妈妈的爆发形象在眼前闪现。柯曦赶忙答应下来。

六 Keji Yu Pingguo

周一晨会，当柯曦站在主席台上，看着操场上乌泱泱的几千号人在下面交头接耳，忽然有点儿后悔。

主持晨会的老师贴心地帮她调低话筒，云层恰好散开一条缝。刺目的太阳照在她脸上，如同聚光灯。柯曦忽然很想寻找人群中林皓月的脸，不知她看到这一幕会是什么表情。但最终她只是叹了口气，拿起被汗水濡湿的情书和检讨书。

这时有个其他班的男同学好事地嘘了一声，顿时整个操场都被引燃了，鼓掌、吹口哨，乱成一团。

教导主任气急败坏地组织纪律，柯曦低下头。这感觉就像开学时，她在讲台做自我介绍那天的哄笑——甚至还要糟糕。

这些笑声化作无数根针扎着她。好不容易安静下来，她才深吸一口气，对着话筒开始念：“高一开学……”

“等一下！”

她和教导主任循声望去，高胜寒不知何时冲到了台上。不等柯曦做出反应，他已经拎着她的衣领把她从话筒前挪开，顺带拿走了她手里的情书。

高胜寒把话筒的伸缩杆拔到最高点，试了试音，然后望着台下的人群说：“真是不好意思，让大家误会了。这封情书其实是我写的。”

这下不仅是操场上的同学、班主任老黄和教导主任，连柯曦都瞪大了眼睛。

只有高胜寒继续淡然地说：“那天在走廊上，黄老师看到她往我手里塞了一封情书。但真实情况是，她只是追出来，把我写给她的情书退还给我。”

台下一片哗然。高胜寒叹息着加了句：“是的，各位同学。我的表白不幸失败了。”

全场开始放肆地哄笑。似乎除了老师们，只有柯曦一个人笑不出来，茫然又疑惑地偷瞄那个颀长的身影。

高胜寒清了清嗓子，开始声情并茂地朗读情书：

“高一开学第一天我就注意到了你，坐在我们班最后一排……军训上你也表现突出，为我们班增光添彩……虽然你的身高与众不同，在人群里非常扎眼……”

柯曦心里一动：这些话放到她身上，似乎也成立。她的心跳渐渐平稳下来，终于大胆地抬起头去看高胜寒的背影。

其实那天只是高中生活中无比平凡的一天。黑板边是学习委员工整誊写的课表，中午食堂里的红烧排骨上撒着葱花和白芝麻，晚自习后要费力挤进人满为患的开水房。

唯一特别的似乎只有那天早晨，操场偌大的主席台上，在话筒前站得笔直的高胜寒像一根旗杆，校服衬衫在风里猎猎飘扬。刺目的阳光照在衬衫背面，洇出一片深迹，她看见他后颈的衣领没理好。他对着话筒念长长的检讨书，字正腔圆，但她什么都没听进去。

晨会结束后，他们自然是被叫去办公室挨批了。“你们两个这又是在搞什么？”老黄的眼镜片探照灯似的来回在两个人身上扫射，“当着全校师生的面，好玩啊？做同桌长了一身毛病，一会儿回教室就调开！”

“黄老师，我不喜欢她。”高胜寒笑起来，“昨晚上和室友玩大冒险输了。”

柯曦依然低头看着脚尖，听到前半句，不由得来回咬嘴唇。确实，高胜寒如果喜欢她，那才叫奇怪了。可是亲耳听见他说出“不喜欢”，心情却糟糕透了。

老黄怀疑地上下打量眼前一高一矮的不搭形象，似乎信了几分。下一秒，就宽赦了柯曦回教室听课。

高胜寒是怎么了？明明平日里最爱拿她插科打诨的也是他。看着右手边空空的座位，柯曦心里难受得厉害。

英语老师正在上定语从句的复习课，忽然点她起来造句。她不知哪根筋搭错了，张口就说：“He is the hero who I like(他是我喜欢的英雄).”

这下可好，话音刚落全班同学的目光又聚焦到她身上，不少男同学开始起哄：“谁啊，是不是班长啊？”

“肯定嘛，刚才晨会上英雄救美咯。”

女同学也悄悄交头接耳：“班长是不想让她难堪吧？怎么会真喜欢她呢？”

“或者是高胜寒和人玩游戏输了，拿她恶作剧呢。”

年轻女老师也笑着让她进一步解释，大有和学生打成一片的风范。

柯曦急中生智，想起 hero 还有“男主角”的意思，赶紧说：“我说的是 Harry Potter！哈利·波特！”

老师表扬了一句，同学们则失望地回身继续听讲。柯曦松了一口气，心却越发不安起来：只有她自己知道，刚才造句时，她脑子里确实想的是高胜寒。这可太糟糕了。

课间高胜寒终于被放了回来，神情倒很轻松。柯曦忸怩着不知该怎么解释那封情书，他却善解人意地先开口：“别不好意思了，我知道不是你写的。”

这回轮到柯曦吃惊了：“你怎么知道？”

“我又不瞎。咱们做了这么久同桌，你写字跟狗爬似的。”

依然是一句气死人不偿命的回怼，柯曦这回却没发火。她看着高胜寒一边打开课本，一边用纸巾擦汗的样子，忽然觉得心里很暖，眼睛很热。

趁他又去走廊上接水，柯曦拧开笔盖，趴在自己的笔记本扉页上悄悄写：

You are exactly the hero who I like(你就是我喜欢的那个英雄).

Bei Guo Xia(背锅侠).

最后那行字，怎么看都像对“柯基”绰号的反击。她忍不住笑出声，又悄悄抹了抹眼睛。

七 Keji Yu Pingguo

老黄并未就此彻底消除对两个人的疑虑。

其实学生时代的恋爱并非十恶不赦，只是高中生有更重要的任务。用老黄的话来说，只要不影响学习，别说是早恋了，两个人结伴坐火箭上天他都懒得管。

“座位先不调了，别的同学说坐后面看不清黑板。”老黄在下课时专程来了一趟教室，“等月底考试名次出来，我再看要不要找你们家长，秋后算账！”

老黄的恐吓绕梁三日，那几天两个人在课间一起做题时，气氛一直很紧张。终于在某次晚自习结束后，高胜寒边收拾书包边严肃地跟她说：“柯曦同学，这下你必须要好好学习了。不然就是恩将仇报，懂吗？”

柯曦把眼睛从化学方程式上抬起，望着他小鸡啄米似的点头。

“好，那明天见。”高胜寒终于展露出一个满意的笑，挎上书包招呼室友走了。

往后的日子柯曦每天都很累，站着刷牙都能睡着，靠在冰凉的瓷砖墙上，醒来后满嘴的牙膏泡都干透了。

高胜寒讲起题来也堪称兢兢业业。柯曦本以为他只是理科拔尖，没想到语文和英语也渐露头角，很多生僻的语法知识点他都知道，甚至总结了一套写作高分宝典。

月考排名公示，“柯曦”两个小字像蜗牛那般，从A3纸的底端向上爬了十厘米。放学后她故意留在最后，悄悄用直尺量自己和高胜寒的位置——还有三十七厘米。

如果身高不能再变化，以这种方式“长高”也不错。

也许某天你会惊奇地发现，当我站到你身边时，我们看起来不再那样突兀。

柯曦花了大半年时间，把和高胜寒的距离缩短到二十七厘米。

但之后的几次考试，她的蜗牛像被藤蔓缠住了，始终徘徊在排行榜中线。高胜寒讲题时，她总是无精打采地托着腮，兴趣寥寥。随后又得了重感冒，去医务室打了好几天吊瓶。

生病的那几天，高胜寒对她格外宽容，虽然被剥夺了讲题的机会，但他依然没叫她外号，甚至帮她抢二食堂的盐煎肉和红烧小排骨。

这种局面终被打破是在高二暑假，八月底开学他们就升毕业班了。柯曦背着书包在烈日下伸懒腰，刚决定要睡三天懒觉，高胜寒的海拔线就挡住了视线。

他跳上一辆公交车，半个身子从车窗里探出来，像只啃树叶的长颈鹿：“放假期间手机别关机！”

翌日早晨七点，她的手机铃声就炸响了。她像砧板上的鱼一样费力地翻了个身，摸到床头柜上的手机，刚按下接听键，熟悉的声音就精神抖擞地响起来：“别睡了！早自习开始了！”

男生的声音近得像从邻桌传来，柯曦迷糊着连连应声，还以为又像往常那样，自己正抓紧早课前的十分钟趴在课桌上补眠。她反应过来的时候，高胜寒已经在电话另一端笑出声。

“猜到你还在睡……”他下一秒立刻严肃起来，“离高考只剩三百零五天了！”

柯曦哭笑不得：“班长，老黄派你来视察民情吗？要不你怎么比我妈还着急？”

高胜寒忍俊不禁，解释道：“说对了一半，确实和老黄有关系。上次班会你生病缺席，不知道开学后班里要重新排座位吧？”

女生的大脑忽然转不动了，语言系统组织了好久，才结结巴巴地问：“什……什么？”

“收假后就是市零诊考试，然后按成绩重排座位。前百分之三十的同学之间排同桌，老黄要把班里的尖子生聚在一起。”

柯曦在心里做乘除法：全班六十人，百分之三十就是十八名，排名表上距离高胜寒的位置约十五厘米。真的太难了。

“柯曦，你肯定能行，只要再努力一点儿。遇到不会的题，你就打这个号码，我随时都在。”男生停顿了一下，压低声音说，“我们同桌这么久，突然换人，多不习惯啊……是吧？”

她犹豫得太久，高胜寒终于凶相毕露地威胁道：“如果你被换走了，我就在全班面前大声喊你的外号！反正军训的时候，大家不都说你像我的狗？”

“喂！”柯曦把手里的馒头狠狠扔进盘里，把旁边的爸妈吓了一跳。

“你以为我稀罕？我们家养的那只柯基，可比你乖多了。”高胜寒懒懒地打了个呵欠，“行了，不开玩笑了。一个小时后我打电话查岗，督促你做作业——不准睡回笼觉，知道吗？”

柯曦忙不迭地应声，好不容易送走瘟神，刚挂掉电话，就发现妈妈正盯着自己，眼神犀利：“大清早谁给你打电话啊？不会又是那个小高吧？”

她被盯得浑身发毛，赶紧埋下头喝粥，结果却听妈妈感慨：“那孩子真挺不错啊，整天不求回报地给你补习，上哪儿去找这么好的同桌？”

爸爸也在旁边附和：“就是，高考完说什么也得请人家吃个饭。”

柯曦心虚地主动洗碗，去厨房的路上脚步像踩着棉花。妈妈的话倒没错，高胜寒确实是很好的同桌。如果真的把座位调开，她大概也会很不适应吧。

于是假期果真应了老黄“换个地方学习”之说，柯曦从来不知自己竟能抵挡电视、小说和睡懒觉的诱惑。高胜寒的电话和短信每天都来报到，提供闹铃和讲题服务。

收假的前一天，恰逢七夕节。傍晚时分，她收到一条来自高胜寒的乱码短信：

“啊库 v 米咔我喜欢你吱 i 黑擦吧哇。”

柯曦不以为意，再读一遍，中间夹杂的四个字让心脏开始乱跳起来。她犹豫是否要询问一句，对方先打电话过来：“刚才我们家的狗在踩键盘。”

她才想起高胜寒曾说过，他家养了一只柯基。她的心脏跳着跳着就跳不动了，胸腔里空荡荡地失落。但她仔细想想，理应如此啊，就故作轻松地说：“嗯……我猜到了。”

“明天见！考试加油。”

“会的！”柯曦五味杂陈地捧着电话，终于把小心思全部赶走，“我们一起加油！”

八

Keji
Yu
Pingguo

诊断考试成绩公布，柯曦正好考到班里第 18 名。

但重排座位却没了下文，老黄似乎根本没这个打算。柯曦猜到是高胜寒骗她的谎话，这一次倒没脾气，反而有点儿感激他的剑走偏锋。就连林皓月看到理科红榜，也忍不住感慨：“柯柯，你真的可以作为逆袭的典范，载入你们班史册了。”

情书事件后，林皓月没向她做任何解释。其实她能预想到这个结果——林皓月这样骄傲的女生，怎么会向她解释、道歉呢？

又或许，她从来没把自己当朋友，只是可以一起聊八卦的普通同学。

所以当林皓月在见面时仍亲昵地挽住她的手时，她的感觉奇怪起来，感觉两个人并非刻意疏远，只是没办法再像以往那样亲近了。

她有种无可奈何的惋惜，但紧张的学业不允许她胡思乱想。

接踵而至的高三，时光如同被压缩，重复的生活过得很快。等到高中最后一次家长会时，柯曦已经作为学生代表被留下来，在家长会上做发言了。她也因此在高考前，第一次见到了高胜寒的妈妈。

“你就是柯曦吧？”阿姨热情地拉着她的手，“早就听小寒说起过你这个同桌了，真的特别感谢你帮他补习语文和英语！”

帮高胜寒补习？我？柯曦摸不着头脑，发言完毕立刻就去了篮球场，用一瓶昂贵的功能饮料，把那个最高的身影“贿赂”出来。

“我妈说得也没错，你忘了我刚进校时文科有多差吗？”高胜寒拧开瓶盖灌了几口，抬起胳膊用护腕擦汗，“多亏你每门功课都差到离谱，为了给你煲全科大补汤，我只能去补语文和英语了。”

他说得云淡风轻，柯曦没来由地觉得很感动。高胜寒看她眼睛泛红，反而觉得不自在，脸撇到一边说：“高考完先别急着出去疯，我妈想请你到我们家做客。”

“我爸妈也说要请你吃饭。”柯曦惊讶地瞪大眼睛，脚尖在地上画圈，“原来每个家长都这么喜欢吃饭？”

“所以这就是答应了？”球场上队友在叫他的名字，高胜寒伸手捏捏她的丸子头，感觉不知道什么时候，柯曦已经没有从前那么矮了，他发现自己想这个问题有些出神，赶忙开口，“这几次都考得不错，就是别太骄傲了……明天高考考场见！”直到他的身影消失在操场的拐角，柯曦才意识到自己的心脏“怦怦”跳个不停，像体育场里弹跳的篮球。

她慌乱地伸手扯扯头发，想起刚才高胜寒也碰过这里，又赶紧将手缩回去。

“明天见……”高考那两天过得很快。柯曦自觉发挥稳定，再算上定向越野的加分，结果应该不差。

漫长的假期开始，她终于能好好补觉，高胜寒再也没有理由来打扰她了。可真早早关灯躺在床上，又翻来覆去如何都睡不着了。以往无数个晚自习后道别的“明天见”，以高考为截止日。

柯曦正觉得沮丧，书桌上的手机恰发出“嗡嗡”的短信振动，她立刻跳起来光着脚去拿。

果然是高胜寒！也许他也恰在此时想起她，所以发来一行地址。

翌日下午，柯曦提前了两个小时出发。妈妈叮嘱她，空着手去别人家做客很不礼貌，所以她去市里最大的购物广场逛了很久。保健品太正式，果篮又没新意，路过宠物用品的货架，她灵光一闪：高胜寒不是正好养了一条狗吗？给宠物买东西，既实用，又不会显得刻意。

结果高妈妈看到那两袋包装精美的狗粮时，忍俊不禁地说：“看来我们家得养条狗了。”

“什么？”柯曦疑惑地问，“您家没有养狗吗？比如……柯基什么的？”

“我们一直很想养，但你叔叔对宠物毛过敏。”

她恍然大悟，又是她亲爱的同桌在捣鬼。那一顿晚餐柯曦如坐针毡，叔叔阿姨越热情地给她夹菜，她越觉得不自在。更可气的是，坐在她对面的罪魁祸首毫不惭愧，在学校食堂时他只吃两碗饭，今晚竟有心情多吃了半碗。

好不容易熬到晚餐结束，柯曦一刻也坐不住，以还书的名义把高胜寒往书房里推搡，然后压低声音质问他：“你这个骗子！你不是一直说你家养了一条狗吗？在哪儿？”

“我可没说谎。”男生耸耸肩，从书柜里抱出一只毛茸茸的柯基，“这不在这儿吗？”

柯曦又好气又好笑，拎着那只多半从娃娃机里夹出来的公仔举到他面前：“你确定……是它给我乱发短信？”

“你是不是傻？发短信的当然是我。”高胜寒把公仔拿过来，两只手操纵着柯基的两只小爪子，在短信键盘上按了一通。

柯曦口袋里的手机振动起来，赫然是一条来自高胜寒的短信：

“我喜欢你。”

Keji
Yü
Pingguo
九

柯曦自认为是个懒姑娘，懒得梳妆打扮，懒得早起锻炼，若没有高胜寒签订的《协议》，她甚至懒得向他请教难题。

在等待出成绩的日子里，柯曦慎重思考良久，终于下定决心：好吧，或许可以为了他，每天早晨坚持洗头。因为他不是别人，是高胜寒啊。

高胜寒约她出门，是去市体育馆看他的篮球赛。她在穿衣镜前冥思苦想了很久，要不要踩上那双颤颤巍巍的崭新高跟鞋，一直纠结到开赛前半个小时，才蹬上跑鞋冲到楼下拦计程车。

七中和九中联合告别篮球赛已开场十分钟，观众席人满为患。柯曦四处寻找空位，忽然听到有人唤她名字——林皓月激动地朝她挥手，指指自己身旁的空位。

柯曦没想到会在这里看到林皓月，且对方还坐在队员休息区的长凳上。敏感如她，又注意到座位下放着未开封的矿泉水。

水是要送给谁的呢？她大概还不知道我和高胜寒……柯曦的手伸进挎包里，握紧自己包里的那瓶，忽然有点儿进退两难。

恰好林皓月又在此时解释“今天高胜寒他们只打上半场”，气氛顿时更加尴尬。两个好友各怀心事地并肩坐着，强迫各自专注在赛事上——告别赛的水准很高，参与者是两所学校的篮球校队，以此来欢送校队里的高三学长们。

这天高胜寒穿3号红色球衣打大前锋，抢篮板、防守和卡位一项不落。她很快沉迷于激烈的赛事，直到裁判吹响中场休息哨，高胜寒一边撩起球衣擦汗，一边和队友朝自己所在的休息区走来，她才想起片刻前的尴尬。

眼角余光瞟见林皓月已经飞快地拾起水瓶，随时做好递上去的准备，柯曦一瞬间就怂了，手伸进包里又抽出来，无所适从地低下头去。

“这位同学，请问我的水呢？”高胜寒忽然在她身前蹲了下来，对上她的眼睛，“坐在家属区的感觉好不好？”

家属区？柯曦愣了一下，旋即转过头，发现林皓月已经把水送出去了——穿5号球衣的控球后卫。那个男生似乎是文科班的，两个人正笑嘻嘻地说着悄悄话。

那一刻，她简直要被自己的小心思羞得钻进地缝了！手上无意识地发力，矿泉水瓶盖的塑封圈“咔”地拧开了。

高胜寒很满意地接过去，不忘调侃一句：“我之前还以为，全世界的女朋友都拧不开瓶盖。”

“你能不能……小……小点声儿？”柯曦赶紧压低声音制止他，涨红了脸四处乱瞄。观众席上果然有不少女生对着他们指指点点。

高胜寒会意地一笑，起身拍拍她的肩膀：“下半场其他队员上，我坐在这儿看比赛，你和林皓月出去玩一会儿。她不是有话要和你说吗？”

柯曦抬起头，发现林皓月已经在笑眯眯地等她了。

“走吧，柯柯。”林皓月亲密地伸出手来挽她，像过去无数次那样，“比赛后球队要聚餐，咱们先去订位置。”

两个人走出体育馆，午后阳光正好。清风拂面，蝉鸣高亢，炎夏的时光仿佛和军训那年重叠，彼时两个女孩最喜欢把脑袋凑在一起窃窃私语聊八卦。此刻她们望着彼此熟悉的脸，会心的笑意渐渐绽开，竟不约而同地停下来冲对方喊：“说！什么时候的事？”

这样意外的默契让两个人愣了一下，停顿一秒，又异口同声地说：“高考后！”

林皓月先绷不住大笑：“干吗学我说话？”

“鬼才学你说话！”柯曦说完才发现不对，好友已经笑得前仰后合。

“请问你这只狐狸，高胜寒这颗葡萄甜不甜？”林皓月狡黠地转转眼珠，“哦，不对，你不是狐狸，你是柯基呀！”

柯曦作势要揪她的辫子，两个人就此一前一后地追逐着去赶公交车。路旁的绿树枝繁叶茂，圆圆的光斑透下来洒在身上。如同高一开学那天，她们在新班级看到老同学时激动地抱在一起，窗外的梧桐树也是漏下这样的光影。

一切仿佛都是刚开始的模样。

她们在车站的遮阳棚下气喘吁吁，等呼吸平稳下来，林皓月才看着她平静地说："柯柯，很早就想向你说声'对不起'……"

那一刻，柯曦才发现，自己其实一直在等她这句道歉；或许她也是以这样的心情，等待高胜寒的告白——无论多么不可能，在潜意识里，她都在期待有什么事发生，然后她所珍惜的人永远不会离开。

柯曦轻而易举就原谅了她。因为她不是别人，是林皓月啊。

当晚校篮球队在火锅店聚餐，虾饺、牛丸、千层肚，青笋、宽粉、土豆片一盘盘下锅，在一片热闹的香气和氤氲白雾中，大家欢声笑语地聊天，畅谈理想和未来。

盛着果汁或啤酒的玻璃杯碰在一起，响声清脆，如同在郑重地宣告一段时光的结束。高中结束的时刻，没有醉酒发疯、烟花盛放，但是高胜寒就坐在她左边，林皓月坐在右边。柯曦忽然想起开学第一天，自己攥着讲稿走上讲台，心中那样忐忑。一切都是未知，但她是真心对这人生唯一一次的高中生涯，怀着最热切的期待。

幸而所有的期待，都没有被辜负。

尾声 Keji Yu Pingguo

回校填志愿那天，恰逢《那些年》在内地上映。

散伙饭结束后全班包场看毕业电影。班长提议所有人都以教室的座位坐，和高中三年的同桌好好告别。大家因此有些伤感，只有柯曦觉得好笑：高胜寒根本就是在假公济私、滥用职权嘛，还把理由编得冠冕堂皇，真是太"腐败"了。

"You are the apple of my eyes（你是我最珍贵的人）."

灯光暗淡，所有人都沉浸在电影的情节和音乐中。银幕上那些青春年少的脸庞，就像镜中的自己。每个人在学生时代，大概都有一个暗恋的人。就像柯曦，她不是坐在藤下的那只小狐狸，高胜寒也不是葡萄，而是她眼中的苹果。他高高挂在枝头，饱满而诱人，却可望而不可即。

"沈佳宜那么优秀，为什么会和柯景腾在一起？"柯曦轻轻戳了戳身边的人。这其实是她一直很想问的问题。

而柯曦眼中踮脚而不可触及的苹果，是这么回答她的：

"很多想摘苹果的人，都害怕会失败，因此总是摘离自己最近的那个。但其实看似光鲜亮丽的苹果，反而最害怕众星捧月的孤独。所以当喜欢的人出现时，不等对方踮脚，它就率先从枝头落了下来。"

高胜寒握住她的手时，电影散场了，放映厅的灯光亮起来，一切举动都无所遁形。有同学率先起哄，整个放映厅喧闹起来。但柯曦终于勇敢了一次，也紧紧回握住那只手，以笑容应对同学们不可思议的惊呼。

我眼中的苹果，是这个世界上最好的苹果。

谢谢你的出现，让自卑又敏感的我有梦可做。花

金玉公主逃婚中

Jin Yu Gongzhu
Taohun Zhong
文／欣　玥
图／萌飘啊飘萌

壹

二月初九，晴，花生米喂胖脸少年，驸马竞选无望。

我一边吃着花生米，一边努力回想今天发生的一切，将其记在日记中。我的记性不好，并没发现日记本的前面少了几页。

我叫金玉，是金玉城的小公主。我爹是华佗再世，对皇族有恩，所以被先帝认作养子。如今太子登基，我爹也去世半年有余，这座金玉城成了我的“封地”。可惜我患有健忘症，所以只能靠写日记来确保自己没有忘记一些重要的事情。但也因此，城中的大小事务都由我舅舅楚渊来管理。

为了给我治病，楚渊拿出我爹的遗书，说孝期已过，是时候给我筹办婚事了。

原来我爹在临走前留下一封信，说他藏有一种罕见的草药，名唤如来草，包治百病，但只能作为传家宝传给他未来的女婿。为此他出了考题，只有通过九九八十一关的医学测验的人，才有资格去荆紫山洞中寻得如来草，入赘金玉城。楚渊不懂医术，因而我们只能通过招亲的方式，找到如来草。

所以我想出了一个好点子——我女扮男装，偷了某个参赛选手的准考证，准备自己赢得这场比赛，当自己的驸马。

反正不就是一棵草吗？何必这么大费周章？

我却忘了虽然我出身于医学世家，但自己根本对医术一窍不通，先是在针灸的时候错拿毛衣针，又是忘记我的病人对花生过敏而把他医成了个臃肿的胖子。这下可好，楚渊怕我再去捣乱，干脆把我关在了卧房之中。

可是我还这么年轻，不想结婚啊！

此计不成，我又心生一计。晚饭时我装病，招呼下人唤来一名医女，将她引到茶几旁，做晕倒状，趁机打碎了盛花生的碟子，栽赃给她，这样我就可以胁迫她女扮男装去当我的准驸马了。

“这可是先帝御赐的碟子，你打碎了它要被杀头的！”我厚着脸皮怒斥道。

没想到那名医女面不改色，居然还笑了起来：“御赐？奴婢怎么记得在洛阳街头，一两银子可买一百套呢？”

说罢她将手伸向我，那眉目传情的模样看得我直起鸡皮疙瘩。恍然间，我竟觉得她有些似曾相识，却又记不起来在哪里见过她。

“你一个女子，怎么长得与男子一般高……”我话音还未落，她一把就将我拉了起来，“力气还如此之大……”我惊呼。

“公主今天把花生塞到病人嘴里时，力气也不小。”

我咽了咽口水，有点儿心虚，却听她云淡风轻地问：“金玉，你不记得我了吗？”

贰

然而我并不记得她是谁。

医女无奈地叹了口气，示意我去看日记本。我一翻日记本才想起来，她是陈医官的同行医女阿花。我昨天也是这样打碎了碟子威胁她，让她假扮我的病人，偷偷帮我通过考核。没想到今天我居然故技重施，想象力可真是贫瘠。只是我往她嘴里硬塞了太多花生，害她好几个时辰才消肿。

“花生就这么好吃吗？”阿花弯下身子，低头捡起地上的几粒花生米闻了闻，然后又捡起一片碎碟子，“这碟子是御赐之物。不如我拿回去，帮公主修补一下可好？”说罢，她拿起手帕就包了起来。

我尴尬地挠了挠头：“你喜欢拿去便是，反正洛阳街头到处都能买到……等等，医女姐姐你不要走！”

我见她装好碟子就要走，顿时就急了。

“医女姐姐，你帮帮我好不好？”我当即放下公主的架子，勉强挤出两滴眼泪，“眼下我犯了错，代城主不让我出去。可是我真的很需要如来草来治我的健忘症……你就再帮我一次，女扮男装去竞选我的驸马吧！”

阿花笑盈盈地低头看我：“奴婢帮公主，能捞到什么好处吗？又被公主喂成个胖子吗？”

我嗫嚅了一下：“只要你帮我，我的零花钱都是你的！我保证这次我一定不会再戏弄你了，你可以来我爹爹的书房学习。我爹爹可是神医，你本身就会医术，我相信你一定能胜出的。”说罢我从怀中掏出一张揉烂了的纸递给她，“你看，这是我好不容易才搞到的准考证。”

想当初，我可是冒着长针眼的危险，趁一个参赛的小郎中在湖中沐浴时，偷偷“借”的准考证。

阿花的目光扫过准考证上的“洛华”两字时，嘴角莫名地抽搐了一下。

“所以你是答应我了吗？”我两眼放光，将身上所有的钱都塞到了她的手中。阿花瞟了银两一眼，神色有异。最后她勉强收下了我的“贿赂”，答应帮我完成大计。只不过，我得亲自给她准备三餐。

没人知道从我的卧房到我父亲的藏书阁有一条地道，这也是我前阵子才偶然间发现的。为了让我的“驸马”能够脱颖而出，我当晚就拉着阿花穿过密道去复习考试。

阿花在这里复习了一个晚上，我本来是想监督她的，结果等着等着就睡着了。

我醒来的时候，天已破晓，莺声婉转，而我已经回到了卧房的床上。

一定是阿花把我背回来的。

我起身去喝茶，结果发现一旁装花生的碟子里，空空如也。

是阿花吃的吗？可是，她不是对花生过敏吗……

叁

阿花天资聪慧，不负我的期望，很快就过了比赛的笔试和实战。

而我从小娇生惯养，哪里在厨房里做过活？可是为了未来的幸福，我每日只能硬着头皮，在厨房给阿花准备三餐。只是我记性不好，经常会忘记菜谱：比如炒鸡蛋炒了一盘鸡蛋壳，做鱼忘记掏内脏。油盐酱醋我就更不分了，反正颜色越深，说明用心越深。

那天阿花顶着黑眼圈来厨房探望我，她整个人都消瘦了一大圈。我将一盘烤焦的鸡美滋滋地端到她的面前，她刚下筷子，鸡就扑簌簌地碎了一盘。

我眨巴眨巴眼睛，眼泪都要掉下来了。

看到我生无可恋的模样，阿花连忙安慰我说，以后不用我来做饭了。今天这顿，她请我。

我正思忖着她怎么个“请”法，就被她拉着回了寝殿。我俩换上夜行衣，趁着夜色，偷偷翻墙出了城主府，而阿花早在金玉城外备好了马车，我们坐上马车一路驰向洛阳，她说要带我看灯会。

金玉城离洛阳不远，阿花驾车驾得极快，周围的树林小道“嗖嗖”地晃过，半个时辰便到了洛阳。

洛阳城中，灯火辉煌。

阿花牵着我，在熙熙攘攘的人群里穿梭。

各式各样的灯笼把漆黑的夜照得亮如白昼，阿花把我拥入怀中。

万家灯火，五彩斑斓，她静静地看着我，一双星眸璀璨，深邃如海，然后将一样用锦缎包着的东西放到我手上。

我打开一看，居然是一个白玉镯。白玉细腻冰凉，上面的妖娆红纹，娇艳欲滴。

那一刻，我感动得伏在比我高一头的阿花的胸前痛哭流涕。

“我一定会让你的病好起来的。”她在我耳边轻轻说。

我嗅到她身上熟悉的药香，只觉得格外安心。

时间过得格外快，所有的美好都仿若云烟，在灯会结束之后只剩下阒静的黑夜。

我心里空落落的，以为自己又要回到金玉城过着被幽禁的日子，不料当晚金玉城外突发瘟疫，金玉城封城，没有带公主令牌的我们没办法进入城内，还好一个住在附近道观的妇人好心收留了我们。

到了后半夜，我被打斗的声音惊醒。

居然有人要暗中行刺我们！

阿花把随身的短刀塞到我的手里，拉着我跑出了屋子，自己赤手和歹徒搏斗。我看到她接连好几次都差点儿被对方的长剑刺伤，不由得惊叫出声。我这么一叫，阿花以为我受伤了，回头往我这里看，身后的刺客见机挥起大刀，径直向她的头砍去。我连喊小心，阿花及时躲开，但发髻还是被那个人挑断了。

阿花长发披散开来，青丝飘摇，眉宇轩昂间，竟是说不出地俊美妖冶。

她飞身上前护住我，玄色长衫开到胸襟，伤口的血浸湿了领口，黑压压地晕开一片：“公主，我一会数到三，你就往那个方向跑，不要回头。”说罢她在黑暗中指了一个方位，把我交到那个道观妇人手里：“麻烦您照顾好她！”接着便开始数数。

我抱紧她不放手，但阿花还是不由分说地推开了我。

道观妇人拉着我使劲地向前跑，我噙住眼泪，却还是在跑出百步之后忍不住回头看了一眼。阿花在夜里化作一抹飞墨般的黑影，上下蹿动和刺客打斗。我看到她把随身携带的银针当作暗器掷向包围她的刺客。万千寒光凛冽，转瞬即逝。

我担心阿花，想要返回去救她，谁知被人从身后捂住口鼻，昏了过去。

肆

等我醒来时，已经在城主府的卧房中，楚渊坐在我的床榻旁。他说是他救我回来的，我却在我的衣袖里发现一枚珍珠耳钉。

我收好了耳钉，想要去寻阿花，却被楚渊以“小公主受惊过度需要静养”之名锁在了卧房中。我心想阿花有可能在藏书阁等我，但那里丝毫没有阿花的身影。

我心下越发不安起来，从密道中溜出城主府外，来到陈医官府上，却被告知陈医官身边并没有阿花这名医女。

我虽不相信，但仔细一想，我确实没见过阿花和陈医官一起出现过。更何况就我的记性，我真的不确定第一次见到阿花时，她是否在陈医官随行医女之中。

但阿花没有理由骗我啊……

就在我失魂落魄地回到藏书阁时，发现楚渊竟在那里。

“你在找什么？”他看着我微笑，我忽觉脊梁后升起一丝寒意，“可是你的朋友？”

“我……我在找一名医女，阿花。”

“医女阿花？我看你说的是你的驸马候选人之一，洛华吧。”楚渊意味深长地瞧了我一眼，“只是你不会还不知道，你的朋友阿花，其实就是一名男子，本名洛华吧？”

我不可置信地看着他。

“金玉，我已经调查清楚了，洛华给你的这个白玉镯里面有毒。”

楚渊步步进逼，将我逼到墙角，然后一把拽过我的手腕，将我戴着的白玉镯夺了过去，狠狠地摔在了地上。

“不要！”那是阿花给我的唯一的东西！

白玉镯在地上摔作两半，里面流淌出血红的液体，楚渊俯身拿银针探试，银针渐渐变作炭一样的黑色。

“不可能，这不可能……”

“洛华接近你，只是为了如来草。他在这玉镯里下了毒，为了让你的病情加重。如果你还不相信，我就带你去一个地方。”

楚渊带我来到城外竹林畔的小湖。记忆回转，我依稀记得，当时我就是在那里趁一个小郎中洗澡时，偷走了他的准考证。如今湖水血红，漂浮着翻着肚皮的锦鲤。

我们隐匿在暗处，阿花站在湖边，没有察觉到我们的存在，背对着我们，黑衣飘摇，长发如瀑。那一刻，她的身影与那个小郎中重叠了。

莫非，阿花真的就是洛华……

湖水边，是十几个和我手上一模一样的白玉镯。我亲眼看着阿花把死去锦鲤的血用小细管注入那白玉镯之中，而楚渊在旁边冷冷道：“看见了吗？他就是这样把死鱼的毒血注入了白玉镯之中，待你手上这个毒性耗尽了，便会给你一个新的，让你慢性中毒。”

我不可置信地摇头，却又无力反驳。我那么信任的阿花，竟然想要置我于死地……这一切，都是因为如来草吗？

回城之后，我变得沉默了许多。任由楚渊把我关在了卧房之中，没有半点儿反抗。他说外面瘟疫盛行，大家都神志不清的，希望我不要到处乱走。

那时候的我只觉得天崩地裂，因而没有察觉楚渊在说这句话时，面目狰狞得可怕。同时我也不知道，洛华不仅受伤了，还染了重病。

我答应了楚渊的提议，喝下了他调制的那杯据说可以忘记一切悲伤的汤药。

因为那碗药，我昏睡了好几天。

我仿佛做了一个很长很久的梦，梦里有妇人的哭泣声，还有一个玄衣男子踽踽独行。我叫他，他却不回头。

我觉得他似曾相识，却怎样也记不起他的面容。

是啊，等我醒来的时候，应该什么也不记得了吧。

因为楚渊用那碗药，把我变成了他的傀儡。

伍

听城里的人说，金玉公主最近举止甚是古怪，她居然敢大张旗鼓地张榜招兵买马，一点儿也不避嫌。还有人说，金玉城最近闹通货膨胀，钱越来越多，物价也越来越高。

而这些钱，都不是朝廷的。

这些事，都是楚渊以我的名义做的。我听从他的安排，他说什么，我就往下面吩咐什么，绝不多问。

那日，楚渊在吩咐我把他用掺杂了铅的银制造出来的假钱从地下密室拿出去时，我撞上了那个一直留在金玉城里照顾我的道观妇人，她耳朵上只戴了一枚珍珠耳钉，红着眼睛看我，欲言又止的模样。而我的眼睛一眨也不眨，托着一盘伪造出来的银两，缓缓地上楼。

“金玉还是个孩子，你怎么能这么对她？”从身后传来道观妇人的声音，声嘶力竭。

“只是一点儿如来草的毒，便可以控制她的心智。”楚渊眯起眼睛，笑得犹如邪魅，“姐姐，你没想到吧？当初金玉老城主在我们西域求医的时候寻到的如来草种子，居然有这种毒性。就是可怜金玉了，她还天真地以为如来草是包治百病的神草呢，谁想到她其实根本没得病，她失忆也是因为我在她吃花生的盘子里下了蛊，是为了让她忘记有关如来草的事情。”

姐姐？为什么楚渊要称呼道观妇人为姐姐，楚渊的姐姐不是我去世多年的娘亲吗？

难道我娘并没有死？那个道观妇人竟然是我的娘亲？我的内心掀起滔天巨浪，面上却没有丝毫波澜。

我躲到密室门口，敛声屏气地听着他们的谈话。

没想到，一开始楚渊所拿出来的我爹留给我的遗书是他伪造的，如来草也并不是他所说的神草。那是一种具有蛊惑人心作用的毒草，用量少时，人们会表现出轻微中毒，如同瘟疫的症状；用量多时，毒性足以把人变作行尸走肉。

我爹一直没有摧毁最后几颗如来草的种子，是因为我娘喜欢这种草开的花。所以他设下重重机关，认为只有通过考验的人才能够有足够的医德来控制这种草的毒性。楚渊发现了如来草的存在后，前来询问，我爹察觉到他的野心，没有说出如来草藏在何处。楚渊一气之下重伤了我爹，导致他不治身亡。

我爹临死前要我毁掉如来草的种子，以免它们落在奸人手里祸害人间。我把这些都记在日记里，没想到被楚渊看到，撕了去。然后他以给我招亲为由，利用那些懂医术的人，助他寻得如来草。

但因为楚渊给我下的蛊毒，我什么都忘记了。

“如今正是复兴楚国的大好时机。姐姐，难道你不激动吗？”楚渊的双眼放光，声音因兴奋而颤抖，“如今城外瘟疫蔓延，是因为有东西污染了水源。河里那些死去的红色锦鲤，中的就是如来草之毒。那溪水的上游便是藏有如来草种子的山洞。可想而知，是部分如来草种子的生命力太过旺盛，从山洞的缝隙中长了出来，污染了水源。如果我能够得到剩下的种子，这天下就是我的了。”

“可是……金玉是我的孩子啊。”我娘的声音颤抖不已。

“呵呵，你的孩子？”楚渊冷笑，“你几时把她当成过自己的孩子？你当初生下她就假死离开，连我也一直被蒙在鼓里，你现在在这里装什么伟大？”

原来，我娘是楚国公主楚月，当年楚国灭国，她和弟弟楚渊流离失所，逃到晋国之后走散，恰好遇到了曾在西域有过一面之缘的金玉城主，也就是我爹。我爹救了她一命，她便以身相许。但我娘的心终究不在城主身上，她生下我之后，成日郁郁寡欢。城主不忍见她难过，以假死的名义放她自由。后来楚渊得知我娘在金玉城，前来寻她，却发现她已经不在人世了，便想复兴楚国，替她复仇。不承想，我娘并没有死，他却走上了不归路。

“是，我承认，当初是我年少任性，才会选择离开。”我娘咬唇，当年在金玉城的种种历历在目，她和金玉城主已参商相隔。她曾以为，他早就烧毁了所有的如来草，没想到他因为思念她，舍不得毁掉这毒草的种子。她还以为楚渊早已死于乱世，谁料他居然以替她报仇的名义，想复兴楚国。

“这么多年，我一直觉得对不起他，对不起金玉。所以我在金玉城外的道观修行，一直不敢面对他们。我想，金玉没有我，应该活得更快乐吧。比起让她知道她有个不负责任的娘，我宁可让她以为我死了。直到那天，她在我的道观里留宿遇袭，我才发现我不得不站出来了。阿渊，那天袭击他们的人，是你对吗？那日我把她救回金玉城，看到你的时候我心里就明白了。”

楚渊冷笑：“是啊，我本来是想除掉洛华的。没想到他也是贪生怕死之人，为了活命，宁可变成我的走狗替我效劳。”

当我听到洛华与楚渊为伍之时，再也控制不住自己的情绪，仓皇逃离了密室。

陆

夜半三更时。

已就寝的我忽然听到窗户被人轻轻敲响，我起身，将窗户打开一条缝，看到来者是洛华，他的脸色惨白。我不想多看他一眼，就要合上窗户，不料他抓住我的手，塞了什么过来。

“公主，我知道你这几日对楚渊百依百顺，有你的目的。我恐怕没多少清醒的时日了。”他虚弱地用渴求的语气说，“我知道你现在已经不相信我了，但是如果你还记得，记得我们之前的种种。如果你还会担心金玉城的百姓，请你帮我做一件事。楚渊将我看得紧，这城中上下，也只有你可以办得到了……”

我看了看手中被他塞过来的字条，终究还是合上了窗。

三日后。

荆紫山中，机关重重。

驸马选拔赛只剩洛华一人。他走在前面闯关，目光呆滞，我和楚渊拿着火把，紧随其后。

第一关是“点穴关”，顾名思义，在进入石洞后，需要按照病因描述，对石头做成的人身点穴，点了对的穴位才能够打开大门。接下来，还有“草药关”“火罐关”

和“针灸关”。

过“草药关”时，闯关者需要在规定时间内按照墙上刻着的病人案例，把抽屉的干草药按照相对的重量放在对的案例下面，若是重量有一点点偏差，石洞便会坍塌；而“火罐关”比较容易，只要对穴位熟悉，时间拿捏得好，就可过关。

最难的要数最后一关“针灸”了，因为这时会有一个发狂的石人阻止我们向前。对于这种癫狂的症状，用鬼门十三针最为合适。所以洛华拿出随身携带的银针，同那石头人搏斗。但他染了重疾，根本跟不上石人的攻击，在他勉强将银针斜刺于人中之后又直刺于上星、承浆、颊车、少商等穴位后，便败下阵来。

楚渊眼见石人将洛华逼入墙角，丝毫没有上前相助的意思。他幸灾乐祸地爆发出一阵狂笑，拖着我走向了那放着木箱的高台。

蒲草蔓蔓，那箱子上了金锁，台子上摆着三把钥匙，分别由木、银和干土制成。

“木生火，火生土，土生金，金生水，而水生木。”楚渊喃喃自语道，“老城主还真是有意思，谁会想到开锁的钥匙，居然是干土捏造而成的呢？等我拿到了如来草，这天下就是我的了……”说罢，他用短刀划破了我的手：“而你的血，将会是唤醒如来草的第一道祭品。”他把土钥匙插入了金锁之中。

锁开了，落在地上，铮铮作响。

这时，一把长剑抵在了楚渊的腰眼。

持剑的人，是我。

然而与此同时，另外一把剑也指在了我的脖颈。

持剑的人，是洛华。

柒

我爹一生救死扶伤，却救不了自己。楚渊害死了我爹，我恨不得把他千刀万剐。然而在我得了健忘症的这些时日里，他在金玉城中的势力渐长。再加上有不少百姓感染瘟疫，成了他的傀儡，想要置他于死地更不是一件容易事。

这些天来我对楚渊言听计从，只是为了搜集证据，为了调查他真正的目的，最后上报朝廷，好为我爹报仇。但我没想到楚渊的野心比我想象中的还要大，他不仅一直在暗中制造假钱，还厉兵秣马想要光复楚国。

只是，我不知道我为什么没有因为如来草的毒性迷失心智，直到洛华出现在我窗外那日后。

隔天，我娘像往常一样来我的卧房给我送饭，遣散屋中的侍女后，她反常地上来就扳住我的身子摇我，问我是不是都想起来了。

她说洛华都告诉她了，如来草并没有把我变成傀儡，我这几日的模样都是装出来的，正是因为如来草，让我想起了那些我曾经忘记的事情：我爹的死，楚渊的野心。

“洛华早就发现你屋中盛花生米的碟子里，有楚渊下的蛊毒。这种毒让你得了健忘症。那日后他都会悄悄把碟中的花生米倒掉。你有没有发现，你的记忆也因此好了许多？”楚月在说这话时，满是心疼，“他还为了你，寻遍毒草，拿自己试药，为的就是以毒攻毒，想要治好你的健忘症。后来，他发现荆紫山北边的溪水里，死去的红鲤的血可以解你身上的蛊毒，所以打造了注有毒血的白玉镯，为的就是在不伤害你的情况下，让毒性一点点渗透到你的身体里来解毒。因此他也中了如来草之毒。”

“所以……他并不是想要害我，而是要救我？”我翕动了一下太久没有说话的干涩嘴唇，手不由自主地触向曾经戴着白玉镯的手腕。

爹爹临死之前告诉我，如果想要破荆紫山的机关，需要去雒水上游的竹林小湖畔，找一个叫作洛华的人。洛华是他多年前在民间收的徒弟。之后我中了蛊毒，只记得要去那个竹林小湖旁，偷了洛华好不容易搞到的“准考证”。

身为刑部仵作的洛华，早就察觉金玉城有异动。虽然在第一时间就上报给上级，但是小小的金玉城并没有引起刑部的关注。我爹去世后，他放心不下我，想要应选驸马保护我，没想到却被我搅和了，好在他后来男扮女装混入了医女的行列，这才来到我的身边。

“楚渊怕洛华对你动了真情，耽误他的计划，安排了那场刺杀，重伤洛华，挟其去寻如来草。他不知道洛华已中了如来草之毒，是跟他假合作。”

我摸出怀中洛华给我的字条：“所以洛华写下楚渊所有罪状，让我把这个放在每日送出城买食材的银两里，与官府里应外合。”

“金玉，我知道你一定还在怨他，在怨我。这一切都是娘不好，娘没有尽到一个母亲应尽的责任，可是现在金玉城的百姓都需要你，你应该不希望看见所有人都变成行尸走肉吧？”她看着我，眼眶红红的，“现在洛华体内的毒还不深，所以还没有被楚渊控制。可是我看得出来，他可能撑不了多久了。”

“撑不了多久了……是什么意思？”

“你体内本来就有蛊毒，所以如来草的毒性对你无效。但洛华可能很快就会迷失心智，彻底被楚渊控制了……”

我听到这话起身就要冲出去，却被楚月紧紧抱住。我试图挣开她，眼泪止不住地往下掉。

“放开我，我要去救他……”

“金玉，现在金玉城因为瘟疫而封了城，彻底与外界隔绝。没有人知道这是如来草的原因，也没有人会相信世间真有此物。现在我们唯一能做的，就是相信洛华，把信安全地送出去，相信朝廷自会派人来。现在最重要的是，想办法和洛华一起，摧毁如来草。”

“可是他……”

“他会没事的。”楚月扳过我的身子，双目定定地看着我，“金玉，你要相信他。”

我咬着嘴唇，最终忍了下来。

翌日，我像往常一样把楚渊做的假钱运出去，同时把洛华的字条藏在钱箱的夹层中送出了城，里面不仅有金玉城的地形密道图，还标注了楚渊造假钱的密室，以及如来草所在的山洞。洛华说，希望朝廷可以重视这件事，尽快派人在三日之后与他接应。

这三天里，我再没见到洛华。

直到三日后的驸马选拔赛，荆紫山中，洛华脸色煞白，目光呆滞。我一直不敢去想他是不是被如来草控制了，直到他手中的长剑指向我的那一刻。

楚渊在我的身后冷笑，命令洛华杀了我，洛华眼睛眨也不眨一下，挥剑就要砍下来。但他的剑还未落下，人就先倒了下去。楚月不知何时站在洛华的身后，是她将他的穴道点住，使其暂时晕倒，点穴之术是她当年还在金玉城时，我爹教她的。

“你怎么来了？”楚渊皱眉。

“阿渊，停手吧，朝廷的人很快就到了。”

“是你报的官？”楚渊怒吼，但转眼就化成冷笑，“也无妨，反正这天下都是我的了，还怕几个官兵不成？如今我有了如来草，他们就算来了也只会沦为我的傀儡。”

趁楚渊笑得癫狂，我把手中的火把丢进放有如来草种子的木箱里，楚渊不顾我长剑威胁，顿时焦急地冲了过去。他一边扑火一边去抓箱子里的如来草种子，然而火势来得极快，任凭他怎么扑也扑不灭。他一个重心不稳，失足从石台上滚了下去。楚月上前去扶他，却被他一把推开。

“阿渊，你真的不要一错再错了。”

“走开！”楚渊大喊，已然癫狂，“你不是我姐姐，你不是！我姐姐在十六年前就已经死了，被金玉城主害死了……我要报仇，我要全天下替她陪葬！”他反反复复地念叨着，甚至没有发现他的衣襟也着了火。

朝廷的人很快就赶到了，他们救出我们，并把楚渊打晕，押进了囚车。

火势汹涌，硝烟滚滚。大火很快遍布整个山洞，里面的如来草也在顷刻间化作焦土。

捌

从荆紫山出来后，我们一行人被押送到刑部受审。洛华是刑部的人，这次立了大功，所以我们留完口供后便被释放了。

金玉城内外有不少百姓因为饮用溪水中了如来草的毒，作为金玉城公主，刑部尚书命我在三天内找到如来草的解药，不然我们将会被依法处置。

之前楚渊所制的蛊毒与如来草正好以毒攻毒，而我娘和楚渊同是西域人，刚好知道这种蛊毒的制法。当下我们回城便制出了这种蛊毒，决定先给洛华服下，以示功效。

我守在洛华床边等他苏醒，没想到自己却先睡着了。等我醒来时，发现洛华正坐在床头，默不作声地看着我。

我以为是我和娘用药过量使他失忆了，心里顿时一紧。

洛华下一秒却笑了："几日不见，我倒成了公主试药的小白鼠了。"

我低下头，小声说："你之前给我找解药时……不就是把自己当成了试药的小白鼠吗？"

"你……都知道了？"

我点点头。

洛华一把将我揽入怀中。

我听到他"咚咚"的心跳，脸忍不住泛红。

接下来，洛华与我和楚月一同调制如来草的解药，以便降低蛊毒最小的毒副作用。

一天一夜过后，我们终于配出解药，将解药分发给了中毒的百姓。

楚月从道观搬到金玉城，和我同住，一起处理城里大小事务。我们原本生疏的关系也改善了许多。过了十几天，城里的百姓大多恢复了健康。

入春后，我为了逗洛华开心，特意给他买了身鹅黄色的女装，和他当时假扮医女时的那身一模一样，我以为他喜欢这种颜色明亮的女装，当初才会男扮女装，以此接近我。但他见到我送的礼物反而露出哭笑不得的神情。

那日他被我偷了准考证之后，没有办法，从一个想和情郎私奔的医女那里买来了她的衣服和令牌，混进了城主府。

结果兜兜转转，他还是成了我的驸马竞选人。

春风和煦，杨柳依依。

洛华衣冠楚楚，轻声问我，他这个驸马，我可还满意。

不等我回话，他将一枚白玉镯轻轻地套在了我的手腕上。只是玉镯里，没有了那血色的妖娆花纹。花

沧海月明珠有泪

cang hai yue ming zhu you lei

文/未澜 图/公羊子

1

细雨绵绵，温柔地下了数天，将干燥的帝都润了个透彻。第六日，雨势终歇，天际绽开彩虹，暖阳初露。

午后，一声惊呼打破了皇宫的静谧。

“皇后娘娘落水了！”

作为将门之女，岳明珠的反应自然比那些养在深闺的女子快些，她一把拨开人群，甩掉头上繁重的发饰，纵身跃至冰凉的湖水里，将惊慌的皇后周忆萱紧紧拽住拖上了岸。

好不容易拖着一身淌水的衣服站起来，岳明珠还未站稳，便被一股大力推开。抬起头，皇帝秦海的脸映入眼帘，曾经多亲近，如今便有多生分。

“忆萱，你没事吧？”

周忆萱拂了拂贴在额头的碎发，眼中的害怕未退，往秦海怀中缩了缩，勉强笑道：“皇上切莫动气，雨后岸边湿滑，是臣妾自己没注意失了足，还请皇上莫要迁怒他人。”说着打了个喷嚏，娇小的身子更是忍不住瑟瑟发抖，“方才幸好明珠妹妹出手及时，臣妾有惊无险，初春天凉，明珠妹妹湿了水，怕是要受寒了……”

秦海紧了紧手臂，拢住怀里的周忆萱，眼神沉了几分，他解下自己的披风裹在周忆萱身上，将人打横抱起，语气温柔：“自己的身子要紧，你这般不小心，让朕怎么放心？湖边风大，朕抱你回去。”经过岳明珠身旁时，秦海的脚步顿了顿，呵斥着垂首站在一边的宫女：“还不扶明妃回去宣个太医瞧瞧，傻站在这儿做甚？”

岳明珠看着秦海从自己身边大步流星地走过，残存在空气中的龙涎香味让她恍惚回到多年前宫墙院外的幽会，那夜清冷，她不自觉地抱紧了手臂。温热的气息靠近，暖暖的斗篷裹过来，身体一下被抱住，心雀跃而踏实。

“冷了便到我怀中，我在，断不会让你受一丝丝寒。”

“秦海的心里只有岳明珠一人，秦海的怀抱为岳明珠独享。”

“若我他日抱了其他女人，便让我……”

让他如何？当时堵了他的嘴，没有听到下文。言犹在耳，恍然如梦。岳明珠扯了扯嘴角，轻哼一声。

此去经年，怀里的温度早已冷却，耳鬓的厮磨也已模糊。莫回首，繁华难留，莫不忘，步步皆殇。

2 沧海月明珠有泪

庆历六十二年夏，先皇驾崩，新皇登基。是年冬，祁王起兵，弑兄篡位，改年号为羲和。

也就是去年的事儿。

庆历帝存有二子，秦沧和秦海，二人向来和睦，兄友弟恭。孰料哥哥龙椅尚未坐稳，弟弟便造反了。

坊间猜测，是因为一个女人，一个姓岳的女人。

若是岳明珠知晓，一定气得跳脚，这黑锅她可不背。

身为岳峰将军的独女，岳明珠可谓是被捧在手心长大的，不仅受家人疼宠，宫里的两位皇子更是对她百般爱护。

青梅竹马，情窦初开。爱情的世界，两个人刚刚好，若兄弟俩爱上同一个女子，便注定有一个要被辜负。庆历六十一年，岳明珠被指婚三皇子秦海，喜结连理，共修秦晋之好。

然而好景不长。

去年秋日的某天，觉出些端倪的岳明珠问秦海：“三哥，周瑾又来找你了吗？这几日他倒走得勤快，是出什么事了？”虽已嫁秦海为妻，岳明珠仍唤他三哥，亲昵一如往常。

周瑾乃兵部尚书，处于那个职位，身份多少有些敏感。而彼时的周瑾，已然掌握三军兵权。有传言称，岳峰将军一生戎马，戍边守疆，如今国泰民安卸甲请辞，明面上是自愿，实则受了周瑾胁迫。

即便没机会了解实情，对于那个爹爹的政敌，岳明珠早就看不顺眼了。

听闻，秦海摸了摸岳明珠的脑袋，眼神有些涣散，语气却无比坚定：“没事，不会有事。”

岳明珠信了。

转眼入冬，府里的红梅还未绽开，正大光明殿的鲜血就已染红了十里长街。秦海领兵造反，秦沧被杀，江山易主。

登基大典前，听说秦海回了书房，岳明珠愤愤赶到，却被拦截在外，“让开！”

“王爷说不想见您，请回吧。”

岳明珠从未想过，自己有一天会吃闭门羹，双拳难敌四手，她怎么都挣不开侍卫的阻拦，索性在门外喊：“秦海！你怎么可以杀了二哥？怎么可以？你丧心病狂！敢做不敢当吗？你给我出来！”

一联想到秦沧倒在血泊里的情景，岳明珠就痛彻心扉。他一袭白衣把酒祝自己与秦海百年好合的情景尚在眼前，怎么说没就没了呢？她最敬爱的兄长，怎么会死在自己的夫君手里？

不甘的双眼兀地睁开，岳明珠从梦中惊醒，枕头又湿了一片。

从哭喊到歇斯底里的那夜起，她就没再见过秦海。他称帝的同时，便宣布立兵部尚书周瑾的女儿周忆萱为后，予她荣宠不断。

人情冷暖，人心莫测。渐渐地，岳明珠便心灰意冷了。

3 沧海月明珠有泪

羲和二年秋，九月初三，周忆萱的生辰。

“皇上一整天都陪在娘娘身边，若不是还在守孝期，定要举办个盛大的宴会为娘娘庆生。”一群小宫女领了膳食从御膳房出来，听未央宫的宫女骄傲地炫耀着。

岳明珠散步时，无意间听了些闲言碎语，陪嫁丫鬟忍不住安慰：“主子莫气，皇上陪您过生日的时候，她家皇后还不知道在干吗呢。”

六岁那年，岳明珠初进宫，不小心瞧见了不得了的一幕——孤亭假山后，周旁无人时，方才还在庆历帝身边的孝仁皇后不知与谁私会，举止诡秘。

下一刻，一双戴着护甲的手掐在喉颈，恶毒的语言震击耳膜：“非礼勿视，非礼勿听，看了不该看的，就去死吧。”力道收紧，气息抽离。

岳明珠浑身一凛，周围事物顿时清朗，发现被人锁喉不过是自己臆想，她吓得缩了缩脖子，赶紧撒开腿，离开这是非之地。便是在如此慌忙的时刻，撞到了年长她一岁的三皇子秦海，闷头扎进了他的胸膛。

之后的每一年，岳明珠的生日总有人因事缺席，却独独少不了秦海。

最难忘及笄那年。

白日里热闹了一番，待到晚上，秦海拉着岳明珠去爬附近的小山丘。

夏夜，凉风习习，无星无月。即便光线不甚明朗，秦海仍是用小黑布条蒙住了岳明珠的双眼，而后牵着她穿过灌木丛，十指相扣。

布条被揭下的那刻，无数只萤火虫跃入眼帘，绿荧荧一片，低舞在花木草丛间，煞是绚丽。岳明珠欢欣雀跃，弯着眉眼道：“哇，好美啊，我要许愿。”

说罢双目轻闭，双手合十，等默许完心中所愿后，岳明珠便松开手，眼睛准备睁开的那瞬，一个吻落在额头，轻轻柔柔，如羽毛拂过，却有着千钧之力，搅得心湖一片澎湃。

“三哥，你会一直对我这么好吗？会不会有一天弃我如敝履呀？”

“如何可能？”秦海坚定的眼神里满满都是宠溺，顿了会儿接着道，“若真有那么一天，那一定是因为，我不想失去你。”

回忆至此，岳明珠一个激灵，是她疏忽了，三哥定有苦衷。

4 沧海月明珠有泪

秦海批阅完奏折准备就寝时，恰好戌时。寝殿里，宫女尚在整理床铺。

“今日速度怎的这般慢？退下吧。”秦海揉了揉眼角，有些乏了，视线不经意间瞥过那铺床的背影，顿觉异样眼熟。果然，待那女子应声回头，他着实惊到了。“你怎么在这里？”

“有话问你。”岳明珠口气不善，如今要见他一面居然如此难，害她只能扮作宫女，潜行混入。离得近了，看清皇帝脸上的倦色，不免有些心软，便不再计较往日种种，坦然道：“三哥，我知道你为什么变心了，是周瑾威胁你对不对？”

气氛有一瞬间的凝滞，而后是一声冷嗤。

“不存在威胁，各取所需罢了。”秦海别开与她对视的目光，面色沉肃中带着些许不耐，“是朕下错了注，才会浪费光阴在你身上，你父亲不愿给的，自然有人乐意助朕。”

无形的利箭扎在心头，岳明珠身形一颤。话到这里已经很明白了，但是，“我不相信。”不相信倾心以待的男子是这种人。

“随你。来人！”

明妃岳氏，乔装闯宫，有失妇德，遣至光禄寺抄经省身，以儆效尤。

看着侍卫将岳明珠带离寝殿，秦海终于松了口气。要多大的忍耐力才可以在这样的境况下，抑制住将她拥入怀中的冲动，恶语相向？方才差点儿被她诓了，她如何能知晓内情？定是试探之词，幸亏反应及时。

戏既已开始，便无法回头，正好趁此机会送她出宫。他早已在光禄寺内为她安排好了一切。

“周瑾！”念着这个名字的同时，秦海紧握的拳头一下砸在身旁的圆柱上，皮肉之痛，不及心中万一。

的确是周瑾，陷他于此般境地。去年秋日里那个人的话语，如同毒蛇一般缠上帝王的躯体，腐蚀脑髓。

“臣可以将这个秘密永埋心底，只要祁王殿下登上帝位，娶吾儿忆萱为妻。

“殿下与王妃情深意浓，臣不愿吾儿受任何委屈，还请殿下有所取舍。

“您就当是要挟吧，臣的嘴牢不牢，全在殿下一念之间。”

半年多来，秦海自问对周忆萱宠爱有加，稳住了周瑾，也借由他的势力稳住了朝政。而朝堂之上，是时候换一拨新鲜血液了。

秦海栽培了些胆识过人且满怀抱负之士，渐渐委以重任，原以为这条扶新之路会很艰辛，毕竟周瑾能坐到这个位置，必是不好对付的，又岂会没有察觉，岂肯被取而代之？

但事情出奇顺利，周瑾眼睁睁看着敌对势力日渐强大，甚至侵害到了他的权益，却毫无反击，看戏一般任由事态发展。秦海更觉不安，如此心态，要么另有隐情，要么别有居心。

“皇上，”大内总管进殿通传，“周大人求见。”

周瑾？秦海眉头紧蹙，这么晚了他来做什么？

这一晚，君臣相谈至三更，据宫人说，周大人自偏殿出来时仿佛苍老了十几岁，全无平日里的气势，而皇帝，端坐于正位，面上无喜无怒。

没人知道他们那晚说了什么，只知第二日，周瑾在朝堂上递了辞呈，称病自请告老还乡，皇帝准。

5 沧海月明珠有泪

民间有一段佳话，庆历帝年轻时微服巡游，爱上了一名姓林的江南女子，将其带回皇宫，两人如胶似漆，恩爱无双。

殊不知那女子原有一竹马，一介武夫铁骨铮铮，唯独对她柔情似水。

林氏——便是后来的孝仁皇后——进宫数年终盼得龙嗣，恰逢日益受宠的惠妃同时有孕。双喜临门，庆历帝金口一开，谁先诞下龙子便立为太子。不料林氏三月滑胎，为保地位，买通了太医掩盖事实继续养胎。

临盆将至，林氏收到家书，里边提到武夫之妻刚诞一男孩，计上心来，暗中派人前往商谈，终是瞒天过海将男婴接进宫，即刻便作势产子。

次日惠妃同样产下龙子，庆历帝悦极，以“沧”“海”二字分别为两个小皇子赐名，并遵守诺言，立秦沧为储，普天同庆。

岳明珠被逐至光禄寺不久，便见到了本已死去的“秦沧”，这才知道原来三哥夺位不过是为了骗过周瑾而同二哥演的戏，三哥果真有苦衷，心结彻底打开。

秦沧按计划将岳明珠带离寺院，并将那段民间逸闻说与她听。

“那个武夫后来当了将军，他就是我爹。那个男孩……是你，对吗二哥？”听了这所谓的故事，岳明珠如遭雷击。

秦沧拧着眉点了点头，出口的话语又沉肃了几分：“周瑾得了密报，找到当年被母后买通的太医和稳婆，查清了我的身世，以此要挟三弟娶他女儿夺我皇位。三弟岂肯由他摆布？与我商量将计就计。待他收拾了周瑾，便让那个秘密永埋地底，退位离朝，与你白首。”

岳明珠眼神空洞，木偶般僵坐着，她实在无法想象，与娘亲相敬如宾的爹爹，会与孝仁皇后有这样一段前尘往事。这么说来，秦沧就是她的亲哥哥了！

从光禄寺出来，马车尚在疾驰，猛然间撞到石块，车身颠簸了一下。岳明珠没有坐稳，不由得栽进了秦沧怀里，多么自然的动作，却觉那个身子僵了一下，一双手抵在肩膀，似要将她推出去，只是一换力，稳住了她。

莫名的生疏感蹿起，许是因为自己已嫁作他人妇，二哥有所顾虑吧，岳明珠如是想，扯了下嘴角转移话题：“对了二哥，你受风寒了吗？怎么声音有点儿哑？”

被问及此，秦沧的眼神闪躲了下，轻咳了一声道：“之前的事儿，三弟假意篡位，一把火虽让我假死脱身，喉咙被烟呛到，便沙哑至今了。”

“哦，原来如此。”岳明珠脑袋轻垂，总感觉有什么地方不对劲，这种感觉在马车到达目的地，她得以见到久别重逢的父亲岳峰后，越发强烈。

以往不是没有跟爹爹与二哥同时相处过，那时分明很融洽，虽为君臣，更似亲朋。而此刻，二哥像是有些忌惮父亲，言行间有一股说不出的违和感。

一番深谈，岳明珠才知道，原来在娘亲之前爹爹已有发妻，林氏随庆历帝进宫后第三年，他便娶了婉娘，便是二哥生母，因难产失了命，二哥入宫没多久，爹爹便对外宣称自己的儿子因病夭折了。彼时，爹爹名不见经传，他周边的事情，自然不会有人在意。

父女情深十多载，岳明珠突然觉得，眼前这个两鬓斑白的男子，像是初识。

6 沧海月明珠有泪

金秋十月，秋高气爽，实在适合游走散心。

秦海第一次到江南，风华之地，绿水青山，他却丝毫没有游玩之心。此次前来与岳氏一族会合，是早就筹划好的，他如约而至。

岳明珠见到秦海，一下就扑进他的怀里，误会已消，恨不得把被现实亏欠的温存一下子弥补回来。

岳峰在旁假咳了声，提醒道："珠儿，皇上舟车劳顿，先别扰了，带他到厢房歇会儿吧。"

岳峰租下的是一个小院子，宽敞而隐蔽。秦海宿在最东边的一间，岳明珠将他安顿好后，便同大伙儿用了晚膳回房休息了。

月明星稀，万籁俱寂。

烛火跳跃，掩映在微翕的窗户上，烛光渐弱终燃尽。秦海躺在床上，双眼在漆黑的夜里愈显精亮。

外头突然起风了，走廊上，齐整的脚步声渐渐逼近，估摸着有十数人。紧接着，房门"砰"一下被推开，屋里瞬间被火把照亮，气势骇人。

秦海坐起，面不改色："岳将军这么晚来所为何事？"真的来了，最怕发生的果真发生了，他的内心澄明而荒凉一片。

对方气定神闲的样子是意料之外，岳峰却丝毫不慌，毕竟瓮中捉鳖，他负手笑道："臣想着，皇上龙椅坐了有些时日了，该还给你二哥了。"

为了今天，岳峰隐忍许久。他已经记不清自己是什么时候开始不甘，什么时候有了野心，只觉得自己鞠躬尽瘁、铁马金戈，这个皇位就应该由他的儿子来坐。假意的篡位他可以接受，正好让秦海与周瑾去斗，自己作壁上观。

如今周瑾大势已去，小皇帝羽翼未丰，一石二鸟，妙哉。

"是二哥吗？"火光里，秦海的眼色如狼般精锐，言辞讥讽，"还是二哥的双胞胎弟弟？"

原来，周瑾辞官的前一晚，秦海与他君臣促膝，许多尘封的真相浮出水面。

秦沧登位不久，周瑾便开始同大功臣岳峰作对，世人眼里，岳将军忠肝义胆，与他敌对的必是奸佞之徒。然而现实远非如此，周瑾之所以察觉岳峰异样，是因为对方费尽心机削除了祁王秦海仅有的一点儿兵权，原本并不明白岳峰为何针对祁王，毕竟那是他的女婿，直到发现了秦沧身世之谜。

秦沧明义，实乃无辜，周瑾本就不愿秘密被揭开害了秦沧，顺水推舟逼得岳峰释权离朝。

周瑾得庆历帝知遇之恩，毕生忠于秦家王朝，血脉被乱，他岂能坐视不理？当初逼秦海篡位，自然知道他不会真的害死秦沧。

周瑾这辈子做的最自私的一件事，就是威胁秦海娶他的女儿。他也曾后悔，不过看到女儿嫁给秦海时脸上洋溢的幸福光芒，便觉值得了。

皇权归位，周瑾得以安心。哪怕皇帝视他为敌，哪怕自己权势渐弱，也不为所动。

他垂垂老矣，手中的东西迟早要交付他人，栋梁之材应被扶植重用。而皇上该培养自己的势力，他该这样成长。

权力渐移，周瑾原想功成身退，岂料事端再起。原来秦沧并没有安全脱身，原来世间还有个同秦沧长得一模一样的人，原来岳峰在明确秦沧不会顺其心意后便谋划着偷天换日。

眼下形势，他不得不挺身而出了。正好趁此机会彻底放权，待皇上收拾了岳峰，自己便可退离朝堂，安享晚年了。

那晚周瑾悉数相告，秦海不愿相信。心中曾巨大如今却侥幸的信念，在门被撞开的那一刻，灰飞烟灭。

7 沦海月明珠有泪

岳峰神色微黯，眉峰蹙起。

“原来你都知道了。”

没错，婉娘当年生下一双男儿，大的被秘密送进宫当了皇子，小的藏起来成了影子。若不是周瑾一番折腾，岳峰还不至于这般冒进。事已至此，只有杀了秦海夺回皇位，以免夜长梦多。

“二哥呢，你把他怎么样了？”二哥定不屑与岳峰同流合污，那么他的处境便堪忧了。

“放心，到底是我亲骨肉，我岂会伤害他？”话音未落，外头传来一阵骚动。岳峰一个激灵，糟糕，对方是在拖延时间！待他回过神来，已然错失了动手良机。屋里瞬间涌进一大批持剑护卫，将他们团团围住。

眼花了吗？对面为何有半数是周瑾的亲信？岳峰即刻惊醒，中计了，周瑾不是真的败了，是他和秦海设的局，难怪秦海早有防范。

时运不济，天要亡他！

“爹爹，三哥，发生什么事了？”

岳明珠被吵醒，奔来一看震惊不已，此生最爱的两个男子剑拔弩张，这个场面做梦都想不到。更想不到的是，脖子上猛然架来一把利剑，偏首一看，寒心彻骨，凉过剑锋。

“放我离开，不然我便刺下去！”岳峰挟持着自己的女儿，他自然下不去狠手，他只是要一个时机，一个秦海动容的时机。

果然，几乎是立刻，对面始终淡定的男子便失了色，趁他惊慌失措，岳峰当机立断，挟在岳明珠脖颈的长剑已直指秦海而去。

成王败寇，秦海一死，乾坤便可扭转。然而只差一点儿，若不是该死的侍卫扑过去挡下此剑……

功亏一篑。

“来人哪，将这逆贼拿下！”秦海怒极，赫然发现替自己挡了一剑的侍卫不是别人，正是……“皇后，怎么是你？”

温暖的胸膛拥过来，周忆萱瞬觉踏实，气息却已然不稳。“臣妾担心皇上，便求了侍卫长混入同行。幸好，臣妾跟来了。”

“你怎么这么傻？”秦海的心抽痛不已，这个女子，他以为她只是为着后位逢场作戏，不承想可以为他舍身。她在身边的那些日子里，自己究竟忽略了什么？

听闻，周忆萱嘴角弯了弯，笑意漾开，幽幽道：“那年春和宴，臣妾从树上落下，落在您的怀里，便属意于您。此后多想引您注意，然您的眼里只有明珠妹妹。幸得上天垂怜，让我做您的妻，而此刻，能在您怀里死去，臣妾已无憾。”

那一番话轻轻巧巧，却叫秦海如遭雷击，更有甚者，是岳明珠。

“春和宴……树上……”岳明珠呢喃着，眉头紧锁。思绪飘了很远，目光望得很近，她盯着秦海，自嘲地笑，“原来当初你想找的人，是她。三哥，你找错人了。”

8 沦海月明珠有泪

彼年垂髫。

因庆历帝举办春和宴，周忆萱跟着父亲入宫赴宴。席间虽不拘谨，倒也无趣，得了皇帝恩准，孩童可自行玩耍，她便离席找乐子去了。宴会开始前，大臣们先行面圣，其家眷由宫人领着游园赏景，是以这皇宫不算全然陌生，何况宴会场上有大旗高扬，不至于认不回路。

秦海遇见周忆萱的时候，她正爬上一棵大槐树，护送一只躺在地上飞不了的小鸟回巢。秦海站在树下，枝叶繁茂，阳光刺眼，他看不清树上那人的模样，只有一团黄色在枝丫间晃动，隐约是个女孩，便扯着嗓子问：“你是什么人，爬到树上干什么？”

周忆萱才将小鸟放妥，着实被这声音吓了一跳，透过叶缝往下一看，居然是三皇子。正欲回答，岂料脚下一滑，身子倾倒直直坠落，好巧不巧，扑倒了秦海。电光石火之间，她来不及思索其他，只顾站起身拔腿就跑，不愿落了不雅形象。

如此亲密接触，秦海蒙了下，那张脸尚未顾上，那团黄色已然跑远了。小小丫头，跑得倒是快，一股强烈的不愿她溜走的冲动油然而生。那个方向出口只有两个，不如择一处赌一把，抄小道守株待兔，这般有缘必能遇上。

果不其然，到达目的地才守了一小会儿，那只黄色的“兔子”就撞了上来。目光稍垂，终于将那张脸蛋看了个清，真是个标致的美人坯子。眉如柳叶，眸亮胜星，水灵灵的，惹人喜爱。

彼时，岳明珠窥见不该看的，跑得慌得很，就这么迎面撞上了秦海。

“你方才爬树上到底干什么呀？”

气息尚未喘匀，岳明珠心虚，直把“爬”听成了“趴”，心脏一抖，自己的行迹居然被发现了！料想对方没有看到她看到了什么，便打马虎眼：“跟你又不熟，干吗要告诉你？”

秦海急眼：“怎么不熟？你都……嗯……”支吾了半天，到底没往下说。

瞧那小样儿，岳明珠撇了撇嘴，不就撞一下吗？怎么还不好意思开口了？心下嘀咕，心上却入了这么个人儿。

此后，年年岁岁，暮暮朝朝。

9 沧海月明珠有泪

那般际遇，如今撕开，竟是天大的误会。

岳明珠望了一眼紧紧抱住周忆萱的秦海，他的眼里满是痛惜，他一定懊悔极了，懊悔这么多年错付的柔情，懊悔生生错过了对的人。越想越觉得没有自己的容身之地，如果替秦海挡下那一剑的人是她，该有多好。

晃神之际，侍卫押着一个人进来，岳明珠抬眼一看：“二哥？”这阵势，她隐约猜出爹爹是要造反，但以二哥的脾性，绝不会与三哥为敌，三哥何以要捉他？

“他不是二哥，只是和二哥相像罢了。”

难怪，岳明珠幡然醒悟，终于明白爹爹打的是什么算盘。这个真相太过可怕，向来敬爱的爹爹，精忠报国的表象下，竟藏着谋逆之心，城府这般深。

一朝功臣变反贼，此等大罪，怕是要株连九族了。众目睽睽下，三哥该如何处置她这个逆臣之女？就算有心庇护，也难敌众口。

她不想上断头台，更不愿三哥为难。

只是一念，岳明珠便拔过近旁侍卫的剑，决绝地往自己脖子抹了下去。她已无力面对，只愿这一剑斩断所有恩怨情仇，若有来世，希望三哥最先遇到的人，是她。

“不！”秦海刚把周忆萱的眼皮合上，眼角余光便见岳明珠抽了剑，他即刻飞扑过去，手起剑落，但终究晚了一步。霎时，鲜血如注，触目惊心。

这一生想要守护想要免其一切惊扰的女子，此刻如布偶般瘫软在自己怀里，血色浸染，脸色煞白，只一会儿工夫便断了气。秦海痛彻心扉，他还有好多话没同她讲，甚至没能来得及告诉她，当时想找的确实是周忆萱，可往后的相处里，他爱上的纯粹是她。

是非成败，转眼成空。

秦海抱着岳明珠走出屋子时，天色已经微微露白。院子里，几株桃花开得正艳，他眯了眯眼，依稀看到有个女孩坐在桃树下，摇头晃脑。

“我欲与君绝，长命无绝衰。山无陵，江水为竭。冬雷震震，夏雨雪。天地合，乃敢与君相知。”

“笨蛋，你背颠倒了。”稍大点儿的男孩跑过来，偎着女孩席地而坐，将那首《上邪》诵了一遍，语气诚挚，眼神坚定，一如对她许下诺言。

耳边还能听闻女孩娇声叫着“三哥”，两个身影却越发模糊，年少的烂漫时光终究抓不住，秦海忽然红了眼眶。

昔日错背，竟一语成谶。花

我是个好人，可我从没好好爱过自己

文/麦 九

我有个朋友，非常喜欢看电影，十分痴迷。

她看电影一定要看到进度条的最后一秒钟，连片尾字幕的工作人员表都要看完。没有什么意义，就是她的习惯，表示对所有幕后工作人员的尊重，她喜欢电影，也尊重这些默默付出的电影人。

这习惯挺傻的，却像一个属于她的小小仪式。

不过她这个仪式，在跟别人一起去看电影时，却从来没有实现过，因为影片一结束，友人急着要走，而她并不想让别人等自己。

印象最深刻的是《西游伏妖篇》上映时，她跟一个刚认识的朋友一起去看。

没看之前，她就知道，片尾有彩蛋，有星爷和徐克出镜，作为星爷多年的粉丝，她打定主意，这次一定要坐到最后把彩蛋看完。可电影结束后，身边有人陆陆续续离场，朋友也开始看她，示意她可以走了。

起初她还坐着不动，装作没看到，盯着屏幕，但随着时间一分一秒地过去，彩蛋还不出来，她开始变得不安、焦虑，最后，她还是没等到彩蛋出来，主动站起来走了。那一刻，我这个朋友无比沮丧，不是因为她看不到彩蛋，而是她连一句“我想看彩蛋”都说不出来。

明明就是这样简单的一句表达她的需求的话，她也说不出口。

不是因为害羞，也不是因为生疏，而是因为她不想给人添麻烦。

小时候，她没什么玩具，但家里来了亲戚的孩子，要玩她的玩具，她舍不得，但还是会给。亲戚走后，留给她缺胳膊少腿的玩具，她觉得委屈，那是她多宝贝的玩具，像她的朋友一样，可她不能哭，不能抱怨，因为这样不懂事。

再大一点儿，她和同学一起去校外的小餐馆吃饭，为了不让同学等自己，她从来不敢细嚼慢咽，都是飞快地把饭吃完。她不催吃饭慢的同学，坐着慢慢地等，却不允许自己做那一个让别人等待的人。让人等意味着给人添麻烦、浪费时间，所以她宁愿吃坏自己的胃。

成年后，她经济独立了，工资不高，但可以自给自足。她很节俭，当想买一套高档的护肤品时，她会想，算了，我又懒得用；当想买一条漂亮的裙子时，她看了看价格，心想我又不喜欢穿裙子；当想买喜欢的零食时，哪怕只是二三十块一斤的无花果，她犹豫一下还是放弃，别买了，吃了会胖……她总有一万个不给自己花钱的理由。

可就是这样对自己小气到近乎苛刻的人，对别人却很大方。去看望家里的长辈，包红包；兄弟姐妹的小孩来拜年，包红包；朋友过生日，包红包……就算她去买很贵的海鲜，花自己辛苦赚的钱，也只吃一点点，把最好的留给家人。

她有记账的习惯，她发现赚的钱大部分是花在别人身上的，可能是家人，可能是朋友，但花在自己身上的，永远只占一点点，少得可怜。她想不明白，她到底是怎么了？这么辛苦为了什么？

后来，她听到一个词，叫“给予者人格”，她是一个给予者。

在网上搜“给予者人格”时都会出现这样的词：

帮助别人、渴望被爱、很难直接表达自己的需求，柔弱、乐于付出，却不擅于争取……

看到这样一个个说不上好也谈不上坏的词语，她很伤心，“给予者”，多么悲哀的三个字，表面是给予，其实在靠给予等着别人施舍。

那天，她看了一部电影，里面有个角色说：他太容易恋爱了，因为他的快乐都是靠别人给的。她也一样，她太渴望被爱了，太恐惧不被人需要，所以她通过对别人好来刷存在感。原来，她不是真正的热情大方，无私奉献，她只是怕。

小时候，爸妈说：“你要懂事，你要乖，你要做一个好孩子。”她靠乖、懂事，来得到父母的爱。长大了，她也习惯靠做一个好同学、好朋友、好同事，来得到同学、朋友、同事的友好。为了做这么一个好人，她早已学会了不任性、不给人添麻烦，压抑自己的需求。

这就是我可怜的朋友。

她还在纠结，为什么那个人就是不懂我，不留下陪我看彩蛋……殊不知，你不说，永远没人知道你的想法。

我觉得她挺傻的，一句话就能解决的事，她却选择委屈自己，要知道，电影票还是她买的呢。

她是个好人，可她从来没有好好爱过自己。

你身边有没有这样的傻朋友呢？

如果有，下次要是跟她一起去看电影，电影结束时她一副欲言又止的样子，你就主动说一句“听说这部电影有彩蛋，我们留下来看吧。”

我相信，你的朋友一定会很开心又很感激。

我也希望，我的这个朋友可以看到这篇短文，明白人生不求快意随心，但也别活得这么委屈。多爱自己一点儿吧，取悦自己并不是错，你若连自己都不爱，又怎能要求别人爱你呢？

愿我们都如爱别人那样，也爱自己。花

麦九

青春作者，处女座。

江湖夜雨时点灯讲故事的人，一叶轻舟一壶酒，来者皆是客，欢迎来听。

喜欢讲小情小爱、小甜蜜、小忧伤的故事，相信一切平凡皆有动人处。

已出版作品：

《挥手告别小时光》

《公主病》

《你离开后，我才学会告别》

勇敢地说“不”

文 / 元宝儿

生活中的我是个胆小内向，甚至从来都不懂得如何拒绝别人的女生。

这大概与我的成长经历有关，我的父母是简单而又纯粹的普通人，从小灌输给我的观念便是：当别人有需要时，能出手相帮的，尽量不要拒绝。

这其实是非常正确的人生观，在我成长的岁月中，这种习惯始终伴我左右。每当朋友向我提出请求，不管是过于熟悉，还是只有一面之缘，在力所能及的情况下，我都会全心全意地去帮助身边的每一个需要帮助的人。

久而久之，我给身边绝大多数人制造了一种特殊的印象：单纯而又没有心机的老好人！

为此，我拥有很多朋友，她们喜欢向我倾吐苦恼，也愿意与我分享快乐。

那时的我，就像一个知心姐姐，竭尽所能地让身边的每一个朋友与我相处时都感到舒心快乐。

我的这些朋友中，有儿时的玩伴、学生时代的校友，以及工作中相识的同事。

她们在我的生命中扮演着让我可以信赖的角色，而我也尽全力扮演着让她们信赖的角色。

随着年纪的增长，社会阅历的增加，从前那种简单而又快乐的交友模式不知何时起了变化。

毕业之后赚到的第一桶金，虽然不多，却终于让我拥有了自己的账户。

只是，这第一桶金还没焐热，就被邻居女孩全额借走，借款的理由如今回想起来已经十分模糊，我心底虽然不舍，为了义气，以及我这不懂拒绝的性子，无奈地将银行卡全部清空。

于是，我又变得捉襟见肘，拼着力气去赚第二桶金。

邻居女孩借的钱多年未还，因为好面子，我不好意思开口索要，导致这笔债务被她淡忘在岁月的长河中，最后不了了之。

类似这样的事情不计其数，每次有人向我开口，我都在拒绝与好面子的双重选择下选择后者。

这些借债者中，有人重信誉，在预约的时间内将债务如数归还；有人不守承诺，用为数不多的金钱消耗了我对朋友的信任。

这期间，我一直在检讨自己，为何会如此懦弱，连“不”字都不敢说？

直到有一天，一个在写作上郁郁不得志的姐姐与我闲聊。

一直以来，这位姐姐在我的印象中都很实在，虽然偶尔会抱怨生活，那也是因为一些客观因素导致她的人生陷入困局。

同为写手，我们互相鼓励，那时我在台湾出书，混迹于各家出版社，不敢说如鱼得水，文风却深受出版社喜欢。

为此，我不厌其烦地将自己的写作经验分享给她，奈何最后她总是以被退稿告终。

有一天，她提出了一个令人十分震惊的要求，她说：“生活艰辛，我的稿子写出来没有人看，你的稿子却可以在各家出版社顺利过稿。你那么会写故事，帮我写上几个，我拿去卖，换来的钱，说不定可以改善我现在无奈的现状。”

我惊呆了！简直不敢相信自己的耳朵，这位与我深交多年的姐姐，竟会提出这么过分的要求。

那是我人生中第一次鼓足勇气向人说“不”，可笑的是，当我说出“不”这个字时，心底却充满了愧疚和畏惧。

这位姐姐被我拒绝之后很不开心，从那以后，便与我渐渐断了联系。

不过我并不后悔，因为她的无理要求，终于让我学会了说“不”。

那一刻，我既有无法满足别人要求时的失落，又仿佛在无形中卸下了背负多年的沉重枷锁。

现在，我的朋友依旧不少，因为心态发生了微妙的变化，与朋友交往的时候，让我懂得如何更好地掌握维系彼此关系的界限和尺度。

我享受着与志同道合的好友在友情上的互动，空闲时，我们偶尔会坐在咖啡厅内品尝美味的甜点，也会结伴出游，去遥远的城市欣赏不一样的风景。

至于曾经的那些开心或不开心的过往，随着时间的流逝，有的淹没在记忆之中，也有的成为我人生的启示，让我从中领悟了许多做人的道理。

世界那么大，与我结缘的，都是上天赐予我的贵重礼物，唯有好好珍惜，才不负过往的所有缺憾。花

元宝儿

普通而又勤劳的码字工，擅长用笔杆子来创造美好、书写情怀，讲述一段又一段美丽的童话。

胸无大志，却略有小才；虽不富贵，却活得自在；虽然平凡，却很满足。

已出版作品：
《凤九卿（一）》《凤九卿（二）》
《凤九卿（三）》《凤九卿（四）》
《凤九卿（五）》《凤九卿（六）》
《千凰令（一）凤鸣倾城》
《千凰令（二）情牵一线》
《千凰令（三）君心不负》
《千凰令（四）万兽听封》
《千凰令（五）假凤虚凰》
《千凰令（六）江山为聘》
《二两皇妃千千岁（一）》
《二两皇妃千千岁（二）》

都说演艺圈瞬息万变，他们的友情却历久弥坚

主持人：鹿鸣昔

嗨，各位《花羽季》的小读者们，我是你们的主持人鹿鸣昔，在这春暖花开之际，想不想听我带来一些爱豆们的消息，温暖一下你们的小心心呢？

其实啊，最近我 get（掌握）了一个网络流行词语，叫**“塑料花友情”**，形容某些虚假友情如同塑料花一样，尤其是人际关系复杂的娱乐圈，友情似乎成了很奢侈的东西。不过虽然演艺圈是个大染缸，充斥着塑料友谊，但还是有很多真挚的情感，历久弥坚，像黑夜里的星星不断闪光，给了我们许多感动。

刘亦菲&舒畅：温柔小姐姐的低调友情

当初主持人听说她们是好友，而且友谊长达十几年的时候有些震惊……也太低调了吧！两人在媒体镜头面前极少同框，也很少在社交媒体上有交流，明显是不愿意拿出来炒作的真情实感。最近一条新闻是舒畅生日时刘亦菲送上的祝福，合影看上去赏心悦目又自然，可以说是十分令人羡慕了。

两位小姐姐都是童星出身，合作过《金粉世家》等多部经典作品，颜值高、业务过硬，性格也都很温柔。舒畅身世清苦，苦难虽然磨炼了她坚韧的气质，但也需要关注和温暖。一起拍摄《天龙八部》时，刘妈妈跟组照顾刘亦菲，对舒畅也是无微不至地关照，久而久之，舒畅几乎把刘亦菲的妈妈刘晓敏当成了自己的妈妈，两个人的友情也自此打下基础，两个人私下里都力挺对方，粉丝也相处和谐，这样的情感纯粹又真挚。

两颗心的靠近会产生正能量。我相信，刘亦菲和舒畅的内心，一定十分接近！

刘诗诗&郭晓婷：“大夫人”宠冠后宫

说起郭晓婷，各位可能还有点儿陌生。不过提到《步步惊心》里的蒙古郡主，大家都会瞬间有印象。

两个人相差 6 岁，因《仙剑奇侠传三》结缘，相识 8 年，几度合作，建立了深厚的感情基础，因为关系实在太好，晓婷还被称为诗宝的“大夫人”。诗宝大婚时，晓婷是伴娘之一，为此特意去做了指甲，在指甲上很有心意地画上了爱心图案和代表诗诗名字的“S”字母。小举动却是大写的感动与用心。婚后不久，两个人就一起去泰国玩耍，还屡次在时尚活动、其他艺人婚礼上同框，不知道吴奇隆看到这些，心情如何……

这一对是粉丝盖章认证的，郭晓婷若在外撩其他小姐姐，粉丝会大呼让诗宝“管管后宫”，真是操碎了心呀！

大张伟&易烊千玺：实力演绎头号粉丝

也许是北京爷们儿之间的相互吸引，大老师和千玺年龄差极大，却结成了死党。大老师的经典姿势“北京瘫”，千玺曾倾情演绎过，没想到他高冷的面孔下竟掩盖了一颗搞怪的心……能感谢大老师发掘了千玺的另一面吗？

在千玺很小的时候两个人就已经结缘了，后来还经常一起参加各种综艺节目。在《全员加速中》时期，大老师经常孤身一人完成特别危险的任务，千玺为此衷心夸奖：“大老师，你今天特别帅！”大张伟还称千玺为“思想品德老师”；在南都的采访中，大老师提起千玺的次数高达十几次。大老师丝毫不掩饰对千玺的欣赏，夸赞千玺朋友圈有深度、有思想，发人深省。看来，说大老师是千玺的头号粉丝确实不为过。

内心纯真的人，就是特别容易产生共鸣吧！

TF老boys：闹不散的互怼男人帮

雷佳音、李光洁、郭京飞，这三个谜一样的男人，谁也没想到他们竟然成立了个组合，要不是闹解散闹得沸沸扬扬，这个组合也许还没什么人知道。组合名也真的很特别了：TF老boys。

为啥要解散？因为这个团的团魂基本上可以用“完蛋”来概括，雷佳音公开场合呼吁大家不要做团粉，要做他一个人的唯粉；李光洁在采访的时候严肃宣称另外两个人长得没有安全感，一看就是坏人；雷佳音本来就因头大被疯狂吐槽，郭京飞还爆料他本人特别抠。在争夺“组合谁颜值最高”这个荣誉上，三个人可以说是扭打成一团相互揭短。

不仅如此，这几个人相互之间就没有好好说过话，黑对方似乎成了自己最大的事业，不嘲讽不踩对方就没法开口似的。但从他们清奇的思路来分析，互相“捅刀”都捅成这样了还不离不弃，大概这就是传说中的真爱吧！

王思聪&林更新：兄弟“吃鸡”吗

王校长和林更新的日常生活，玩游戏可能占了一大半。两个人也是因为沉迷游戏而日渐熟络，不仅一起逛街、吃饭、打游戏，两个人还一起成立了一家名为“水晶荔枝”的公司，不得不说玩游戏这件事引发的“后果”还真是不可控啊！

沉迷游戏的男孩疯起来连自己人都骂。有次直播打游戏时林更新可能技术还有些欠火候，被王校长当着几百万观众的面疯狂吐槽，好多人看不下去，而林更新却表示在玩游戏的时候互相骂骂很正常。换个角度看，是否是因为关系好才敢这样呢？毕竟林更新也曾经在公开场合不给王思聪面子，敷衍地和他握手，然后越过他紧紧握住周杰伦的手，还来了一个九十度鞠躬，两副面孔不要太明显，一来一去，就算是扯平了吧！

虽然大家都很忙，但挤出时间还是会一起玩“吃鸡”游戏。这样的情感放在普通男孩身上其实也很常见，是不是身为公众人物被关注得太多，才会被忽略这样的人之常情呢？

看完这期的内容，大家是否对演艺圈的钢铁友谊有了新的认识？真挚的感情那么难得，对于我们来说，珍惜当下和身边的朋友，是最重要的哦！祝愿各位在今后的人生里，都有这样坚不可摧、历久弥坚的友谊陪伴。花

放课后"小花园"私享时光"大起底"

主持人：吸猫成瘾的丁蓦然

唯奶茶和夜景不能辜负

鹿鸣昔

春暖花开，又到了喝奶茶加冰的季节，终于告别了奶茶外卖的我，会在每天下班后步行去距离公司一公里以外的商场地下一层买一杯奶茶，加不同的辅料调出不同的口味，喝前摇一摇，满满一大口，啊，痛快！

最近工作极其忙，忙到我连点外卖的时间都没有，通常就是从打开电脑那一刻开始到忙完看一眼时间，一脸惊愕："我的天，都这个点儿了？"

即使是这样，奶茶于我而言还是不可或缺的能量，我毅然决然地跨上一辆小黄车，冲向我钟爱的奶茶店。

那是一个周五的晚上，约会的最佳时段，我等了足足半个小时才拿到我心心念念的抹茶奶绿，从撒满狗粮的商场中蹒跚而出，找个台阶坐下，仰起头准备长长地叹一口气，却没想到，这一抬头，一眼万年。

月朗星稀的夜空，能看得出几分天鹅绒的质感。昏黄的路灯好似温柔的安抚，抚平躁动了一个星期的灵魂。不知道从什么时候开始流行的串灯盘出各种各样的造型，微光闪动，没有霓虹的浮夸，没有过分刺眼，宛如小孩子一样，调皮可爱，又灵动聪慧。视线顺着高楼的轮廓下移，车水马龙，大多是忙碌了一周之后奔向放松的身影，道旁三三两两的行人，有晚饭后出来遛弯儿的老人，也有吃得心满意足笑容灿烂的姑娘，还有些像我一样的年轻人，行色匆匆，眉头紧锁，为生计奔波。

我嚼着芦荟粒，忽然想起洛师兄说过的一句话："人生苦短，及时行乐。"工作是生活的保障，却不是生活的全部，如果太过于执着赚钱这件事情，怕是要郁郁寡欢不得解了。蓦然哥时不时地就会抱怨下加班辛苦，可他是组里最常加班的一个，他说他在追求作品完成时的成就感。小耳朵总是惹祸，啾啾姐总是不辞辛苦地指导她，啾啾姐说最喜欢看的就是我们的成长。至于大魔王，执着于消失，所以不说他。那么，我自己呢？

那天晚上我没有坐公交车，也没有骑车，而是捧着我的抹茶奶绿一步一步走回了我住的公寓，这一路上我见到了太多曾经被我错过的风景，忽然觉得也许这个夜晚就是我人生的转折点，我将告别学生气的自己，成为新时代的"四有新人"。然而，现实总是无比骨感。

第二天上午，正当我踌躇满志地坐在椅子上的时候，蓦然哥敲了敲我的桌面，微笑着说："小鹿啊，你交的稿子有审核结果了，蓝大刚刚说的。"

"什么结果？"我相信，那一刻，我的眼睛里面闪烁着的期待的目光一定可以感天动地。

"全部不通过。"蓦然哥说完，拍了拍我的肩膀，"革命尚未成功，小同志仍须努力啊。"

我手捂心口沉默良久，抬起头认真地说："蓦然哥，今晚加个班呗，我请你喝奶茶。"

蓦然哥脸上的表情宛如颜料开会一般变幻了足足十秒钟，毅然决然地转身离开，留下一句话在编辑部中回荡：

"耳耳，你学长喊你跟他约个会！"

冬去春来，一场瑞雪驱散了一整个冬天和大半个春天的干燥，也叫醒了沉睡的各种生物，除了……对，没错，就是我！古人说得好，春困秋乏夏打盹，冬天正是好眠时。所以，我犯困有错吗？（蓝焰：来，你看着我的眼睛，你再说一遍你有错吗？）"吼！你的大眼睛，明亮又闪烁，就像天上星星最亮的一颗！"（蓝焰：好很好非常好，你继续。）咳咳，经过了好久好久，久到我已经不记得有多久的等待之后，新一期的《花羽季》又与大家见面啦，在精心筹划的这段时间里，每个小编都在自己的领域内奋力地燃烧着自己，那么，就由我来带领大家看一看小编们下班后的生活是什么样的吧……（耳耳：这和说好的不一样吧？）

人生苦短，及时行乐

洛师兄

"当人生遭遇挫折，特别是失恋的时候，人会瞬间化身为哲学家，擦干泪眼之后，将会看到一个超凡脱俗的世界。"

这段话来自我的一个在情人节当天失恋的朋友，彼时我正陪着他坐在距离故宫不远的小咖啡馆里，品着并不正宗的美式咖啡，窗外是迟到了一百多天的帝都雪。

"洛哥，随我走的这一趟，不亏吧？"他说着递给我一张故宫门票，拍了拍我的肩膀，看起来十分认真地对我说，"闭门造车是不会有突破的，多出来走走看看，你会发现世界之大，新奇之多，当你的大脑被填充的时候，你就不会害怕自己会有江郎才尽的那一天。"

我看着那双十分真诚的眼睛，忽然觉得我是不是应该失个恋，当然，首先我得有个……算了，不说这个话题，太伤人。

那天的故宫踏雪行，我聆听了来自"失恋哲学家"的有关于人生、理想、情感各个方面的思想理论，参观了故宫新开放的几处宫殿，揉了几把御猫，但是没有拍照。

"别让回忆阻挡了你前进的脚步。""哲学家"如是说。

送走了"哲学家"，回到自己的小房间，我抱着笔记本电脑翻看着以前的照片、写过的文章、罗列在表格里的桥段，忽然醒悟了自己最近很是烦躁的原因。

当有人对我说，我们去某某地方玩吧，我的回答是："那个地方我去过了，没什么意思，就照片上这样，没什么好看的。"当有新作者对我说，请你看看我写的文章吧，我的回答是："这种文体文风是很久之前的，现在已经不流行了。"当有老作者对我说，看我新写的长篇大纲，我的回答是："这些梗都被写了太多次了，换掉换掉。"

久而久之，不出去玩的我面对着无数网络信息焦头烂额，找不到创新点，失去了对于生活的新鲜感，整个人变得闷闷不乐，直到那一天——

"朋友，你去过故宫吗？"

"去过了，没什么好看的。"

"朋友，你见过雪中的故宫吗？"

"微博照片见过，也就那样。"

"朋友，江湖救急，我被安检扣留了，快来证明我的清白！"

就这样，一场虚惊为我打开了新世界的大门，我开始拒绝"宅"，开始增加自己每天行走的步数，从自己去过的地方开始，温故知新，再到没去过的地方，收集新鲜的体验，当我回到熟悉的电脑前，感觉到的不再是头脑空空带来的慌乱，而是时刻准备好的自信。

综上所述，想要去旅行的时候，就应该说走就走，工作是人生价值的实现途径，却不能成为绊住自己的巨石，想要去做什么事情的时候，就应该"胆大妄为"，比如当我想吐槽蓝焰的时候，就应该当着他的面，大声喊——

"蓝大总编！你真的是……玉树临风，风流倜傥，倘若你有时间，能不能先把我交的稿子审核一下？"

别问为什么，生存不易，且行且珍惜。

你不懂猫奴

丁蓦然

当生活宛如一潭死水了无生趣的时候，就会有一场意外从天而降，让你清醒一下。

感谢六六喵，让我感受了一把人生就是起起落落落落落落……的感觉。

犹记得，那是一个阳光明媚的上午……

“嗡——”

手机振动让昏昏欲睡的我不得不片刻清醒，发信息的人是之前寄养六六喵的宠物店店主，信息内容是“六六还在家吗？”

这是什么意思？

我陷入了回忆：早上我去卫生间洗漱的时候，六六蹿出了房间，我带着它到卫生间，它坐在马桶上看着我洗脸刷牙，然后我单手抱着它回了房间，再然后我换衣服、喝水、拿手机、出门，六六……好像没看到它？关门的时候好像有什么从我脚边蹿过？所以，六六还在家吗？

正当我即将从椅子上跳起来的时候，店主发了一段小视频给我，视频中是一只橘猫，眉目凶巴巴的，她问我：“这是六六吗？”

我马上回复“不是”，因为六六有白鼻头，而这只橘猫没有，但是六六还在家吗？

这个问题一直困扰着我，在极度担心之下，我在正午十二点时抓起手机冲出了办公室。

天空是灰暗的，风是冷的，我穿得极其单薄，在公交站因为着急而不断跺脚，终于，我看到公交车向我驶来，我仿佛抓住了救命稻草一般奔上车，奔下车，一路跑回公寓。风吹乱了我的头发，我的脑海中有无数画面：六六喵安静地睡在我的枕头上，或者瘫在阳台上晒阳；六六喵不见踪影，无论我怎么呼唤都没有回应；六六喵委屈地蜷缩在家门口，等着我带它回家……

万万没想到！

当我深吸一口气打开房门的时候，六六喵正精神饱满地站在我的椅子上，一脸惊愕地看着我，嘴里叼着我从家里带回来的小香肠。

那双灵动的大眼睛仿佛在说：“这家伙不是在上班的吗？怎么忽然出现了？”

想象中的深情相拥、痛哭流涕、激动万分，全都没有！我只想抓住它的后颈皮拍它两巴掌！

六六，你都已经是一岁半的大猫了，能不能别像个熊孩子一样每天调皮捣蛋？

我反手关上门，一脸冷漠，六六何等精明，跃下椅子，从床底下跑过来的路上把没吃完的半根香肠藏好，脑袋蹭过我的腿，抬起头对我甜甜地一叫。

“喵嗷！”

我的内心毫无波动，甚至有点儿想咬猫！低着头盯着六六好一会儿，我最终没舍得拍它哪怕轻轻一下。

只要它在，就好。

由于心情放松，一路的紧张情绪全部转化为疲倦，我倒在床上闭眼就睡，六六围着我转了一圈，挨在我的肚子边打起了呼噜，我伸手摸了摸它的头，它顺势蹭蹭我的手心，抬起爪搭在我的手腕上，温暖的触感让我觉得安心。

当然，感动归感动，小香肠还是要没收的，毕竟对它的身体不好，临出门前我看着六六委屈巴巴的表情耸了耸肩膀。

你要知道，由于你的淘气，不仅香肠没收，你晚上的小零食也没有了！哼！

朋友，烤箱了解一下？

夏耳耳

随着时间的推移，我已经从一只小白编辑成长为一名半白编辑，虽然工作中还是会出现这样那样的问题，但我确实是有进步的，这已经得到了组织的肯定，不接受任何反驳！

然而前辈们的成绩使我望尘莫及，久而久之变成了一股无形的压力，将我越捆越紧。小鹿学长说工作的压力在所难免，我一定要找到一个舒缓和发泄的途径。我在各大书店溜达了三个周末之后，找到了一项非常适合我的业余爱好——

烘焙。

工欲善其事，必先利其器。

我利用一个周末的时间，逛了好多个卖小家电的商场，对比了淘宝推荐的各种烤箱，最后购买了一台精致小巧可爱的烤箱，附带各种烘焙模具以及配套的各种杂物，比如，手套、盘子、裱花袋等。

拥有了一整套装备的我更加信心满满，又利用了一个周末的时间，收藏保存下载了各种有关烘焙的教学视频资料，并且前往各大书店购买有关烘焙的书籍，还自己制作了一个充满童趣的书架来摆放我的战利品。

在简单地了解过烘焙基础知识，研究明白各种器具的用法之后，我需要去寻找一样最为重要的东西，那就是烘焙灵感！烘焙灵感是一样非常神奇的东西，它可以让你身心放松地享受整个烘焙过程，会让人产生愉悦的感受，会让自己打开烤箱后发出"哇哦"的惊叹，从而极大地满足自己的精神世界。为了寻找烘焙灵感，我带着钱包踏上了"旅程"。

经过三个星期的探索，我坚定了制作抹茶蛋糕这一目标方向。在收到全部制作材料的那天晚上，我信心满满地开始了自己的烘焙处女秀：首先，戴好我的厨师帽，然后穿上我的围裙，再然后……面粉量是多少来着？一勺？有点儿少。再来一勺，好像有点儿多了……那加点儿水吧，似乎又有点儿稀了，那稍微添点儿面粉，哎呀，不小心手滑了！

面对如此大的一坨面团，我深呼吸，保持微笑，继续下面的步骤。幸好我的功课做得足够好，后面的一切都很顺利，我小心翼翼地将面团放进烤箱，蹦跶着回到房间，打开前一天没有看完的电影，期待着惊喜发生。

一个小时之后，惊喜发生了！

我漂亮的小烤箱被一只巨大的面团填满，那些挨到烤箱壁的地方已经烤焦，煳味飘满整个厨房，引得隔壁房间的小姐姐出来关心我是不是遇到了什么危险。在小姐姐的帮助下，我成功地取出了我的处女作，它成功地拓印出烤箱内部的模样，然而只能观赏，不能食用。我非常沮丧，一度想要把面团塞回烤箱中，然后把它们两个一起丢出我的视线范围，小姐姐成功地阻止了我，她向我展示了这个烤箱的价格。好吧，我选择清理狼藉。

生活其实很有意思，突如其来的主意，措手不及的打击，意外收获的朋友，还有放松愉快的心情，没有什么是绝对的坏事，换个角度看看，这么多个星期过去，我竟然胖了两公斤！

呜呜呜，小蛋糕再见了，等我瘦下来我们再见面吧，呜呜呜……花

高颜值的温柔陷阱——奇异植物的秘密花园

主持人：夏茸茸

在这个春光与花香交融的小镇里，所有的生命在无限绵长温暖的岁月里发光。

一座座密林，一层层花丛，摇曳的枝叶，飞舞的野蝶……还有在那片生机盎然的花园里，住着一群妙趣横生的“植物异形”，它们靠着精巧可爱的的叶片陷阱和特殊的癖好，在植物界里特立独行。正因为造型别致，色彩鲜艳，作用独特，丝毫不逊色多肉植物和球根植物，赢得了人们更多的关注。

本期《焦糖甜心》栏目，小夏就为大家一一介绍这些神奇可爱又浪漫的的奇异植物！

小白兔狸藻

奇异度：☆☆☆☆

小白兔狸藻是最受欢迎的陆生狸藻之一，因花型酷似一只可爱的小白兔而得名。其只要环境适宜就会开出成片的小花，且开花不断！！

狸藻不是藻类，而是一类迷你小植物的统称，它们的茎上有很多捕虫囊，小虫若触碰到囊口的纤毛，囊盖就会突然打开，把虫子瞬间吸进去。别看它是外形像小白兔一样可爱的花朵，它可不是吃素的哟！

嘴唇花

奇异度：☆☆☆☆

捕虫堇

奇异度：☆☆☆

捕虫堇拥有温文秀雅的线条，它的叶片通透洁净却又暗藏杀机，它的花朵也非常鲜艳美丽，是一种人见人爱的食虫植物，适合在阳台中盆栽。

捕虫堇是一种比较低矮的食虫植物，叶片像花瓣一样，呈莲座状生长，肉质，光滑，质地较脆，大都呈现明亮的绿色或者粉红色，表面有细小的腺毛，腺毛分泌粘液，能黏住昆虫。大多数品种的叶片边缘向上卷起，这种凹形结构有助于防止猎物逃脱。

大自然中的花朵种类繁多，缤纷绚丽，除了平时看见的比较漂亮的花朵之外，其实还有许多比较奇特的花朵，比如说有一种花，这种花特别特别罕见，它就是嘴唇花。

嘴唇花因形状酷似性感诱人的嘴唇而得名，它生长在中美洲和南美洲一些国家的热带雨林中。这种植物颜色鲜红，造型奇特，让人不禁感叹大自然的鬼斧神工！

忽地笑

奇异度：☆☆☆

忽地笑，又名黄花石蒜，金花石蒜，铁色箭（本草纲目），大一枝箭，独脚蒜头等。为石蒜科石蒜属多年生草本植物。原产我国福建、台湾一带。忽地笑多生长在阴湿的山地，花开呈黄色，不少人都说忽地笑的花和彼岸花十分相似。

忽地笑有一个十分有趣的传说：据说忽地笑原本是天堂的花朵，可是它自愿投入地狱，被众恶魔嫌弃之后，回不去天堂，最后只能开在平凡的路上。

大葱花

大花葱，别名硕葱，又名吉安花，也有叫“大绒球”。该种是花境、岩石园或草坪旁装饰和美化的品种。大花葱花序硕大如头，故名。其花色紫红，色彩艳丽，是同属植物中观赏价值最高的一种。

硕大的花球，高挺的花茎，是花葱的招牌造型。这种绚丽的球根花卉，包括紫色、粉色等多种花色，一丛丛，一片片栽种在花园里，绝对是“抢镜高手”！

大千世界，无奇不有。看惯了城市喧嚣的夜，回归自然，欣赏世界上最奇异的植物，感受造物主的神奇！花

木棉花开，你逆风而来

文/小R

“小花”的读者们，大家好！我是前阵子沾“小萌仙”的光亮相过的作者小R，最近有幸在花羽季继续登场，写了我在“小花”的第二篇文章《北方有佳人》。这篇是以我个人经历为契机创作的故事，希望看后的你们能更加珍惜身边的每个人，别待到佳人不再时，让生命留有遗憾。

每个人的青春，总少不了暗恋的一页，我也不例外。

不知不觉又到了木棉花期，滨江公园满眼枝头橙红，那点点红花，就像记忆里的红色背影。

我和《北方有佳人》里的唐言蹊一样，是个土生土长的南方人，我向往北方的缤纷雪地，憧憬那三千多年历史的古都里别样的风土人情。如今想来，我当初会那么关注Y君，大概是他由北方而来吧。

他长着一张白净清秀的脸，颇有种漫画花美男的即视感。那样好看的人自然是备受瞩目的，高中刚一入学，Y君就成为学校的话题人物，教室走廊上皆是投向他的热切观望，让我这个平凡的同桌一度如芒在背。

说来也奇怪，初见Y君，觉得此君一副生人勿近、冷冷淡淡的样子。可私下里经常照顾我，忘带课本时Y君拼桌借我看；买零食饮料总会帮我带一份；轮到我值日却想赶回家看动画片时也是Y君帮我打扫的。说Y君是第二个夏帆也不为过，因为只有我知道，那冷漠的外表下是他从不显山露水的温柔。

他大概不知道自己有多受欢迎，就像不曾知道我喜欢过他这件事儿。

学生时代的我粗枝大叶，又不懂打扮，是个不起眼的小人物。所以，当我听说Y君对隔壁班某女生有好感后，我这份暗恋就被彻底埋进心底了。

理科一直是我的短板，高一下学期，成绩下滑使我的学习压力越来越大。有时候晚自习心浮气躁，根本看不进书。每当那种时候，Y君总会很大方地借出MP3的一只耳机给我，说陪我一起听歌写作业。我问他歌名是什么，他却笑笑，说是随便下载的。他知道我不开心，却又不知怎么安慰我，只好请我喝了一次又一次的珍珠奶茶。于是，一首不知名却很好听的日语歌，就那样流转于我们最后的共勉时光。

Y君因为父母工作的关系，在高二转学离开了南方。我还记得最后一次见面，他穿着红色球衣，那个挺拔的身影，至今仍烙在心底，滚烫滚烫的。Y君离开前，照旧请我喝奶茶，他不苟言笑，却试图努力酝酿蹩脚的道别，那样子又扭捏又好笑。当他冲我一笑，仿佛融化的冰块，让我顿时眼眶一热。他最后一次给我买的珍珠奶茶我终究没有喝完，总觉得喝完了，他存在过的痕迹也就从记忆里消失了。

多年后，已经工作的我曾有过负能量满满的一段时间，觉得自己很失败，也没有能理解自己的人，生活毫无生气。直到无意间我再次听见那首歌——后来我才知道那是日本前天团SMAP的《世界上唯一的花》，熟悉的旋律，勾起了心中百转千回的记忆。

正如歌词里说的“不做第一也没关系，我们本来就是特别的唯一”，是啊，我们是世上唯一的花，又何必介怀与他人的不同？努力盛放过，才不枉此生，就像Y君，他如今仍鲜活地存在我心中，即使我知道我们再也无法相见。

Y君在十九岁那年去世了，据说他双亲离异，因为争夺他的抚养权陷入了僵局，他是生病离开还是抑郁症自杀，一直是大家缄默不提的旧事。

他曾拯救过陷入绝境的我，自己却永远停留在了十九岁。我很后悔没有说出那些话，也很懊恼为什么断了联系，为什么没有尽己所能地鼓励他，让他再坚强勇敢一些。Y君，我多么想伸手将你带离黑暗，想再看看你恣意绽放的模样，你一定也是世上唯一的花。

这就是我的暗恋，不过是这么一个简单的故事，在这万千世界里，甚至算不上多深刻的一笔。

我不知道世上会有多少个唐言蹊和夏帆，但我多么希望这篇《北方有佳人》能让那些有着共鸣的人，得到哪怕一丝救赎。

世界很大，你若哭泣，我怕拥抱不住你。我们还没来得及相遇，在此之前，去试着喜欢这个世界好吗？一定会有那么一个人，他逆风而来，将你带离绝境。即使黑暗中没有人伸出手，也不要轻言放弃，我们可以做那个美好的人，将自己带出深渊，不是吗？

忘了告诉大家，木棉花的花语——珍惜眼前人。花